天魔神敎
洛陽支部

천마신교
낙양지부

천마신교 낙양지부 24

정보석 新무협 판타지 소설

초판 1쇄 찍은 날 § 2019년 4월 8일
초판 1쇄 펴낸 날 § 2019년 4월 15일

지은이 § 정보석
펴낸이 § 서경석

편집책임 § 최광훈

펴낸곳 § 도서출판 청어람
등록번호 § 제387-1999-000006호
등록일자 § 1999. 5. 31
어람번호 § 제2-2780호

주소 § 경기도 부천시 부일로 483번길 40 서경B/D 3F (우) 14640
전화 § 032-656-4452 팩스 § 032-656-4453
http://www.chungeoram.com
E-mail § chungeorambook@daum.net

ISBN 979-11-04-91971-8 04810
ISBN 979-11-04-91369-3 (세트)

[완결]

24

천마신교 낙양지부

정보석 新무협 판타지 소설

FANTASTIC ORIENTAL HEROES

天魔神敎
洛陽支部

도서출판 청어람

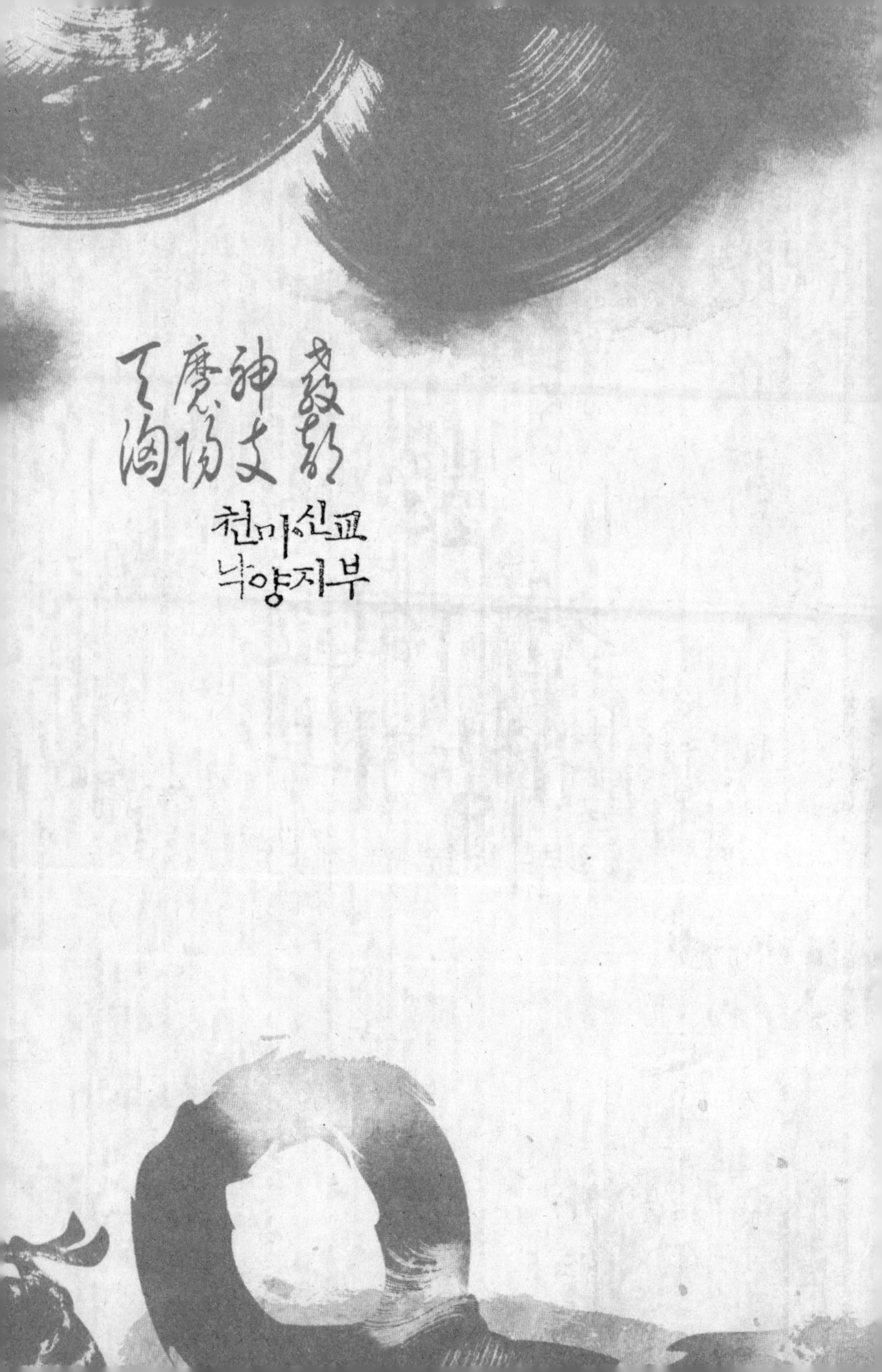
天魔神敎
洛陽支部
천마신교
낙양지부

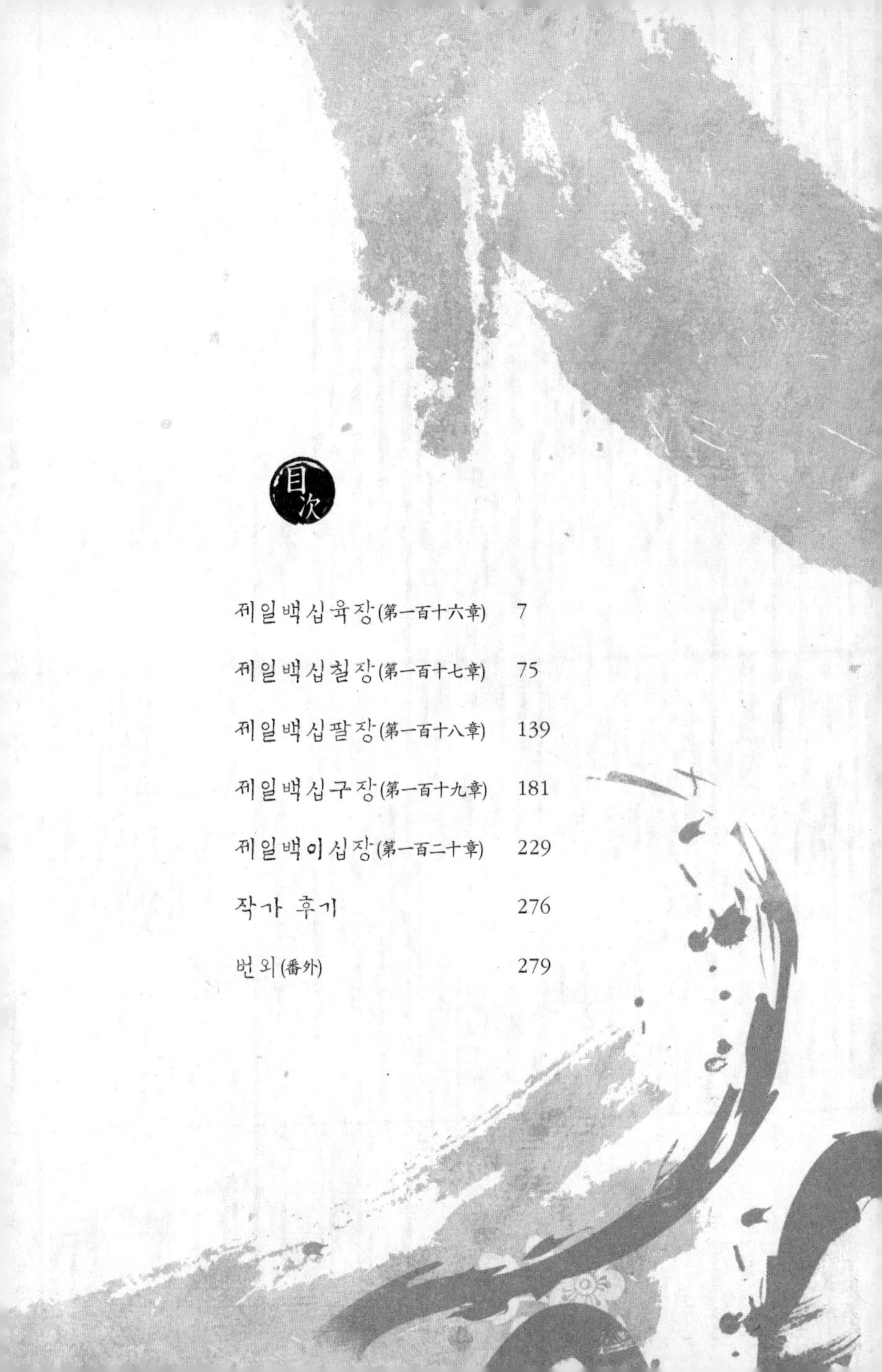

目次

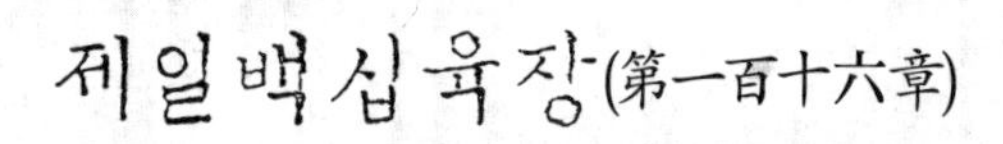

제일백십육장(第一百十六章)

완전한 무(無).

어둠의 바닷속에서 피월려의 의식은 떠 있었다.

그러다 처음 소리가 생겼다. 그리고 곧 빛이 새어 들어왔다.

피월려는 눈을 떴다.

시퍼렇게 펼쳐진 궁창은 사람의 마음까지도 씻겨낼 듯 광대하고 깨끗했다. 그리고 그 속을 가로지르며 들리는 세찬 바람 소리는 몸을 조가낼 듯했다. 하지만 당연히 느껴져야 할 칼날 같은 찬기는 느껴지지 않았기에, 피월려는 마치 꿈과 같은 기분을 느꼈다.

"깨어났나?"

피월려는 눈을 들어 위를 보았다. 그곳엔 거대한 학을 손바닥으로 쓸고 있는 제갈극의 등이 보였다. 눈으로 들어오는 시야를 이리저리 굴려 확인해 보니, 피월려는 같은 학 위에 누운 채로 하늘을 날고 있었다.

피월려는 입을 벌려 말을 하고 싶었지만 아무런 말도 할 수 없었다. 힘이 없는 것은 둘째 치고, 감각이 없었다. 몸이 있다는 그 감각이. 때문에 그는 아래를 내려다볼 수 없었다. 그랬다간 목 아래로 아무것도 없는 자신을 발견할 것 같다는 생각이 들었기 때문이다.

그러나 그것도 잠깐. 그는 결심하고 아래를 보았다. 다행히도 그의 몸은 송장처럼 메말라 비틀어진 채 겨우 그 모양을 유지하고 있었다.

세차게 비행하던 학이 그 큰 두 날개를 곧게 뻗고 활공하기 시작했다. 그러자 귀를 찢어버릴 것 같은 세찬 바람 소리가 잦아들었다. 제갈극은 천천히 피월려 쪽으로 걸어와서 그의 가슴에 손을 얹고 피월려를 내려다보았다.

"네가 말했던 그곳… 독경지천(毒境至天)에 곧 도착할 것이다. 하늘에서 바라보니 왜 이곳이야말로 입신에 오르기 가장 안성맞춤인 줄 알겠어. 이토록 양이 가득한 곳은 전 중원을 뒤져봐도 몇 되지 않을 거야. 게다가 자연적인 조화가 아닌 인위적인 것까지도. 사천당문에서 독경천(毒境天)의 극양을 다스리기 위해서 빙정을 빼돌렸다 했지?"

피월려는 눈을 깜박였다.

그러자 제갈극은 눈을 감고 피월려의 가슴에 손을 얹었다. 그러자 피월려는 공기가 그의 목을 통과하는 것을 느꼈다.

제갈극이 말했다.

"말하면 소리가 나올 것이다."

피월려는 입을 벌려 겨우 혀를 움직였다.

"고, 고맙소."

제갈극은 계속해서 가슴을 누르며 말했다.

"명상하던 도중 기억이 났다. 네가 용에서 심검을 뽑은 것이 아니라, 찔러 넣어 죽인 것이. 너도 기억하느냐?"

피월려는 제갈극의 질문에 미약한 목소리로 대답했다.

"기억하오."

"처음부터 기억했군."

"그렇소."

"왜 그렇게 했지? 자칫 잘못했다간 네 정신이 엉클어졌을 수도 있어. 아니면 심검을 잃을 수도 있었다. 용에서 심검을 뽑고, 그것을 내가 밖으로 인도해 내면 되는 것을 굳이 죽인 이유가 뭐냐?"

"확신했기 때문이오."

"무엇을?"

"심검이 용안심공으로 인한 것이 아니라는 것을 말이오."

"……."

"그리고 용을 살려놨다면 반선지경에 드는 데 더 큰 어려움이 따를 것이오. 그것이 나를 떠나 어디로 갈지 어떻게 아오. 그것이 가진 정보가 다른 곳으로 새는 것을 막아야 했소."

제갈극은 다른 손으로 관자놀이를 짚었다. 그는 한동안 고민에 휩싸인 듯했다가 곧 손을 내렸다.

"청룡궁을 말함이더냐?"

"……."

"아니면 네게 그 용을 부여한 네 스승을 말함이더냐?"

"그것은 내 스승의 시신을 다시 확인해 봐야 알 것이오."

"당장 눈앞에 있는 것을 생각해도 모자랄 판에……."

"반선지경에 들어 살아날 것이 확실하니 그 이후도 생각하는 것이 당연하지 않소?"

"……."

"일은 어떻소? 천살가에서 우리의 연극을 믿었소?"

제갈극이 말했다.

"일단은 그런 것 같다. 워낙 대본이 좋았으니까."

대본을 직접 짠 제갈극의 자화자찬에 피월려가 되물었다.

"그런 것 같다?"

"혹시 모르지. 속아 넘어간 척하는지도. 천살성만큼 거짓에 민감한 자들도 없으니. 어찌 되었든 일단은 백도무림에 협력하기로 했다. 우리가 교주를 끌어내고, 그사이 색이를 도모하기로. 다만 암령가에선 잠시 결정을 보류하는 듯한데, 천삭사라는 현천가의 어른이 그들을 설득하기 위해서 길을 나섰다. 내가 듣기론 너와 나흘간 매우 친밀히 지냈다 들었는데 혹 일이 이렇게 될 줄 알고 그에게 부탁한 것이냐?"

"그러진 않았소."

"그런가……."

제갈극은 수염이 나지도 않은 턱을 쓸었다. 나이에 맞지 않는 그 행동에 피월려는 작은 미소를 얼굴에 띠며 말했다.

"천살가가 박 장로와 손을 잡았다 하더라도, 그 또한 얼마든지 배신할 수 있을 만큼 미약한 협력일 것이오."

제갈극은 됐다는 듯 손짓했다.

"반선지경에 드는 거나 걱정해라. 심계는 우리에게 맡겨두고."

"……."

"혹 반선지경에 드는 것에 있어 나에게 물어볼 것이 있으면 물어봐. 네가 실패하면 정말로 힘든 싸움이 될 것이니."

피월려는 그에게 말했다.

"하나 있소. 내가 말했던 소소(銷簫). 그것을 가지고 있소?"

"가지고 있지. 그것이 없으면 안 된다고 하지 않았느냐?"

"그것을 완전히 이해하기 위해선 제갈극 어르신의 눈이 필요하오."

"내 눈? 영안을 말함이냐?"

"그렇소."

"무슨 뜻인지 모르겠군."

"영안으로 소소를 바라봐 주시오. 그리고 그 이면에 무엇이 보이는지 알려주시면 되오."

제갈극은 영문을 모르겠다는 표정을 지었지만, 일단 피월려의 말대로 했다. 그는 소소를 손에 들고 영안으로 그것을 바라보더니 피월려에게 말했다.

"아무것도 보이지 않는다."

"그것이 주작의 알이라 했소. 혹 그것이 없소?"

"알?"

제갈극은 다시 눈초리를 좁혔다. 그러곤 어느 순간 크게 뜨더니 말을 이었다.

"속이 비어 있는 알의 껍질처럼 보이기는 하는구나. 이 옥소의 모양도 속이 비어 있기에 잘 보이질 않았던 것이야."

"그 둘의 모습이 같다는 것이오?"

제갈극은 잠시 고민한 뒤, 설명했다.

"형상에 구애받지 않는 영안에게 있어 사물의 모양이란 의미하는 바가 현실과 조금 다르다. 둥글거나 네모난 것은 결국 그

겉모습만 바꾼 것이니 똑같은 것이고, 그 안에 구멍이 몇 개 뚫려 있냐 그것만 차이를 만들지."

피월려는 그것을 이해하지 못했지만 중요한 것이 아니기에 다른 질문을 던졌다.

"그래서 그 속에 주작이 보이시오?"

"주작? 사방신의 그 주작을 말함이냐?"

"그렇소."

"아니, 그런 게 보이진 않는다."

"……."

"왜 그러느냐?"

"가도무의 심장에 빙정이 박혀 있을 땐 그 강대한 음기로 인해서 그의 몸이 도검불침이 될 정도였소. 하지만 이후 빙정을 가공하여 만든 그 소소는 그토록 강한 음기를 내뿜지 못했지. 만지면 차가운 정도일 뿐이었소."

"그래서?"

"주작의 알은 주작의 시체인 재에서부터 양기를 흡수하여 알의 내부로 보내는 역할을 하오. 아마 소소는 빙정 자체로 만든 것이 아니라, 그 알의 껍질로만 만든 것일 것이오."

"……."

"때문에 내가 마기를 품으면 그 껍질이 내 몸에서 양기를 흡수하여 자연적인 내외공의 순환이 망가지게 되고, 그로 인해서 심검이 나오지 않는 것일 것이오."

"무슨 말을 하고자 하는 것이냐?"

"마지막으로 검을 순수하게 정립하려 하오."

"검(劍)을?"

"내 무학은 심(心), 검(劍), 마(魔)로 이뤄져 있소. 서로 얽히고 설켜 도저히 떨어질 수 없을 만큼 비틀린 채로 서로를 지탱하였소. 그 엉킨 것을 풀어 헤치고자, 용안심공을 버리고 금강부동심법을 취했소. 그것이 나의 새로운 심(心)이오. 또한 내 입문마공인 극양혈마공을 순수한 그대로 익혀야만 하오. 태극음양마공이 섞인 채로는 또다시 엉키게 될 것이오. 그것이 나의 새로운 마(魔)가 될 것이오. 그리고 마지막으로 나의 무형검리. 낙양흑검의 역화검과 그의 여식의 원혼, 그리고 빙정의 껍질로써 이뤄진 그 검을 완전히 받아들여야 하오. 그러기 위해선 그 검이 무엇으로 이뤄졌는지 확실히 알아야 하지."

"그것을 깨달았군."

"그렇소. 이젠 내가 가진 모든 것을 이해했소. 이젠 탑을 새로이 쌓으면 되오."

"좋다. 어디로 데려가면 되느냐?"

"떨어뜨려 주시오. 독경천의 분화구(噴火口) 속으로."

제갈극의 표정이 황당으로 물들었다.

"떨어뜨려 달라? 분화구로?"

"그렇소."

"무슨……."

"믿으시오. 그리고 안으로 나를 던져주시오. 극양혈마공을 통해 반선지경에 들기 위해선 이 독경지천 전체의 양기를 모두 흡수하지 않으면 안 되오."

"무슨 뜻인지 이해할 수 없다. 저곳에 떨어지면 어찌 살아남는단 말이냐? 어떻게 입신에 들 수 있다는 것이냐?"

"모르겠소? 입신은 그저 환상일 뿐이오. 실존하는 건 반선지경(半仙之境)뿐이지."

"……."

"신선(神仙)에겐 산의 정기가 필요하오. 내 몸속의 마기로 인한 것이라면 그저 수라가 될 뿐이지. 이미 반선지경에 들었던 검선조차 그것을 이기지 못하였소. 그러니 나는 외부의 마기로 반선지경에 들어 마선이 될 것이오."

"확실하더냐?"

"믿으시오. 내가 소소를 흘리지 않게 양손에 꼭 쥐어주시고."

제갈극은 피월려를 내려다보았다.

피월려의 주름진 얼굴에는 자신감이 가득했다.

제갈극은 결심한 듯 소소를 피월려의 양손에 쥐어주고는 자리에서 일어났다.

"믿겠다."

제갈극이 피월려의 몸에서 손을 떼고 다시 앞쪽으로 가 태학의 목을 쓰다듬었다. 그러자 태학은 하늘 위로 치솟듯 올라갔다. 서서히 희미해지는 감각 속에서, 피월려는 추락하는 그 기분을 마지막으로 아무것도 느끼지 못했다.

독경지천.

구름보다 높은 그곳의 하늘에서 작은 인형 하나가 추락했다.

인형은 독경지천의 가장 높은 곳에 있는 작은 분화구로 떨어졌다.

끊임없이 추락하는 그 인형은 어느새 지표면보다 더 깊이 떨어졌다.

뜨거운 열기가 점차 올라오는 그 깊은 곳엔 용암이 잔잔히 흐르고 있었다.

그 인형은 그 용암의 수면에 닿기도 전에 온몸이 불타고 있었다.

'풍덩' 하는 소리와 함께, 불타는 인형이 용암 속으로 들어갔다.

그것조차 모자라서 더 깊은 곳까지 서서히 가라앉기 시작했다.

그 몸에 남아 있는 모든 것이 불타 사라질 때쯤, 소소가 주변의 양기를 흡수하기 시작했다.

그러자 그 몸을 중심으로, 들끓던 용암이 차갑게 식어 내리기 시작했다.

그리고 그렇게 흡수된 양기는 인형의 몸으로 전달되었다.

극양혈마공은 무섭게 그 양기를 먹어치웠다.

먹어치우고 또 먹어치우고.

그것을 감당할 수 없을 만큼 먹고 또 먹었다.

그러자 용암의 밑바닥에서 불타던 신체가 서서히 회복되기 시작했다.

그을린 뼈가 하얗게 변하고, 재가 된 피부에서 새살이 돋아났다.

무엇이 나의 기운인가?

무엇이 우주의 기운인가?

무엇이 외우주인가?

무엇이 내우주인가?

그것이 구분이 불가능하다면, 어찌 선천지기(先天之氣)와 후천지기(後天之氣)에 구분이 있을 수 있단 말인가?

선천이 곧 후천이 되고 후천이 곧 선천이 되었다.

환골탈태(換骨奪胎).

그렇게 피월려의 영혼은 새로운 신체를 얻었다.

갓 태어난 아기와도 같은 뽀얀 피부.

모든 빛을 빨아들일 것만 같은 진한 흑발.

당장에라도 승천할 것 같은 꿈틀거리는 근육.

세상에서 찾아볼 수 없는 완벽한 조화를 이루고 있는 신체.

뽑혀 버렸던 심장은 그보다 더 살아 있을 수 없을 만큼 쿵쾅거리며 그 존재를 드러냈다.

의식을 되찾은 피월려가 눈꺼풀을 들어 그 영롱한 두 눈을 떴다.

쿠르릉!

천지를 진동시키는 그 강포한 소리에 사천성의 모든 사람이 놀라 고개를 두리번거렸다. 또한 사천성의 모든 산새가 일제히 하늘로 날개를 뻗히고 날아올랐다. 자기의 보금자리에서 절대로 벗어나는 법이 없던 독경지천의 모든 독물조차 뒤를 생각하지 않고 빠르게 보금자리에서 벗어났다.

그렇게 독경지천 전체가 내려앉았다.

*　　　*　　　*

오랜 여행으로 지친 기색이 가득한 천삭사가 사천당문의 대문에 도착했다. 시비들이 나와 그를 맞이했으나, 그는 모든 대접을 거절하고 흙먼지를 뒤집어쓴 그대로 가주에게 갔다.

거칠게 문을 열자 집무를 보고 있던 천서존이 고개를 들어 천삭사를 보았다. 천삭사는 신을 벗고 들어가 스스로 방석 하나를 낚아채서, 천서존 앞에 쭈그려 앉았다.

천삭사가 허리를 치며 말했다.

"늙은이를 위해 의자 하나 놓을 생각 없는 게요?"

천서존의 방은 신을 신고 들어가는 중원식의 방이 아니라, 신을 벗고 들어가 방바닥에 앉는 형태였다. 동쪽의 형식을 따른 것이다.

천서존은 천천히 붓을 내려놓으며 말했다.

"전 이게 더 편합니다."

"가주가 되셨으니 동쪽의 문화에 젖어든 몸에서 벗어나야 할 것이오."

"제가 형님이 현천가의 공자가 되기도 전에 본가에서 쫓겨나 동쪽에서 유배당하다시피 된 건 제 잘못이 아니지 않습니까? 이제 와서 억지로 데려와 가주 자리를 씌워놓고는 내 몸에 맞지 않는 것까지 강요하실 생각이십니까?"

"가주는 지금 차남의 한을 내게 가르치실 작정이시오?"

천서존은 입을 다물었다. 현천가의 가장 큰 어른인 천삭사에게 조금 지나친 감이 없지 않아 있었기 때문이다. 또한 무엇보다, 천삭사도 차남이었다.

그는 화제를 돌렸다.

"암령가와의 일이 잘되었다는 서찰은 받았습니다. 먼저 여독을 풀고 그 뒤에 더 자세한 사항을 말씀하시는 것이 좋지 않겠습니까?"

"그것을 위해서 내가 가주의 방을 흙먼지로 더럽히고 있는 것이 아니오."

"그럼 무슨 일 때문입니까?"

"내 듣기로는 오늘 미시 정각에, 백도무림과 생사혈전을 한다 들었소만."

천서존은 천삭사의 말을 고쳤다.

"비무입니다."

"흑백 사이에 무슨 비무! 둘 중 누가 죽어도 상관없다는 약속이 있는 것을 아오. 그것이 생사혈전이 아니고서야 무엇이겠소?"

"어르신께서 관여하실 사항이 아닙니다."

딱 잘라 말하는 천서존을 보며 천삭사의 눈썹이 꿈틀거렸다. 천삭사는 분노를 털어내며 씹어 내뱉듯 말했다.

"내가 십 년만 젊었어도 가주는 그 주둥이를 그리 함부로 놀리지 못할 게야."

천서존은 조금도 지지 않는 표정으로 맞받아쳤다.

"현 현천가의 위세가 이토록 바닥으로 떨어지게 만든 세대의 어르신께서는 입이 열 개라도 하실 말씀이 없어야 합니다. 암령가의 일도 어르신께서 먼저 가겠다고 간청했기에 허락한 것이지, 어르신께는 현천가의 그 어떠한 일도 맡기고 싶지 않습니다."

"……."

"기회조차 줄 수 없는 저를 미워하지 마십시오. 현천가는 그런 여유조차 없는 상황입니다."

"나도 감세."

"안 됩니다."

"내가 싸우겠다는 게 아니네. 그런 어리석은 오기를 부릴 정도로 치매에 걸리진 않았다네. 다만 현천가의 가족들이 어떤 수준에 이르렀는지, 내 눈으로 직접 확인하고 싶어. 구파일방의 고수들과의 생사혈전이라면, 충분히 그 실력을 알 수 있겠지."

천서존은 비릿한 웃음을 얼굴에 그리며 말했다.

"현천가의 찬란했던 과거의 수준에는 한참 못 미칩니다. 분명 실망하실 겁니다."

"그래도 좋네."

"제가 좋지 않습니다. 또 그것을 바라보며 뭐라 하실지 눈에 훤합니다. 과거에는 이랬다저랬다 한탄만 하며 또 겨우 아등바등 견디고 있는 가족들을 기만 죽이실 게 뻔합니다."

"단 한마디도 하지 않겠네. 약속하지."

"……."

"부탁함세. 내가 이 시일을 맞추고자 얼마나 급히 온 줄 아는가?"

"그토록 확인하고 싶었습니까?"

"나도 지금 현천가의 상황에 죄책감을 가지고 있어. 그래서 가주나 가주의 형이 하려는 일에 최대한 관여하지 않았지. 다만 그 결과를 보고 싶을 뿐이야."

천서존은 천삭사의 눈을 똑바로 바라보았다.

두 팔이 없이 태어나 수없는 멸시 속에서도 한때는 장로의 위치까지 올랐던 천삭사. 아미살마(牙昧殺魔) 천삭사는 현천가의 힘을 단적으로 보여주었던 좋은 예 그 자체였다.

천서존이 다시 붓을 들고 글을 써 내려가기 시작하며 말했다.

"좋습니다. 동행을 허락하겠습니다."

천삭사가 높은 어조로 대답했다.

"고맙네!"

"다만 약속하신 대로 한마디라도 말하셨다간 즉시 귀가 조치할 터이니 그리 아십시오."

"알겠네. 아, 그런데 말이야."

"예."

"구파일방과 생사혈전을 한다는 소식은 들었어도, 그 이유는 듣지 못했는데 그게 무언지는 알 수 있을까?"

"……."

천서존의 이마에 내천 자가 그려지자 천삭사가 짐짓 슬픈 표정을 짓고는 말했다.

"가문의 일에 관여하려는 것이 아니라 그저 순수한 궁금증에서 그렇다네. 이번에 암령가와의 일도 내가 잘해내지 않았는가? 그러니 이 정도는 이 늙은이에게도 알려줄 수 있지. 안 그런가, 가주?"

천서존은 조금 고민하더니, 곧 그 이유를 털어놓았다.

"두 달 전, 독경천이 무너져 내렸다는 건 아실 겁니다. 학자들의 말에 의하면 화산의 활동이 모종의 이유를 휴면기에 들어갔다고 하더군요."

"아, 그 이야기는 들었네. 다행히 용암이 분출되지 않고 그저 폭삭 주저앉기만 했다지? 그때 발생한 먼지 때문에 많이들 고생했다 들었어."

"문제는 독경천에 살고 있던 독물들이 일제히 사방으로 퍼졌다는 겁니다. 당문에선 우리의 손을 빌려서 성도 쪽으로 내려오는 독물들은 어찌어찌 막아내서 범인들의 피해는 최소한으로 줄였습니다만……."

"다만?"

"청성산(青城山) 쪽으로 유입된 독물들 같은 경우에는 어쩔 수가 없었습니다. 독경천 주변에 그나마 높은 산이 청성산이라 그런지 그쪽으로 많이 움직였나 봅니다. 때문에 청성파에서 꽤 많은 피해를 입은 것 같습니다."

"흐음……."

"청성파와 아미파에선 이것이 사천당문과 현천가의 계략이라며, 피해를 보상하라 말하고 있습니다. 성도 지역 반 이상을 그들의 손에 넘겨달라는 터무니없는 조건입니다."

"적어도 총력전으로 접어들진 않았군."

"부교주의 영향이 있었을 겁니다."

"그래서 생사혈전을 하는 겐가?"

"아미파와 청성파 그리고 현천가와 사천당문, 각각 고수 일인을 뽑아 일대일 결전을 할 예정입니다. 당문주가 적절한 도발과 심계를 잘 걸어서, 두 결전 중 한 번이라도 그쪽이 패배할 경우 없었던 일로 무마될 것입니다."

"흐음. 그럼 가장 좋은 건 한 번쯤은 패배하여 그쪽의 체면을 살려주는 것이군."

"……."

"……."

둘은 말이 없었다.

천삭사는 가만히 앉아 있었고, 천서존은 역시 붓을 놀릴 뿐이었다.

먼저 침묵을 깬 건 천서존이었다.

"다 알고 물으신 겁니까?"

"대략 이틀 밤을 새워서 왔네."

"무리하셨습니다."

"죽을 자리를 위해선 더 무리할 수도 있지."

"……."

"부탁하겠네. 어차피 참관할 사람들은 범인들. 그들의 눈만 속이면 되는 것 아닌가? 또한 사천성은 과거 내가 주로 활동했던 지역이기도 했어. 아미살마의 악명을 기억하는 자들도 아직 수두룩하지. 저쪽에서도 만족할 걸세."

"……."

"어차피 곧 죽을 몸이야. 써먹을 수 있을 때 써먹게 해주게나."

천서존은 결국 붓을 멈추고야 말았다.

"그것으로 참회했다 생각하시면 곤란합니다."

천삭사의 얼굴이 밝아졌다.

"물론이네."

"그럼 술시 일각까지 정문에서 뵙겠습니다."

그 말을 듣자 천삭사는 자리에서 벌떡 일어나더니, 천서존에게 포권을 취했다.

"존명."

"……."

천삭사가 방밖으로 나가자 천서존은 자세를 편히 하며 깊은 숨을 들이마셨다가 내뱉었다.

그의 낯빛이 흐려졌다.

그렇게 몇 시진이 지나자, 시비가 들어와 시간을 알렸다.

"가주님. 말씀드린 시간입니다."

천서존은 붓을 내려놓고는 자리에서 일어났다. 그리고 몸을 단정히 한 뒤에, 밖으로 나갔다.

사천당문의 넓은 마당에는 백이 넘어가는 현천가의 고수들이 정렬한 상태로 서 있었다. 그들은 가지각색의 무기를 갖추고 있었으나, 마기가 일렁이는 눈빛만큼은 모두 똑같았다.

천서존은 그들을 가로질러 대문으로 나갔고, 그곳에 있던 호화스러운 마차에 탑승했다. 마차가 출발하고 그 뒤로 현천가 고수들이 뒤따랐다.

마차에는 이미 사천당문 문주 당우림이 앉아 있었다. 천서존이 그의 맡은편에 앉자 당우림이 입을 열었다.

"말씀드린 대로 수색 작업은 종료하겠소, 가주. 날이 춥고 눈이 쌓이니, 이제 더는 불가능하오."

천서존은 당우림을 쳐다보는 대신 먼 시선을 둔 채 창밖을 보며 대답했다.

"부교주도 천살가도 믿기 어렵소, 문주. 그들을 향한 칼날도 준비해야 할 터인데, 나는 그보다 더 좋은 칼날을 생각하지 못하겠소."

당우림이 천서존의 얼굴을 묘한 눈빛으로 바라보며 말했다.

"정녕 독경천의 일이 사람이 한 일이라 생각하시는 것이오?"

"그보다는 그의 시체라도 쓸모가 있을 것이오."

"교주에게 말이오?"

"그렇소."

"이런저런 가능성을 모두 염려해 두시는구려."

"……"

"그럼 수색 작업을 완전히 그만두지는 않겠소. 규모만 좀 줄이지. 기대는 하지 않으시는 것이 좋을 것이오."

천서존은 고개를 작게 끄덕이는 것으로 대답을 대신했다.

당우림이나 천서존이나 다른 것을 다 버리고 무를 숭배하는 천생무골이 아니다. 그렇다고 각각의 가문에서 처음부터 준비되어 머리가 된 사람도 아니다. 어찌 보면, 둘 다 자기도 모르는 사이에 문주와 가주의 자리에 오른 것이다.

그 때문에 오는 묘한 동질감이 있었다.

천서존이 말했다.

"문주께서는 본 교의 상황을 어찌 보시오?"

당우림은 천서존의 뜬금없는 질문에 두 눈을 들어 천서존을 보았다.

"사천 땅에서 자리 잡는 것만이 유일한 목적인 내가 본 교의 상황까지 알아서 무엇 하겠소?"

"그렇긴 하겠소만, 지혜를 빌리고 싶소."

"나를 아군이라 생각하는 것이오?"

"전혀."

"……."

"알아서 걸러 듣겠으니, 말씀해 보시오."

천서존은 끝까지 당우림을 보지 않았다.

그저 창밖에서 움직이는 광경을 멍한 눈길로 바라만 보고 있을 뿐이었다.

당우림은 턱을 몇 번이고 만지작하더니 말했다.

"교주는 낙양으로 본부를 옮겼지만, 아직 많은 건물들이 십만대산에 남아 있소. 현재 낙양에 제대로 되어 있는 건 교주를 위한 시설들뿐. 그것도 교주의 본가인 황룡세가를 이리저리 뜯어고친 것에 불과하오. 그 외의 많은 부분들이 부족하지. 그럼에도 교주는 이미 몸을 옮기셨소."

"……."

"천마오가에서 색이를 도모하고 있다는 것쯤은 이미 알 것이오. 하지만 제대로 증거를 잡지 못한다면 역으로 당할 가능성이 크기에 잠자코 있는 것이겠지. 그런 위험한 상황인데도 불구하고 교주는 천본을 강행하여 낙양에 자리 잡았소. 이는 첫째, 백도와의 싸움을 부추겨서 본 교의 힘을 하나로 모으려는 것이고, 둘째 천마오가에게 둘러싸인 십만대산에서 벗어나기 위함이오."

"하지만 부교주가 우리가 함께하고 있다는 건 모르고 있을 것이오."

당우림은 고개를 끄덕였다.

"그러니 그리 급히 낙양에 자리를 잡은 것이지."

천서존이 말했다.

"약속된 날짜가 다가오고 있소. 우리가 색이를 위해서 자리를 비웠을 때, 청성파와 아미파가 역으로 치고 들어올 수 있소. 그때를 대비해야만 하오."

당우림이 생각해 둔 바를 말했다.

"부교주가 그 두 파에서 고수들을 차출할 것이오. 이번 비무는 서로의 전력을 파악하는 것도 포함한 것이오. 이번에 그들이 보유한 고수를 파악하고, 얼마나 많은 고수가 부교주에 의해서 차출되느냐에 따라서 우리도 비슷한 비율로 고수를 이곳에 남기고 색이를 도모하면 될 것이오."

"어느 쪽으로도 잘못된다면 양 가의 미래가 달라지겠군."

"이쪽은 당가가 아니라 당문이오. 유념해 주시오."

"……."

당우림의 농에 천서존은 웃지 못했다. 아니, 웃지 않았다.

그들은 곧 약속한 장소에 도착했다.

어디서 소문을 들었는지 수많은 인파가 몰려들어 있어 그 안으로 마차를 타고 들어가는 것이 불가능할 정도였다.

하지만 마인들이 내뿜는 마기가 스멀스멀 군중들에게 전파되자, 그들은 누가 뭐라 말하기도 전에 다 같이 뒤로 물러나며 길을 만들었다. 시끌벅적했던 그곳이 한순간에 침묵으로 휩싸이고, 인파가 가득했던 곳에 긴 길이 만들어지기까진 그리 오랜 시간이 걸리지 않았다.

천서존과 당우림은 당당한 발걸음으로 마차에서 내려왔다.

천마신교 전체로 보았을 땐 사천당문이 천마신교를 섬기는 형태이지만, 단순히 현천가와 사천당문의 사이는 협력관계에 가까웠다. 현천가가 독단적으로 사천성까지 다스릴 여력이 없었기 때문이다.

그 둘은 보폭을 맞춰 같은 선상에서 앞으로 걸어갔고, 그 뒤로 마인들이 뒤를 따랐다. 그 마인들의 틈 속에 사천당문의 인물은 오로지 혈적진, 아니, 당적진뿐이었다.

그들이 약속된 장소에 도착하자, 이미 도착해 있었던 청성파와 아미파의 인물들이 그들을 기다리고 있었다. 산과 산골짜기가 만나는 지점이라 멀리서 보면 마치 움푹 파여 있는 듯한 형태였는데, 또 가까이서는 그만큼 평지가 없었다. 그곳은 예로부터 사천에서 큰 비무가 성사될 때마다 사용되던 명소로 아미파, 청성파, 사천당문, 그리고 현천가 간의 전력을 다한 생사혈전이 벌어진다고 해도 부족할 것이 없는 장소였다.

그렇게 흑과 백, 도합 백에서 이백 정도 되는 무림인이 내뿜는 기세는 웬만한 내공이 없다면 견디기 어려웠다. 특히 마인들이 내뿜는 마기는 으스스한 공포감을 주기까지 했다. 때문에 사천에서 꽤 유명하다는 흑도 고수들이나, 중소문파의 고수들만이 가까이 앉을 수 있었으며, 범인들은 조금 높은 지형에서 빙 둘러앉기 시작했다. 키가 작은 어린아이들은 곳곳에 있는 거목 위에 올라가 구경하기 시작했다.

흑과 백은 서로를 경계하며 탐색하더니, 곧 그들의 수장이 나와 중간에 섰다. 그들은 그들 넷 말고는 들리지 않는 작은 목소리로 논의하더니, 곧 양 진영으로 헤어졌다.

처음 나온 것은 사천당문의 당적진, 그리고 아미파의 노고수.

새하얀 검강을 검에 두르고 싸우는 노고수는 누가 봐도 초절정이 분명했다. 그녀는 자기보다 한참 배분이 어리고 무공 수위도 낮은 당적진에게 맞춰 검을 놀리면서 이런저런 검술을 시험했고, 실속보단 화려함이 가득한 검술로 군중들의 눈을 즐겁게 했다. 직접적인 원한 없이 이 자리에 나온 아미파이기에, 당적진을 죽이는 것보다는 자비를 베푸는 모습과 화려한 검공을 사람들에게 선보여 아미파의 위상을 높이는 데 신경을 썼다.

꽤 오랜 시간이 지나자 온몸이 피투성이가 된 당적진은 두 팔을 모으고 포권 자세를 취하며 패배를 선언했다. 그 또한 크게 잃은 것이 없는 게, 젊은 나이에 아미파의 초절정고수를 상대로 그토록 오랜 시간 견뎠다는 걸로 체면은 충분히 차렸고, 개인적으로도 배우는 것이 많았기 때문이다.

문제는 다음 대결.

백도의 고수들 사이에서 홀로 살기를 잔뜩 머금은 청성파 고수 한 명이 나타났다. 그의 얼굴은 나이를 짐작하기 어려울 만큼 잔상으로 가득하여 보는 이로 하여금 절로 공포감에 들게 만들었다. 그의 얼굴을 본 어린아이들은 눈을 가렸고, 어른들도 얼굴을 찌푸렸다.

그런데 그보다 더 괴기한 천삭사가 현천가 마인들 사이에서 나오기 시작하자 다들 얼굴이 핼쑥해졌다. 특히 그의 악명을 기억하는 노인들은 얼굴을 돌려 버렸고, 중소문파의 장로들은 서로를 바라보며 웅성거리기 시작했다.

"두 팔이 없는 저 노인은… 설마 아미살마가 아닌가?"

"그, 그런. 그 악마가 아직도 살아 있단 말인가?"

그의 활동 시기를 몰랐던 젊은 사람들은 옆에 있던 노인들에게 그에 관해서 묻기 시작했다. 그의 악명에 치를 떨었던 세월을 기억하는 노인들은 하나같이 침을 튀겨가며 그에 대해서 설명했다.

그때 군중의 소음을 일순간 잠식시키는 사자후가 청성파 고수의 입에서 흘러 나왔다.

"아미살마! 아직도 죽지 않고 살아 있었구나!"

천삭사도 비릿한 웃음을 짓더니 말했다.

"내가 죽인 청성파 고수가 백을 넘기거늘, 아직도 저렇게 입을 놀리는 놈이 살아 있을 줄이야. 아직 덜 죽었어, 쯧쯧쯧."

청성파 고수는 살기를 가득 담은 목소리로 다시 크게 외쳤다.

"오늘 살아 돌아갈 생각은 하지 말라! 네놈 같은 악마를 죽이는 것은 세상의 어떠한 협을 들이대도 결코 악이라 할 수 없을 것이다."

"할 수 있다면 해보거라!"

천삭사는 보법을 펼쳐 그대로 청성파 고수에게 달려들었다.

그리고 시작된 싸움.

그들의 싸움은 바로 방금 전 싸움과는 판이하게 다르게 흘러갔다. 전 싸움은 아미파 노고수에 의해서 철저하게 계산되어 흡사 두 사람의 합을 보는 것과 같았지만, 이번 싸움은 정말 두 파락호가 치고받고 싸우는 것 같은 개싸움이 따로 없었다.

두 팔이 없이 막무가내로 달려들어 이를 드러내는 천삭사에겐 보통의 검술이 그다지 소용없었다. 팔 때문에 제약이 되는 움직임이 없으니, 밟는 보법도 판이하게 달랐고 움직임 그 자체가 매우 이질적이었다. 이에 청성파 고수도 임기응변으로 검을 놀릴 수밖에 없었고, 따라서 개싸움처럼 비춰질 수밖에 없던 것이다.

그래서인지 아미살마의 악명 때문에 한껏 기대했던 군중들의 눈빛이 차츰 식어가기 시작했다. 너무 화려한 것을 봐버려서 그런지, 파락호 싸움 같은 그 생사혈전에 흥미를 잃은 것이다.

"역시 나이는 어쩔 수 없는가."

"그보다 현천가가 잔인하지 않은가? 가문의 어른이라도 필요 없다면 저리 버리는 것인가?"

"정말 흑도 중의 흑도이며 마인 중의 마인이 아닐 수 없다."

결국, 사람들은 언제쯤 이 불편한 싸움이 끝날까 걱정하기 시작했다. 다행히 얼마 지나지 않아 청성파 고수가 천삭사의 심장을 찌르는 것으로 싸움이 마무리되었다.

그 순간 현천가의 마인들에게서 엄청난 마기가 뿜어졌다. 이에 아미파와 청성파 고수들의 얼굴에 긴장감이 팽배해졌다. 이 일을 빌미로 총력전이 시작될 수도 있었기 때문이다.

아미살마의 심장에서 검을 뽑은 청성파 고수가 손을 들곤 큰 소리로 말했다.

"현천가 가주. 이자가 아미살마가 맞소?"

천서존은 고개를 끄덕였다.

"맞소. 현천가 최고 어른이신 아미살마 천삭사 어르신이오."

"현천가는 최고의 마인으로 이 싸움에 진지하게 임했군."

"……."

"현천가에서 최고 어른을 잃으셨으니, 청성파에서는 이 비무에서 승리했음에도 독물들로 인한 피해의 보상을 요구하진 않겠소. 어떻소? 이것으로 마무리하겠소?"

과연 현천가는 피바람을 일으킬 것인가?

군중들의 시선이 집중되는 가운데 천서존이 포권을 취하며 말했다.

"대천마신교의 최고 율법은 바로 강자지존! 오늘 백도에게 크게 배웠으니 돌아가도록 하겠소. 하지만 유념해 두시오. 아미살마 어르신께선 현천가의 최고 어른이긴 하지만, 최고의 마인이라곤 할 수 없다는 사실을!"

청성파 고수도 포권을 취했다.

천서존은 뒤돌아 걷기 시작했고, 그렇게 하나둘씩 마인들이 그를 따라나섰다. 사람들은 순차적으로 공터에서 사라졌고 그 명소는 어느새 텅텅 비게 되었다.

천삭사의 장례식은 원래부터 예정되어 있었던 것처럼 사천당문에서 약식으로 실행되었다. 현천가 최고 어른의 장례식이라고 하기에는 너무나도 초라한 꼴이었지만, 원래 현천가 마인들은 장례에 큰 의미를 두지 않기에 아무도 뭐라 하는 사람은 없었다.

그렇게 낮이 지나고 밤이 되었다.

간밤에도 불을 켜놓아 천삭사의 혼을 달래는 와중, 성도에서 서쪽으로 삼 리 정도 떨어진 한 나무에서 인형 하나가 떨어졌다. 그는 젊은 인상의 중년 남자로, 나이에 맞지 않게 양쪽 눈이 백안(白眼)이었다.

신비로운 빛을 내는 그 두 눈은 피곤한지 반쯤 감겨 있었는데, 앞을 보는 그 순간 더 이상 떠질 수 없을 만큼 크게 떠졌다.

"전주, 오랜만이오."

신물전주(神物殿主) 솔진은 그 목소리를 듣고 다리가 풀리는 듯한 충격을 받았다. 그는 한동안 숨도 쉬지 못하다가 이내 딱 한마디를 내뱉을 수 있었다.

"시, 심검마!"

깔끔한 인상의 미남자(美男子)는 모든 것을 꿰뚫어 보는 강렬한 눈빛으로 솔진을 내려다보았다. 그 눈빛은 마치 무게가 담긴 듯 솔진의 양 어깨를 짓눌렀고, 솔진은 자기도 모르게 숙여지는 허리를 막을 수 없었다.

털썩 주저앉은 솔진을 내려다보며 피월려가 말했다.

"대략 두 달이 지난 것 같은데… 맞소?"

솔진은 부들부들 떨리는 양손을 진정시키더니 말했다.

"그, 그렇습니다."

솔진은 이해하지 못했다.

왜 무릎을 꿇었는지.

왜 존댓말이 나오는지.

하지만 그는 그렇게 하지 않으면 안 된다는 본능을 어길 수 없었다.

피월려는 제자리에 앉아 솔진과 눈높이를 맞췄다. 그러자 솔진은 고개를 숙여 그 눈을 피했다. 그는 뚝뚝 떨어지는 자신의 땀방울을 바라보며 긴장감으로 몸이 굳는 것을 느꼈다.

피월려가 작은 목소리로 말했다.

"잠시 영안을 빌리고 싶소."

"예?"

"영안으로 나를 봐줬으면 하오. 내 몸에 뭐가 보이는지. 아,

그리고 존대는 하지 않으셔도 되오."

"그, 그런……."

"자, 부탁하겠소."

그 목소리라 떨어지기 무섭게 솔진은 천천히 들리는 고개를 막을 수 없었다.

아까만 하더라도 고개를 들고 싶었지만 막지 못했는데, 지금은 고개를 들고 싶지 않은데 그 또한 막아지지 않는다.

솔진은 쓰러질 것 같은 강렬한 빈혈기를 느꼈다. 그런데 피월려의 양 눈을 마주 보게 되자, 방금 느꼈던 빈혈기가 차라리 그리워졌다.

염(炎).

끝이 없는 화염(火焰).

바닥이 보이지 않는 그 양기는 세상의 모든 음기를 집어삼켜도 부족할 듯 보였다.

솔진은 도저히 나오지 않는 목소리를 쥐어짜며 말했다.

"극양혈마공으로 대체 무엇을……."

피월려는 자리에서 일어나며 눈을 거두었다.

"역시, 속에 갈무리되었다고 하나 영안 앞에서는 숨길 수 없군."

"……."

"천삭사의 몸은 버린 것이오?"

"……."

"대답하시오."

"아, 예. 그렇습니다."

피월려는 빙긋 웃더니 부드러운 투로 말했다.

"다시 말하지만 존대는 하실 필요 없으시오, 전주."

"……."

피월려의 말에 솔진은 점차 진정을 되찾았다. 그는 몇 번이고 심호흡을 한 뒤에 자리에서 일어나 섰다. 그러나 피월려의 얼굴을 도저히 마주할 수 없었다. 영안으로 피월려의 속에 내재된 기운을 다시는 보고 싶지 않았기 때문이다.

피월려가 솔진의 어깨를 툭툭 치며 말했다.

"사실 전주께서 천삭사의 모습으로 해줄 일이 있었는데, 아쉽게 되었소."

솔진은 묘한 기분을 느껴 눈을 껌벅껌벅 떴다. 지금까지 있었던 일이 마치 꿈인 것처럼 희미하게 느껴지고 그의 눈앞에 있는 피월려가 그저 평범한 범인으로 느껴지기 시작했기 때문이다.

하지만 그의 눈을 마주한 순간, 다시 그 압박감을 느낄 것이라 예상한 솔진은 피월려에게서 눈길을 돌리며 숨을 한번 깊게 내쉬고 자신 있게 말했다.

"후우. 무슨 일을 해주길 바랐소, 심검마?"

솔진은 막상 말을 하고 나니 마음이 편해지는 것을 느꼈다.

방금 전까지 죽을 것 같았던 그 기분은 기억 속에 분명히 있었지만, 마치 환상처럼 흐릿흐릿했다.

피월려는 빙그레 웃더니 말했다.

"그것을 설명하기에 앞서, 말동무 필요하지 않으시오? 내가 길을 함께 걸어드리리다."

솔진은 옆에 서는 피월려를 곁눈질하며 이상하다는 듯 물었다.

"심검마는 마치 내 목적지를 아는 것 같소?"

"신물전주이니 당연히 신물전에 가는 것 아니겠소?"

솔진은 신물전에 갈 생각이 없었으나, 속내를 말하지 않았다.

그가 의심스럽다는 듯 말했다.

"설마 신물전까지 같이 가겠다는 것이오?"

"봐서."

"……."

"일단 걸으시오."

솔진은 피월려의 말대로 서서히 걷기 시작했고, 피월려는 빙그레 웃곤 그를 따라 옆에서 걸었다.

솔진이 말했다.

"내가 말하기 앞서, 입신에 오른 것을 감축드리오. 역시 사 장로의 말이 옳았소."

피월려는 단호하게 말했다.

"입신이 아니라 반선지경이오."

"신(神)이 아니라 선(仙)이라는 뜻이오?"

"역시 전주께선 좌도의 공부를 하셔서 바로 이해하시는 것 같소."

이번에는 솔진이 단호하게 말했다.

"마공으론 선을 이룰 수 없소. 어떻게 하신 것이오?"

피월려가 설명했다.

"외우주를 닫고 내우주의 순환만을 극한으로 끌어 올려 속에서부터 생성된 마기로는 당연히 외우주와 하나가 될 순 없소. 나는 내부의 기운을 마기로 전환한 것이 아니라 외부의 기운을 흡수하여 반선지경에 이르렀소."

"마공으론 그것이 불가능하오."

"물론 도구가 있었소. 그것도 극양혈마공과 정확히 맞아떨어지는 도구 말이오. 극양혈마공을 운용하며 외우주와 내우주를 뒤집었지. 때문에 역류된 흐름을 타고 외부의 기운이 마공을 통해 내력처럼 되어 마기화될 수 있었던 것이오."

"그것은… 마공이 아니오. 뒤집힌 선공일 뿐이지."

"마선공(魔仙功)이라 해주시오. 이것이 마(魔)로 반선지경에 들 수 있는 해법이오. 내우주와 외우주를 뒤집는 것 말이오. 어떻소, 놀랍지 않소?"

"……"

"대자연과 하나가 되는 것이 바로 기공(氣功)의 끝이니, 말 그대로 대자연의 기운을 내 것으로 하지 못한다면 이룰 수 없는 것이오. 나는 저 독경지천의 양기를 내 기운으로 삼은 것이고."

솔진이 물었다.

"왜 내게 이런 말을 해주는 것이오, 심검마?"

피월려는 어깨를 들썩였다.

"누구에게라도 말해줄 수 있소. 더 이상 자잘한 이해관계를 상관하지 않아도 되니 말이오. 내가 말하고 싶으면 말하는 것 뿐이오."

"……."

"어떻소? 솔진 전주. 내가 이룩한 경지를 마공의 끝이라 인정할 수 있겠소?"

솔진은 깊은숨을 내쉬며 말했다.

"마공을 잘 모르는 나는 무엇이 마공의 끝인지 인정할 수 있는 자격이 없소. 다만 내게 있는 자격은 천마신교의 지존인 교주 자리에 오를 사람을 인정하는 자격이지. 그리고 천마신교의 교주는 단순히 강한 것만으로 되는 자리가 아니오. 강함을 증명해야 올라서는 자리."

"……."

"따라서 이 전주가 감히 심검마선(心劍魔仙)에게 묻겠소. 심검마선께선 지존의 자리에 오르실 생각이시오?"

"……."

"과거의 연인을 죽이고, 박 장로 또한 죽이고 올라설 수 있소?"

"내게 그러한 것들은 더 이상 부질없는 일이 되었소, 솔진 전주."

"흠."

"허나 그것을 오르는 것이 내 강함을 증명하는 것이라면 오르겠소. 내게 남은 것은 오로지 무(武)뿐이니."

그것은 고금을 통틀어 그 누구도 오르지 못한 경지에 이른 남자의 입에서 나온 말이라곤 상상할 수 없을 만큼 슬픈 말이었다. 솔진은 가슴이 메어지는 그 목소리에 허탈함을 느끼며 말했다.

"그러다 당장에라도 우화등선(羽化登仙)하시겠소."

피월려는 비어 있는 자신의 양손을 내려다보며 말했다.

"내겐 무공의 끝을 보겠다는 미련만이 있을 뿐이오. 나는 스스로 그것을 이룩했다 믿으나 이를 모든 이에게 인정받는다면 그로 인해 진정한 확신을 얻을 수 있게 되겠지. 나는 내 주관이 객관이 되기를 바라오."

솔진이 눈썹을 찡그렸다.

"그렇게 된다면?"

"그 이후는 어찌 될지 모르겠소. 이 세상에 남은 그 어떠한 것에도 관심이 없고, 삶을 영위하는 그 목적 자체가 없는데 왜 굳이 번뇌 속에 고통받으며 존재하려 하겠소?"

"……"

그들 사이의 침묵은 한동안 계속되었다.

피월려가 먼저 그것을 깼다.

"우선 신물주가 누군지 알아야겠군. 전주께서 이에 관해서 아는 것이 있으면 알려주시오."

솔진은 고개를 흔들었다.

"신물전주는 신물주의 편이외다."

피월려가 말했다.

"그보단 밑에서 교를 섬기는 존재 아니오? 누가 교주에 오를지 그것을 은밀히 조종하며 지금껏 천 년 역사의 천마신교를 지탱해 오지 않았소? 전주께서 판단하시기에, 이대로 천마신교가 흘러가는 것이 좋을 것 같소? 아니면 허무감에 젖은 나라도 교주가 되는 것이 좋겠소?"

"심검마선의 말을 들어보니, 어느 쪽도 선택할 수 없게 된 것 같소."

"그래도 이계인과 강시보다는 낫겠지."

"……"

"누가 천마신교의 신물주이오? 박소을이오?"

솔진은 도저히 참을 수 없어 피월려를 돌아보고야 말았다.

"이젠 본 교라 칭하시지도 않는 것이오?"

피월려는 작게 숨을 내쉬곤 솔진을 돌아보았다.

"선택하시오. 말해줄 것인지, 아닌지."

"아니라면, 죽이실 것이오?"

"모르겠소."

"무슨……."

"아니라고 하면, 그때 가서 생각해 보겠소."

"……."

"말해줄 것이오?"

솔진은 점차 숨이 격해지는 것을 느꼈다. 영안을 통해서 피월려의 몸속에 내제된 기운을 다시금 바라보자, 그의 정신으로는 도저히 감당하기가 어려웠기 때문이다.

그는 눈길을 돌리면서 자기도 모르게 진실을 토했다.

"모르오. 누구인지."

"……."

"신물주임이 강제적으로 밝혀지는 건 일 년 뒤부터 삼 년 안까지. 아직 신물주가 누가 되었는지는 스스로 밝히지 않는 한 알지 못하오."

피월려가 날카롭게 물었다.

"처음 진설린이 교주가 되었을 땐, 신물이 두 개였을 것이오. 박소을이 신물주가 되어 진설린을 보호하는 방패가 되었다는 말이 기억나는데 아닌가 보오?"

"나를 견제하는 것인지, 진설린에게 놀아나던 한 평범한 마인을 뽑아 그를 신물주로 만들었소. 그리고 그 마인은 칠 주야를 넘기지 못하고 죽었지. 박소을은 자신이 신물주인 것처럼 행세하지만 사실 신물의 행방은 오리무중이오."

"영안으로 신물을 볼 수 있지 않소?"

솔진은 고개를 저었다.

"박 장로를 포함, 본 교에서 내가 마주한 어떠한 마인에게도 신물이 없었소. 아마 박 장로가 다른 인물을 통해 숨기고 있거나, 아니면 박 장로의 손을 벗어났을 수도 있소."

"그럼 오히려 천마오가 쪽에서 숨기고 있을 수도 있겠군. 색이에 성공하기 위해선 신물주를 찾아야 한다 했으니, 이미 찾아서 준비시키고 있을 수 있소."

솔진은 다시금 고개를 저었다.

"영안이 신물을 볼 수 있다는 건 마인들은 거의 모르는 사실이며, 또한 내가 천삭사라는 사실 또한 몰랐을 테니 그들이 내 눈을 속일 순 없었을 것이오. 현천가, 암령가, 그리고 천살가의 모든 인물을 확인했지만, 신물은 그들에게 없었소."

순간 피월려의 뇌리에 스치는 것이 있어 그것을 물었다.

"혹 사천당문의 인물은 확인해 보았소? 처음 사천에 도착했을 때, 왜… 연회를 열지 않았었소? 그때 모두 한자리에 있었으니, 볼 수 있었지 않소?"

"나는 당시 연회에 자리하지 않았었소. 하지만 사천당문 내부를 돌아다니며 사천당문의 모든 인원을 보았다 자부하오. 하지만 역시 보이지 않았소."

"흐음… 그럼 미내로가 숨겼을 가능성도 있겠군."

고민하는 피월려를 곁눈질하며 솔진이 말했다.

"이렇게 말하고 있으니, 이제 좀 사람 같으시오."

피월려는 작은 미소를 얼굴에 띠곤 말했다.

"반선(半仙)이오, 반선. 괜히 반선지경이겠소?"

"호오? 과연 그렇군."

피월려가 한 손으로 턱을 만지작거리며 말했다.

"내가 환골탈태를 하던 두 달의 기간 동안 있었던 세상의 정세를 알려주시오."

솔진은 잠시 기억을 떠올리며 천천히 설명했다.

"우선 사천성은 독경천이 폭삭 내려앉고 사방으로 퍼진 독물들을 수거하느라, 백이고 흑이고 총력을 기울였소. 이를 계기로 큰 싸움이 벌어지지 않은 건 부교주의 영향이 컸지. 때문에 독물들이 거의 사라진 지금, 비무 한 번으로 마무리가 된 것이오."

"본부는 어떻소?"

"진설린의 명령 아래 낙양으로 옮겼소. 하지만 현실적으로 십만대산이 있는 본부의 모든 것을 바로 낙양으로 옮길 순 없지. 우선 황룡세가를 교주의 거처로 탈바꿈시켜 교주를 모시기 시작했고, 다른 곳도 서서히 공사를 진행하는 중이오."

"교주의 위치가 바뀌어서 현무가 깨어날까 두려운 것이군. 그래서 그 결정 이후로 박 장로와 반목하는 것이고."

"……."

"계속 말씀하시오."

"교주가 백도 한복판에 들어간 이유는 아마도 천마오가가 연합하여 색이를 도모하는 것을 알기 때문이고, 또한 백도와의 싸움을 빠르게 진행하여 본 교의 힘을 자신의 아래에 모으고자 하는 속셈일 것이오."

"그것과는 분명 다른 이유가 있을 거라 생각하지만, 일단은 알겠소."

"자꾸 속는 것 같은 기분이 드는데, 맞소?"

피월려는 솔진의 말을 무시하곤 자기 할 말만 했다.

"백도는 어떻소? 부교주는? 그리고 천살가는?"

당장 눈앞에 있는 힘의 차이에 굴복할 수밖에 없었던 솔진은 그저 솔직히 대답할 수밖에 없었다.

"백도의 대문파는 물론이고 중소문파까지 모두 한데 모여 낙양으로 진격할 예정이오. 이미 나선 곳도 수두룩하지. 사천에서도 출발할 것이오. 이 모든 연합을 이끌어낸 나지오 부교주는 이제 대놓고 천마신교와 척을 지고 있소. 천마오가와 함께 교주와 박 장로를 끌어내린 뒤에, 힘이 약해진 본 교를 노릴 수도 있음이오."

"시일은?"

"보름 뒤, 춘분(春分)이오. 그때 매화가 가장 만개한다지."

"다 계획되어 있는 것으로 알고 있는데, 전주는 이 이상을 걱정하시고 계신 듯하오."

솔진은 솔직한 심정을 털어놓았다.

"본 교의 천 년 역사 중에는 십만대산의 꼭대기만 빼놓고 모든 지역의 지배권을 빼앗겼을 때도 있었소. 하지만 단언컨대 현 상황의 위기는 그 당시보다 더하면 더했지 덜하지 않소. 내부는 분열될 대로 분열되고, 본 교와는 전혀 상관없는 인물이 교주를 하고 있는 상태에서 흑백대전이라니. 그것도 온갖 세력의 이해관계가 뒤섞여 일이 어찌 흐를지도 전혀 예상할 수 없소. 차라리 백도세력에 의해서 십만대산에 포위당하는 게 더 좋았을 것이오."

피월려는 말을 보탰다.

"거기에 그나마 희망이 보이던 차기 교주도 허무에 빠져 당장에라도 우화등선할 것 같으니 더욱더 심란하시겠소."

솔진은 기가 막히다는 듯 대꾸했다.

"지금 심검마선께서 그런 말을 하실 입장이시오?"

피월려는 어깨를 들썩이곤 말했다.

"농이오, 농. 자, 다 왔소."

"다 왔다니?"

"신물전 말이오. 우리 앞에 있는 건물이 신물전 아니오?"

그 말을 듣는 순간 솔진의 눈동자가 보름달처럼 커졌다. 그는 한동안 말을 잇지 못하고 주변을 살폈는데, 그곳엔 십만대산에서 가장 높은 봉우리인 천왕좌(天王座)의 풍경이 자리하고 있었다.

어릴 때부터 신물전에서 자란 솔진에게 천왕좌는 집 앞 놀이터이고 신물전은 집과도 같았다. 솔진은 몇 번이고 눈을 비비고 땅을 만지며 확인했다. 그리고 서서히 몸을 침투하는 추위가 느껴지고, 산 아래보단 희박한 공기가 폐로 들어오니 믿지 않으려야 믿지 않을 수가 없었다.

그가 피월려를 돌아보며 말했다.

"어, 어찌 된 것이오?"

피월려는 그저 빙그레 웃었다.

"목적지에 도착한 것이오."

"이, 이게 무슨……."

"괜찮소?"

어안이 벙벙해진 솔진은 갑자기 화가 난 것처럼 벌떡 일어나 큰 소리로 외쳤다.

"어, 어떤 방법으로 이렇게 하신 것이오? 혹 내가 기절해 있었던 것이오? 시일은 얼마나 지났소? 무슨 술법을 쓴 것이오?"

피월려는 양손으로 솔진의 양 어깨를 부드럽게 감싸고는 말했다.

“금강부동심법을 통해 완성한 오통(五通) 중 하나인 신족통(神足通)이오.”

“……”

“시험해 보았는데, 심력의 극심한 소모를 제외하면 괜찮은 것 같소. 잘되어서 다행이오.”

솔진은 온몸을 사시나무 떨듯 하더니, 곧 피월려 앞에 무너져 내렸다.

“반선이 아니라 입신이라 하시오, 심검마선.”

피월려가 부드럽게 대답했다.

“그 또한 확인해야 할 일이오. 내가 입신인 것을 확인하면 그제야 우화등선할지도 모르지. 내겐 아직 가야 할 길이 남아 있고 그 사실이 너무나도 기쁘다오.”

“……”

“그럼 또 뵙겠소.”

인사말을 듣자마자 솔진이 고개를 들었지만, 그의 앞에 있어야 할 피월려는 완전히 자취를 감추었다.

솔진은 한동안 눈동자조차 움직이지 못했다.

* * *

이름 없는 산등선, 작은 초막집이 있었다. 허름한 벽과 누진 지붕을 보면 지어진 지 오래되고 사람이 살지 않는 버려진 집 같았다. 하지만 하늘 높게 솟은 기둥에서 하얀 연기가 모락모락 피어오르는 것을 보면 사람이 살고 있는 것이 분명했다.

"응애, 응애!"

집 안에서 갓난아이의 울음이 울려 퍼지자, 주방에서 밥을 짓던 아낙네가 서둘러 몸을 일으키곤 집 안으로 들어갔다. 그곳엔 놀란 눈으로 울음을 터뜨리며 어미를 찾는 그녀의 아이가 있었다.

무슨 일이 일어난 것이다. 곤히 잠들면 천둥 번개가 몰아쳐도 잠에서 깨어나는 법이 없는 아이가 잠에 든 지 한 시진도 되지 않아 깨어났으니 말이다.

아낙네는 서둘러 아이를 안아 들고 달래기 시작했다.

"응애! 응애!"

태어난 지 열흘도 채 되지 않은 아이는 울음을 터뜨리는 것 말곤 자기의 의사를 표현할 길이 없었다. 그럼에도 아이의 어머니는 그 아이의 울음을 구분했다. 특히 배고픔을 원할 때와 아랫도리를 갈아달라는 신호는 딱 한 번만 듣고도 알 수 있었다. 그런데 아낙네의 표정이 점점 심각해졌다.

"처음 듣는 울음소린데……."

"응애! 응애!"

"몸이 잘못되었나……."

아낙네는 한 손으로 아이를 달래면서, 방 한편으로 다가갔다. 그리고 귀히 모셔놓은 상자 하나를 열었다. 그곳에는 흑암처럼 진한 흑옥(黑玉) 수백 개가 있었다. 마치 작디작은 단환처럼 보였는데, 약재 냄새는 나지 않았다.

아낙네는 그것을 하나 들어 입으로 가져갔다. 그리고 그것을 오물오물 씹었다. 의외로 맛이 굉장히 좋아 침이 나왔지만, 아낙네는 그것을 조금도 삼키지 않으려고 노력하며 꾸준히 단환을 씹었다.

그리고 그것이 거의 물과 같이 되었을 때, 아낙네는 자신의 아이와 입을 맞추었다. 그리고 조금씩 입을 벌려 아이의 입에 그 단환의 기운을 넣어주었다. 아이는 마치 어머니의 젖을 빠는 것처럼 그것을 꿀떡꿀떡 받아 삼켰다.

입으로 모두 전해 준 아낙네는 서둘러 아이를 엎어진 자세로 방바닥에 눕혔다. 갓난아이를 절대로 그렇게 놓아선 안 되는 자세임에도 불구하고 아낙네의 행동에는 거침이 없었다. 아이가 소화를 하지 못해 괴롭다는 듯 울음소리를 내었지만, 아낙네는 아랑곳하지 않고 아이의 몸을 한 손으로 붙잡았다.

그리고 다른 쪽 한 손의 검지와 중지를 펴서 아이의 꼬리뼈 부근에 대었다. 그리고 서서히 가진 진기를 천천히 불어넣었는데, 그와 동시에 아낙네의 얼굴이 창백해지기 시작했다. 식은땀에 옷이 젖고 당장 기절할 듯이 눈꺼풀을 반쯤 뒤집었지만, 아이에게 진기를 전해 주는 그 손가락을 절대로 떼지 않았다.

그렇게 한동안 아이와 어미는 모두 고통으로 신음했다. 그러나 곧 아이의 눈이 감기면서 잠에 빠져들자, 어미는 손가락을 떼고 그 자리에 넘어지듯 쓰러졌다. 그 와중에도 엎어진 아이의 자세를 위로 돌리는 손길은 모정이 아니라면 불가능했을 것이다.

"하아. 하아."

핏기 하나 없는 얼굴.

뼈에 붙어버린 가죽.

맥박이 뛰는 핏줄.

그런 흉한 꼴에도 아낙네의 미모를 완전히 가릴 수 없었다. 그 상태 그대로라도 그녀의 모습을 본다면, 경국지색이라는 말이 절로 나오는 수준. 만약 그녀가 몸을 회복하고 치장을 제대로 했다면, 아무리 고명한 중이라도 그녀를 바라본 것만으로 마음을 송두리째 빼앗길 것이 자명했다.

"하아. 하아."

이마에 손을 얹고 잠시 휴식을 취한 아낙네는 일어나지 않는 몸을 억지로 일으켰다. 마치 동면에서 막 깨어난 동물처럼 느릿느릿한 움직임으로 겨우 주방에 도착한 그녀는 그곳에서 밥을 짓고 있는 사내를 보곤 심장이 멎는 것을 느꼈다.

"피, 피 대원."

쭈그려 앉은 채로 불을 돌보던 피월려가 서서히 그 자리에 일어났다. 그리고 뒤로 돌아 아낙네와 눈을 마주쳤다.

"아이가 생긴 줄은 몰랐소, 류 소저. 홀로 고생이 많았군."

류서하의 눈은 눈물로 가득해졌다. 그녀는 무너져 내리듯 주저앉았고, 어느새 다가온 피월려의 품에 안기게 되었다.

피월려의 따뜻한 품속에서 류서하는 기쁨과 슬픔의 감정을 동시에 느꼈다.

그녀가 힘없는 목소리로 말했다.

"아버지를 처음 본 울음소리였군요."

"아이 말이오?"

"네. 아이도 본능적으로 아버지를 알았던 거예요."

"……."

"죽었다 들었는데, 역시 살아 계셨군요. 전 믿지 않았어요."

"그런 것치곤 꽤 안도하시오?"

류서하는 작은 미소를 얼굴에 품었다.

피월려는 류서하를 놔주려 했지만, 류서하는 더욱 피월려의 품에 파고들었다. 그러자 묘한 죄책감에 사로잡힌 피월려는 끝내 속에서 나오는 말을 막을 수 없었다.

"미안하오."

"……."

"일이 이렇게 될 줄은 몰랐소."

류서하는 고개를 흔들었다.

"어차피 제가 자초한 일이에요."

"……."

"전 애초부터 그 감옥에서 피 대원의 아이를 갖고 싶었어요."

피월려는 류서하의 고백에 어안이 벙벙했다.

"정말 그때 아이를 가지려 했다는 말이오?"

"그렇게 하는 것만이 피 대원과 연결되는 유일한 길이라는 걸 알았으니까요."

"애초에 작정했었군."

류서하는 담담하게 말했다.

"역혈지체의 남자의 씨앗으로 임신하기 위해선 준비 과정이 필요해요. 그것을 몸에 행하고 감옥으로 내려갔죠."

"왜 그렇게 했소? 내가 류 소저를 사랑하지 않는다는 걸 알면서?"

"상관없어요. 나는 내가 사모하는 남자의 아이를 낳고 싶었을 뿐. 어차피 당신이 옆에 있지 않아도 나는 아이를 충분히 키울 수 있어요. 최강의 남자의 아이답게 최강으로 키울 거예요."

피월려는 류서하가 하고자 하는 말이 무슨 뜻인지 알 수 있었다.

"북경류가. 가문을 위해서군."

류서하는 입술을 살포시 물었다.

"오로지 그것뿐이라고만 생각하면 안 돼요. 당신을 선택한 건 내가 연모했기 때문인 것이 첫 번째 이유니까."

"알고 있소. 나를 연모하는 거. 이렇게 안고만 있어도, 기뻐하는 류 소저의 기분이 느껴지오."

창백하기 그지없었던 류서하의 얼굴에는 어느새 홍조가 가득했다. 행복감에 젖은 그녀의 눈가와 입가는 웃음기가 가득했지만, 그녀는 억지로 얼굴을 굳히며 말했다.

"그 아이의 성은 류씨예요. 그것만은 양보할 수 없어요."

피월려는 부드러운 미소를 지어 보였다.

"알겠소. 걱정 마시오. 나도 염치없이 이제 와서 아버지의 역할을 할 생각이 없소."

"제가 허락하지도 않을 거니 그리 알아요."

"정녕 홀로 키울 생각이시오? 원한다면……."

류서하는 단호하고 차가운 목소리로 대꾸했다.

"저 아이는 북경류가의 대를 이어야만 해요. 그러니 아버지의 손길은 없는 게 차라리 나아요."

"……."

"그래도 가끔은 찾아와 주실 거죠?"

이기적이고 또 이기적인 그녀의 요구에 피월려는 고개를 끄덕일 수밖에 없었다. 거부하기엔 그녀의 얼굴이 너무 예뻤다.

"알겠소. 아이 모르게 도움을 주도록 하지."

"그 약속이면 충분해요."

류서하는 피월려의 허리를 감싸 안았다. 그것도 매우 강한 힘으로. 내력을 동원한 것이 분명했다.

피월려가 말했다.

"그… 조금 답답……."

"안아줘요."

"지금 안고 있지 않소?"

"안아줘요."

"안에 아이도 있고……."

"안아줘요."

"……."

"안아달라고. 이 나쁜 자식아."

피월려는 류서하와 입을 맞추었다. 그러자 류서하는 뱀처럼 피월려의 몸에 올라타더니, 그의 모든 것을 탐하기 시작했다. 그녀의 눈은 피월려의 가장 깊은 속까지 바라봤다. 그녀의 손은 피월려의 가장 깊은 속까지 더듬었다. 그리고 그녀의 혀는 피월려의 가장 깊은 속까지 핥았다.

아까만 해도 쓰러져 버릴 것 같던 류서하에게 어디서 그런 힘이 나는지, 반선지경에 오른 피월려조차도 그녀의 구속에 속수무책으로 당했다.

"하아! 하아! 하악!"

쾌락의 절정을 표현하는 신음 소리가 류서하의 고운 입에서 터져 나오며, 운우지락(雲雨之樂)의 시작을 알렸다.

서로의 가장 민감한 부분이 심장박동과 동일한 박자를 가지고 교류하는데, 그 와중에도 미세한 떨림이 지속적으로 함께하여, 묘한 움직임을 만들어냈다. 그것은 마치 파도와 같은 바람을 헤쳐 나가는 벌의 움직임과도 같았다. 그렇게 큰 움직임 속에 존재하는 작은 떨림은 남녀의 정신을 뒤흔들어 놓았다.

"후아아. 후아악. 하앙."

시간이 흐를수록 큰 흐름은 서서히 빨라졌고, 작은 진동은 서서히 느려졌다. 그리고 신음 소리는 점차 호흡 소리로 뒤바뀌기 시작했다.

류서하는 자신이 무엇을 바라보고 무엇을 느끼고 무슨 자세를 취하고 있는지 전혀 인지하지 못했다. 오로지 홍수처럼 밀려오는 쾌락을 애써 무시하고자 안간힘을 쓸 뿐이었다. 억지로 자신의 삶에 있었던 최악의 기억들을 떠올리며 이성을 보호하고자 했지만, 신경을 타고 흐르는 쾌락의 군세를 막아낼 도리가 없었다.

그렇게 얼마나 지났을까? 큰 흐름과 작은 진동의 박자가 동일해지자, 류서하는 비명과도 같은 소리를 질렀다.

"하핫! 아아앗! 아앗!"

그 외침을 통해서 모든 것을 한껏 쏟아낸 류서하는 마치 천

년 고목처럼 빳빳이 몸을 세우더니, 몇 차례 몸을 부들부들 떨고는 그대로 갈대처럼 쓰러졌다.

피월려의 품에 그대로 안긴 류서하는 눈을 감고 새근새근 잠이 든 듯 숨을 쉬었다. 그리고 전신에서 느껴지는 기분 좋은 무력감을 즐겼다. 또한 피월려의 가슴에서 쿵쾅거리는 심장 소리가 너무나 달콤했던 그녀는 오른쪽 귀를 그의 가슴에 대고 더욱 그의 품에 파고들었다.

하지만 우악한 손길에 그녀는 피월려의 품에서 떨어져야 했다.

"피, 피 대원?"

"……."

피월려의 눈동자는 뜨겁게 타오르고 있었다. 너무나 뜨거워 바라보는 것만으로 몸이 탈 지경이었다.

류서하의 얼굴은 살짝 공포감으로 물들었고 그녀는 떨리는 목소리로 조심스레 물었다.

"자, 잠시마안."

피월려의 얼굴이 아래로 푹 꺼졌다. 곧 엄청난 부끄러움이 엄습한 류서하는 양손을 피월려의 머리에 대고 필사적으로 밀었다. 하지만 막무가내로 들어오는 피월려의 머리를 막을 순 없었다.

"으읏!"

평생 느껴보지 못한 감각.

류서하는 자기도 모르게 다리를 꼬아 피월려의 머리를 감싸

안았다. 신이 벗겨진 그녀의 두 발가락은 마치 애벌레처럼 움츠러들었다. 양 발목은 이상한 각도로 기이하게 꺾이고, 매끈한 허벅지에는 힘이 들어가 두터워졌다.

류서하는 오른눈을 감고 왼눈을 반쯤 뜬 이상한 표정을 지었다. 그리고 한 손으론 피월려의 머리카락을 부여잡았고, 다른 손으론 마구 머리통을 때렸다.

"그, 그만! 그만!"

류서하의 외침에 피월려가 고개를 슬쩍 들었다.

"싫소?"

"그, 그런 건 아니지만……."

"그럼 왜 그렇소?"

"부, 부끄러워요. 아이를 낳은 지 열흘밖에 안 됐다구요."

"그래서?"

"그래서라니……."

"나는 괜찮소."

"아, 제가 안 괜찮다아… 흐훗! 훗!"

또다시 올라오는 이상한 느낌에 류서하의 양쪽 눈이 반쯤 떠지며 눈동자가 위로 향했다. 그녀는 양손으로 피월려의 머리카락을 뽑아낼 듯 강하게 붙잡았고, 다리로는 피월려의 목을 조여 버릴 정도로 꽉 붙잡았다.

귀한 가문에서 곱게 자란 류서하는 천한 기방에서 자란 피월려를 도저히 당해낼 수 없었다. 보고 자란 것에서부터 완전히 패배할 수밖에 없었던 류서하는 결국 완전 항복을 선언했고, 그 끔찍이도 달콤한 대가를 하는 수 없이 받아들였다.

해가 지고 달이 떴다.

모든 것을 쏟아낸 피월려와 모든 것을 받아들인 류서하는 한 몸처럼 누웠다.

피월려가 물었다.

"아이가 남아인가 보오? 듣기론 천음지체의 음기는 여아를 임신하면 전가되는 걸로 알고 있소만, 류 소저의 몸에선 여전히 강력한 음기가 느껴져서 하는 말이오."

류서하는 몸에 자리 잡은 강한 기운을 느끼면서 말했다.

"맞아요, 남아예요. 제가 그 아이의 성을 포기하지 못한다고 말했잖아요."

"그랬지."

류서하는 이마의 땀을 훔치면서 말했다.

"얼마나 힘들었는지 모를 거예요. 천음지체인 몸으로 역혈지체의 씨앗을 받아 임신하여 아이를 낳은 건 기적에 가까운 일이에요."

"그러고 보니 듣고 싶소. 어떻게 가능했소?"

"우선 아이가 선천적으로 가진 양기로 인해서 음기가 가득한 제 자궁에서도 살아 있을 수 있었죠. 아마 피 대원의 씨앗이기에 그것이 가능했던 것 같아요."

"그리고?"

"역혈지체의 아이를 온전히 낳기 위해서 천마오가에서나 쓰는 태아용 마단을 교주에게 받았어요. 그리고 그날 품었던 피대원의 마기를 태아에게 지속적으로 공급하며 역혈지체의 성장을 도왔죠. 때문에 제 기혈이 망가졌지만."

피월려는 그녀가 말하는 교주가 성음청임을 깨닫고는 물었다.

"그 이후 이곳에 잠적해 있었던 것이오?"

"임신한 몸으로는 가문에 아무런 보탬이 될 수 없죠. 게다가 교주와의 연락이 끊기고 나서는 북경류가에 자금을 대줄 사람이 없어요. 그러니 이렇게 숨어서 제 아이를 최고의 고수로 길러 가문을 일으켜 세우는 것이 유일한 길이에요."

"교주는 죽었소."

"예상했어요. 피 대원께서 다음 교주가 되셨나요?"

"아니오."

"그럼?"

"진설린이 되었소."

"……."

"곧 내가 될 것이오."

류서하는 고개를 위로 들어 피월려를 올려다보았다. 피월려는 아련한 눈길로 하늘을 바라보고만 있었다.

류서하가 말했다.

"가능하시겠어요?"

"지금은 가능할 것이오."

"……."

피월려는 고개를 내려 류서하와 눈을 마주치며 물었다.

"아이의 이름은 무엇이오?"

류서하는 그가 말을 돌리려는 걸 굳이 막지 않았다.

"아직 짓지 않았어요. 피 대원께서 살아 계실 거라고 믿었으니까요."

"내게 기회를 주는 것이오?"

"성을 빼앗았으니, 이름만큼은 지어주세요."

피월려의 시선은 다시 하늘을 향했다.

"무극(無極). 무극이라 지어주시오."

끝이 없다.

류서하는 한숨을 쉬었다.

"놀림을 많이 받을 만한, 특이한 이름이군요."

"월려보단 덜할 거요."

"그럼 류무극인가요? 뜻도 그렇지만 어감도 별로예요."

"내 무학을 하나로 설명하면 바로 그것이오."

"……."

"나는 목표가 없소. 그저 하루하루 살아갈 뿐이오. 매일에

충실할 뿐이지."

"그래서 끝이 없나요?"

"그렇소."

"그래서 그리 빨리 달릴 수 있으시군요."

감옥에서의 대화를 기억한 피월려는 웃지 않을 수 없었다.

"후후후."

류서하는 몸을 살짝 뒤척이더니 말했다.

"입신에 오르니 웃음소리까지 달라졌네요."

"……."

"뭔가 건방지고 유치하지만, 그래도 멋있어요."

"칭찬이오?"

"반쯤은."

"……."

"무공 하나 남겨주고 가요."

"무공? 북경류가의 무공을 가르칠 생각 아니오?"

"북경류가의 무공은 대부분 소실된 지 오래예요."

"그럼 차라리 나와 함께……."

류서하는 단호하게 거절했다.

"아니요. 전 저 아이가 자신의 성을 버리는 걸 원치 않아요. 나중에 아버지가 누군지 깨닫고 나서도, 여전히 류씨 성을 가지고 이곳 북경에 거주하길 바라요. 그렇게 되기 위해서라도 류가의 정체성을 갖춘 성인이 되기 전까지, 마교의 존재를 알지 못하게 할 거예요."

"그래도 마공을 익히다 보면, 스스로를 마인이라 여기게 될 수도 있소."

"그것까진 어쩔 수 없어요. 하지만 북경류가의 부실한 무공을 익히면 천하제일인이 될 수 없으니 어차피 북경류가를 천하제일가로 만들 순 없어요."

"북경류가의 인물이 마공을 근간으로 하는 무공을 사용하면 그때의 천마신교에서 가만히 있겠소?"

"그럼 북경류가의 이름으로 마교를 굴복시켜 다스리면 될 일."

"……."

북경의 한적한 산 위에서 갓 태어난 남아와 함께 사는 한 미혼모의 꿈치고는 너무나도 허황된 꿈이었다. 하지만 피월려는 왠지 그 꿈이 허황되게 끝나지 않을 것임을 확신했다.

피월려가 말했다.

"문방사우(文房四友)가 있소?"

류서하가 말했다.

"그냥 읊어주면 되요. 제가 기억하면 그만이니. 제가 천음지체임을 벌써 잊으셨나요?"

"아, 그렇지. 흐음… 무엇이 좋을까."

고민하는 피월려를 올려다보며 류서하가 말했다.

"최고의 것으로 주면 되잖아요? 뭘 그리 고민하죠?"

피월려는 재촉하는 류서하의 머릿결을 한번 쓸어내리며 말했다.

"후후후. 확실히 어머니가 되셨소. 아이의 일이라 그리 감정적으로 되시고."

"……."

류서하는 조금 부끄러워져서 눈길을 돌렸다. 아이의 아버지인 피월려에게도 그런 감정이 튀어나온 것을 보면, 아이를 대함에 있어서 그를 경쟁자로 생각하는 것이 너무 적나라하게 보였기 때문이다.

피월려는 웃어넘기면서 말했다.

"흐음. 내가 생각하기에 아이에게 가장 알맞은 것으로 그리고 내 심득이 담긴 것으로 전해주고 싶소. 이곳에 조금 머물면서 나의 마선공을 정립하여 창시하는 것이 좋겠소."

순간 류서하의 얼굴이 더 이상 밝아질 수 없을 만큼 환해졌다.

"정말? 더 있을 거예요?"

"물론이오."

그런데 일순간 류서하의 얼굴이 차갑게 변했다.

"하지만 아이의 눈에 띄어서는 안 돼요."

"알고 있소."

"……."

힘없이 대답하는 피월려의 목소리에 류서하의 얼굴이 다시금 어두워졌다.

피월려는 류서하의 머릿결을 다시금 쓸며 말했다.

"죄책감을 가질 필요는 전혀 없소. 류 소저에겐 내게 그렇게 할 충분한 자격이 있으시오."

류서하는 침을 한번 삼키더니 물었다.

"제가 너무 잔인한가요?"

"아니오. 내가 잔인했지. 그러니 서로 탓할 것이 없소."

"……."

"류 소저가 나를 연모하는 마음은 잘 알고 있소. 하지만 가문을 일으켜 세워야 하는 그 한을 포기할 수 없다는 것도 잘 알고 있소."

류서하는 조용한 목소리로 대꾸했다.

"그건 한낱 제 목숨이나 감정 때문에 버릴 수 있는 것이 아니에요. 제가 이기적인 것을 용서해 주세요, 피 대원."

"나도 류 소저를 그리 취급한 걸 용서해 주시오."

"용서해요."

"고맙소."

"……."

"하나, 한 가지만 물어보고 싶소."

피월려가 말하자 작은 침묵 후에 류서하가 대답했다.

"물어보세요."

"가문의 흥함이 아이의 인생보다 중요하시오?"

"……."

"가문을 위해 자신의 목숨과 감정을 포기하는 건 이해하오. 하지만 하늘이 맺어준 어머니와 자식 간의 관계조차도 포기하실 수 있소?"

류서하는 한숨을 내쉬었다.

"모르겠어요."

"모르겠다?"

"지금도 아이를 보면서 항상 복잡한 마음이 가득하죠. 그 아이가 자신을 위해 북경류가를 버리려 하면 과연 내가 그것을 받아들일 수 있을지… 그 아이의 인생을 이용하면서까지 가문의 흥함을 바라야 할지……."

"……."

"키우면서 저도 그 답을 찾아봐야겠죠. 피 대원은 어떻게 하실 생각이죠? 아이가 자유를 바라면 제 의지를 반하고서라도 그것을 도와주실 건가요?"

피월려는 고개를 흔들었다.

"내겐 그럴 자격이 없다는 걸 잘 아오. 걱정하지 마시오. 극이의 판단에 어떠한 영향도 미치지 않겠소. 그저 이미 스스로 내린 결정에서만 도와주도록 하지."

"고마워요."

"나야말로. 나를 원망하지 않아 고맙소."

"사실 원망해요."

"……."

"한 번 더 안아줘."

"알겠소."

그들은 또다시 운우지락을 나누기 시작했다.

다만 이번에는 막 잠에서 깨어난 류무극의 울음소리에 색욕을 반도 채우지 못하고 끝을 내야만 했다.

그렇게 오 일이 지났다.

집 옆에서 숨어 지내면서, 자신의 심득을 완전히 담은 무공을 완성시킨 피월려는 그것을 류서하에게 전해 주었고, 류서하는 수차례나 듣고 답하며 그것을 정확하게 확인했다.

류서하는 이제 길을 떠나려는 피월려의 품에서, 절대로 떨어지지 않을 것처럼 그의 몸을 꽉 안았다.

"잘 가요. 언제 볼 수 있을지 모르겠네요."

"내가 전에 말한 대로 천포상단의 단주를 만나 지원을 부탁하겠소. 극이의 이름을 아는 천포상단의 상인이 찾아오면 내가 보낸 것이라 생각하시면 되오."

"괜찮대도."

"내가 괜찮지 않소. 지금은 살이 붙었지만, 처음 보았을 땐 얼마나 야위었는지 당장에라도 쓰러질 것 같았소. 게다가 만에 하나 또 다른 아이가 생기면 그땐 홀로 키울 수 없을 거요."

"살이 붙은 건 그야 그만큼 많이 사랑을 받았으니 그런 거죠. 애초에 돈이 부족해서 야윈 것이 아니에요. 그리고 임신을 준비하지 않는 한 역혈지체의 씨앗으로 아이가 생길 수 없어요."

"만에 하나 말이오. 만에 하나."

"흐응. 알겠어요. 정말 괜찮은데."

류서하는 애교 섞인 콧소리를 내었다.

겨우 오 일밖에 되지 않았지만, 천 일을 함께한 신혼부부보다 더한 운우지락을 경험한 류서하는 이미 여우가 될 대로 되어, 기녀들조차도 혀를 내두를 정도의 색기를 은근히 내뿜고 있었다.

그녀는 그렇게 오 일간의 사랑에 그토록 급변했지만, 가문을 일으키겠다는 마음속에 품은 한만큼은 만년설처럼 조금도 변하지 않았다. 그렇기에 피월려는 이 세상의 무엇으로도 그녀의 의지를 꺾을 수 없다는 걸 알 수 있었다. 사랑으로도 꺾을 수 없다면 무엇으로 꺾겠는가?

그런 류서하의 아래서 자라는 류무극은 분명 천하제일인이 될 것이다. 피월려는 그렇게 믿어 의심치 않았다.

피월려가 말했다.

"상인을 보낼 땐 여상인에게 부탁해야겠군. 괜히 남자 하나 마음에 불을 질러 평생 고통받게 하고 싶지는 않소."

"그래요, 그게 좋겠어요. 행여나 어리석은 생각을 했다간 죽일 수밖에 없으니, 피 대원의 사람과 불편한 관계가 되고 싶지는 않아요."

"……."

"이젠 다시 볼 수 없는 건가요?"

"때때로 찾아오겠소. 극이 모르게."

"하지만 왜죠? 이대로 영영 떠나 버릴 것 같은 기분이 드는 건?"

"죽지는 않을 거요. 만약 사라진다면 우화등선이겠지."

"우화등선을 눈에 앞둔 신선치고는 색욕이 너무 강하던데."

"……."

"그러니 아마 우화등선은 못할 거예요. 저를 잊지 말고 자주 찾아와 주세요. 당신을 그리워할 날들이 벌써 무섭네요."

그렇게 한동안 피월려를 안고 있던 류서하는 끝내 그를 놔주었다.

피월려가 나지막하게 말했다.

"다시 보는 날까지 잘 지내시오, 류 소저."

"끝까지."

"……."

"관계할 땐 잘만 말하더니."

"……."

"다시 말해요."

피월려는 헛기침을 하고 말했다.

"다시 보는 날까지 잘 지내시오, 류 매."

류서하의 얼굴은 태양처럼 밝아졌다.

그녀는 웃음을 머금고 고개를 끄덕이며 말했다.

"그때까지 월랑도 몸조심하세요."

피월려는 한동안 그곳에 서서, 아름다운 미소를 짓는 류서하를 바라보다가 이내 모습을 감추었다.

환상처럼 사라지는 피월려의 마지막 모습을 본 류서하의 입가가 파르르 떨렸다.

그녀는 양손을 들어 방금 전까지 피월려가 있던 허공을 허우적거렸다.

그곳에는 따뜻한 온기만이 남아 있었다.

류서하의 양 볼로 눈물방울이 또르르 흘러내렸다.

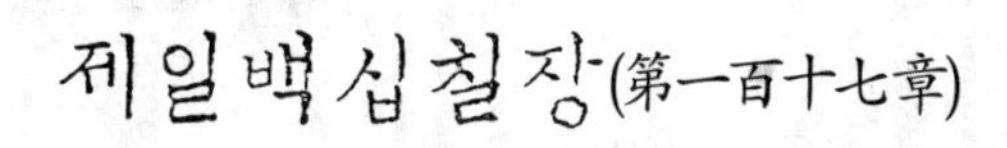

제일백십칠장(第一百十七章)

극악마뇌(極惡魔腦) 사무조.

유일하게 천마급에 이르지 않고도 장로의 자리에 올라선 전무후무한 마인이었다. 어렸을 적부터 마공을 익혔지만, 그는 무 자체에 그리 큰 관심이 없었다. 때문에 몸에 부담 가지 않을 정도로만 마공을 익혔고, 몸에 부담이 가는 것으로 장점을 이끌어내는 특징을 가진 마공을 제대로 익힐 수 있을 리 만무했다.

그렇게 설렁설렁 마공을 익혔건만, 마인들 대부분은 근처도 못하는 지마에 오른 것은 그의 비상한 머리 덕분이었다. 애초에 안정성이 그의 목표였기 때문에 지마까지만 도달하는 최상의 방법을 연구하였고, 그렇게 스스로 창시한 마공을 새로 익혀 지마를 이룩했다.

그 마공은 정말로 지마만을 목표로 만든 것이었다. 때문에 누구라도 지마까지는 도달할 수 있지만, 더 익히려 했다가는 필히 마성에 젖어 죽음을 면할 수 없는 성질을 가지고 있었다. 또한 한번 익히면 몸속 깊은 곳까지 뿌리를 박아 절대 철소할 수도 없었다. 뿐만 아니라, 실제 싸움에서는 같은 지마에게 쉬이 패배할 정도로 내력의 활용도도 적었다. 말 그대로 마공의 안정화, 그것이 유일한 장점이었다.

노년이 되어서 그는 그것을 매일 후회했다. 그는 능수지통 다음으로, 아니, 현재 무림에선 가장 똑똑하다 할 수 있는 머리를 가졌지만, 뭐든 쉽게 성취하려는 게으름 때문에 일을 망치기 일쑤였다. 그의 마공도 그중 하나. 만약 그가 참을성을 가지고 제대로 된 마공을 꾸준히 익혔다면 진작 천마에 올랐을 것이고 교주까지도 노려봤을 것이다. 하지만 어쩌겠는가? 이미 너무 늙어버렸다.

사무조는 한숨을 쉬고 마지막으로 몸을 정갈히 했다. 주석과 수은을 합금한 투명 거울을 날카로운 눈길로 바라보며, 콧수염 하나 삐져나오는 것을 용납하지 않았다.

"장로님. 시간이 되었습니다."

사무조는 밖에서 들린 시녀의 목소리에 헛기침을 하며 잠긴

목을 가다듬었다. 그러자 그 기침 소리를 들은 두 미녀가 침상에서 뒤척이며 그를 보았다. 그 미녀들은 벌써 십여 년이 넘는 세월 동안 그의 밤 시중을 드는 노비들이었다. 그 누구도 믿지 않는 사무조에게 있어 그토록 오랫동안 옆에 있었던 사람은 그녀들밖에 없었고, 때문에 그녀들만 한 참모도 없었다.

하지만 그럼에도 사무조는 그녀들조차 완전히 믿지 않았다.

그녀들 중 깊은 눈매가 인상 깊은 노비가 말했다.

"조랑. 잘하실 거예요."

사무조는 고개를 끄덕였다.

"앞으론 목숨을 장담할 수 없어. 오늘부로 너희들은 낙양에서 내려가도록 하거라."

그러자 다른 노비가 말했다.

"저희는 처음 가족을 위해서 조랑의 노비가 되었지만, 이젠 가족이라 생각하는 분은 조랑뿐이어요. 저희를 버리지 마세요."

사무조는 그녀들을 쳐다보지도 않고 몸을 돌리며 말했다.

"애초에 낙양까지 따라오지 말았어야 하거늘. 너희들 때문에 괜히 더 마음이 무거워졌느니라. 그러니 내려가. 이건 명령이니라."

노비들은 놀란 눈으로 서로를 보더니 곧 공손히 고개를 숙였다.

"존명."

"존명."

사무조는 웬만해선 명령을 내리는 법이 없었다. 그런 그가 강경하게 명령을 내리니, 그만큼 더 심각하게 들렸다. 곧 사무조가 이마에 난 주름을 한 손으로 만지작하며 방을 나서자, 노비들은 그 즉시 재빠르게 움직이기 시작했다.

탁.

방문이 닫히고, 사무조는 동쪽 하늘에 떠오르는 태양을 바라보곤 깊은 심호흡을 했다.

"안내해라."

기다리던 시비는 앞장을 섰고, 사무조는 황룡무가의 가장 중심에 있는 교주의 대전을 향해 걷기 시작했다.

황룡무가의 아침은 매우 시끄러웠다. 이른 새벽부터 이곳저곳에 공사가 한창 진행 중이었기 때문이다. 기존에 있던 건물들을 두세 배로 늘리고, 주변을 땅을 강탈하다시피 하여 확장한 곳에서는 신축이 이뤄지고 있었다. 황제를 쥐락펴락할 수 있는 세력이 모두 사라지고 천마신교가 낙양에 들어서자, 아무도 그들을 막을 수 없었다.

이번 천본으로 인해 천마신교의 그 많던 자금이 반 이상이나 풀렸다. 백도세력과의 총력전에 쓰여야 할 자금 중 반 이상이 건물을 새로 올리는 데 쓰였으니, 사무조는 그 공사 현장을 좋게 볼 수만은 없었다. 근심이 가득한 채로 걸음을 옮기던 그가 막 대전에 들어서기 전에, 하늘에서 툭 하고 떨어지듯 활공

하는 매 한 마리를 보았다.

그 매는 정확히 사무조를 향해 날아오고 있었다. 사무조는 만일의 사태에 대비해서 마기를 끌어 올려 그 매를 주시했고, 그 매는 그것도 모르고 사무조의 어깨에 탁 하고 안착했다.

사무조는 우선 숨을 참았다. 그리고 내력을 가득 머금은 손가락으로 매의 발톱과 부리를 일일이 확인했다. 한참을 그러더니 곧 부드러운 표정을 짓고는 그 매를 쓰다듬었다.

"흐음, 간만이구나. 정말 간만이야. 검선이 죽었다는 소식 때 이후론 처음이지 아마? 이번에는 어떤 긴급한 소식이 있기에 네가 왔을까?"

그 매는 그르렁거리며 사무조의 볼에 자기 얼굴을 비볐다. 사무조는 그 매의 목에 달려 있는 작은 두루마리를 꺼냈다. 그곳에는 범인은 읽을 수도 없는 작은 글씨가 적혀 있었다. 게다가 암호문으로 작성되어 읽을 수 있다 해도 의미를 알 수 없었다.

사무조가 그것을 읽어 내려감에 따라 그의 이마에서 주름이 하나둘씩 사라졌다. 완전히 다 읽은 그는 그것을 입에 넣어 삼키고는 중얼거렸다.

"이것이 호재인가, 악재인가… 흥! 앞길이란 나 하기에 달려 있지. 이 또한 마찬가지. 내가 잘하면 살 것이고 못하면 죽을 뿐인 것을……."

그는 자조적인 웃음을 얼굴에 그리고는 대전으로 들어갔다.

대전에는 대략 열여 명의 마인들이 대기하고 있었다. 그들은 본부의 장로들과 대주들로, 천마신교의 최고 권력을 가진 마인들이었다.

사무조는 마음이 좁아지는 기분을 애써 떨쳐냈다. 그들 중에는 지마급이 더러 섞여 있었지만, 진짜 지마급에 머물고 있는 마인은 몇이나 될지 미지수다. 때문에, 지마에서 단 한 발자국도 앞서 나간 적이 없는 사무조는 심리적으로 위축될 수밖에 없었다.

그는 눈을 들어 중앙을 보았다. 그곳엔 천마신교의 보물이자 기보인 절대지존좌(絶對至尊座)가 횅하니 비어 있었다. 세상에 둘도 없는 보물로만 만들어진 그 절대지존좌는 천년의 세월 동안 조금도 변함이 없었다. 그런데도 그것을 보는 사무조의 안색은 좋지 못했다. 십만대산에서 낙양까지 옮겨 왔음에도 그 자리에는 전에 보았던 것처럼 먼지가 뿌옇게 앉아 있었기 때문이다.

그리고 그 옆에 간사한 미소를 짓고 있는 박소을이 있었다. 그는 높은 절대지존좌 옆에 서서 모든 이들을 굽어보고 있었는데, 사무조는 가까스로 표정을 관리했다. 이렇듯 그를 올려다볼 때마다 속에서 올라오는 역겨움은 도저히 적응할 수 있는 종류의 것이 아니었다.

"내가 제일 늦은 것 같군. 장로들과 대주들께 사과드리겠소."

사무조는 짧게 포권을 취하고는 그의 자리로 걸어갔다. 장로들이 서 있는 오른쪽의 가장 첫 자리. 즉, 박소을 바로 아래였다.

박소을은 빙그레 미소를 짓고는 모두에게 말했다.

"이곳에 오기 전 교주전에 들러 교주님을 모시고 오려 했으나, 내게 전권을 위임한다는 명령 외에는 아무런 말도 듣지 못했소. 확인이 필요하시거든 교주전에 가보시오."

그것은 교무회의(教務回議)를 시작하기 전에 항상 박소을이 하는 말로, 매번 토씨 하나 틀린 법이 없었다. 진설린이 등극했던 초기 시절에는 정말로 장로들과 대주들이 직접 교주를 뵈려 했는데, 그녀는 박소을에게 전권을 위임하겠다는 말만 되풀이할 뿐이기에, 지금 와서 그를 의심하는 사람은 아무도 없었다.

모두 침묵하자, 박소을이 말을 이었다.

"그럼 본 장로가 교권을 대행하겠소. 사 장로."

사무조가 박소을을 올려다보며 말했다.

"말씀하시오."

"현 상황은 이미 다들 알고 있겠지만, 모두 다시금 점검하는 것이 좋겠지. 전체적으로나마 설명해 주실 수 있겠소?"

"알겠소, 박 장로."

그는 앞으로 살짝 걸어나와, 절대지존좌 아래에 서서 장로들과 대주들을 바라보며 말했다

"현재 나지오 부교주는 낙양을 기준으로 서쪽의 모든 백도고수를 화산에 결집시켰소. 대문파들은 말할 것도 없고 겨우 한

두 명의 절정고수를 보유한 중소문파에서도 그들의 전력을 보냈지. 그들이 너 나 할 것 없이 자신들의 뒷일을 생각하지 않고 그토록 결집하게 된 이유는 바로 본 교의 본부가 황제가 기거하는 수도 낙양에 떡하니 천본했기 때문이오."

그의 말이 떨어지기 무섭게, 옆에 서 있던 시록쇠 장로가 말했다.

"지금 설마 교주를 탓하는 거냐, 사 장로?"

사무조는 천천히 시록쇠에게 고개를 돌리며 말했다.

"지금이라도 십만대산으로 돌아가자는 간청을 드리는 것이 낫다는 것이오."

그러자 시록쇠의 정면에 서 있던 흑룡대주 신균이 고개를 흔들며 조용히 말했다.

"이제 와서 본 교가 꼬리를 말 순 없지. 사 장로."

이번에는 사무조가 신균을 바라보며 말했다.

"물론 그렇소. 본 장로는 본 교의 책사. 책사로서 최선의 방도를 말씀드린 것뿐이오."

"……"

사무조는 다시 정면을 바라보며 설명했다.

"낙양 동쪽 편의 백도무림은 하북팽가를 중추로 모이고 있소. 안양에서의 일은 따로 설명드리지 않아도 될 것이오. 그것을 통해 감춘 힘을 드러낸 그들은 서서히 동쪽의 신흥 강자로 올라섰소. 또한 그들은 청룡궁이라는 신비문파의 지배 아래 있지. 청룡궁에 관해선 아직 본 교에서도 정확히 파악한 것이 없소."

사무조가 다시 말하려고 하는데, 그 절묘한 순간에 신균이 중얼거리듯 끼어들었다.

"서쪽에선 화산파. 동쪽에선 하북팽가라. 그러면 우리는 한 번에 양쪽을 상대해야 하는 것인가? 아무리 본 교의 힘이 강력하다고 하나, 어리석은 전술을 자초할 순 없다."

사무조가 고개를 끄덕이며 말했다.

"표면적으로 놓고 보면 절망적이라 해도 과언이 아니오. 하지만 몇 가지 희망적인 부분이 있소."

"그게 뭐지?"

"첫째로, 그 둘은 서로 협력하는 사이가 아니라는 점이오. 오히려 반목하는 사이지. 때문에 서쪽의 백도와 동쪽의 백도는 서로 연락을 취해서 같이 합공하지 못할 것이오. 왜냐하면 서쪽의 백도는 과거 구파일방 중 잔존하는 세력들, 예컨대 화산파, 종남파, 청성파, 아미파 등으로 구성되어 있고, 동쪽의 백도는 신흥 세력, 예컨대 하북팽가, 남궁세가, 청룡궁 등으로 구성되어 있소. 들리는 정보에 의하면 그들은 천마신교라는 공통의 적을 상대함에도 불구하고 화합이 이뤄지지 않을 정도요. 서로에게 이득 되는 것이 뻔한 것조차도 손을 잡지 않는다는 건 그만큼 큰 불화가 있다는 것이오."

시록쇠가 팔짱을 끼며 말했다.

"그래서 십만대산으로 되돌아가자는 것이군. 그 두 세력끼리 싸우게 두었다가 다시 중원을 취하자는 거야. 확실히 책략적으로는 옳은 소리긴 한데, 본 교가 싸우기를 두려워해서 꼬리를 말 수는 없는 게지. 멸망하더라도 말이야."

사무조는 고개를 끄덕이며 더 설명했다.

"둘째는 서쪽의 백도에 비해서 동쪽의 백도의 결집이 약하다는 것이오. 서쪽의 백도는 입신의 고수라 알려진 나지오 부교주라는 구심점이 있소. 게다가 과거 구파일방의 세력이라 그런지 협을 이뤄야겠다는 생각도 뚜렷하오. 하지만 동쪽의 백도는 이번 기회로 자신들의 세력을 불려야겠다는 야망만이 가득하오. 신흥 세력의 한계이지. 또한 그들은 동남쪽의 세력권을 노리고 있소. 그 점에 관해서는 어제 당사자인 천살가 출신 시록쇠 장로가 잘 설명해 주었지. 그러니 결속력이 너무나도 약하오. 조금만 자극하면 연합은 깨질 것이오. 어쨌든 이 두 가지를 잘만 이용한다면, 분명 본 교에도 승산이 있소."

어제, 시록쇠는 천살가를 대신해서 천살가의 지배 지역이었던 복건성의 주권 포기를 선언했다. 강서성 남창에 돌아온 천살가는 회복에 전념했고, 때문에 북에서 밀려들어 온 무림맹 제삼군이 막을 여력이 없었던 것이다.

다행히 천마신교의 천본 소식을 들은 제삼군은 강서성과 복건성의 정복을 멈추고 하북팽가로 북상했다. 사무조가 말한 동쪽의 백도세력이란 그들과 하북팽가를 합한 걸 일컫는 것이다.

사무조의 설명이 끝나자, 다들 고심하는 표정을 지었다. 그때 박소을이 물었다.

"다들 질문이 있소? 없으면 내가 하도록 하겠소."

모두 조용하자 박소을이 다시 말을 이어 질문했다.

"그럼 백도세력에서 언제쯤 당도하리라 보시오?"

"내 계산으로는 나지오 부교주를 필두로 한 서쪽의 세력은 오 일 정도 걸릴 것이오, 박 장로."

"동쪽은?"

"짧게는 열흘. 길게는 한 달도 걸릴 수 있소. 그곳의 정세는 스스로도 완벽한 결집을 이루지 못했기에 확실한 예상이 불가능하오."

"천마오가 쪽의 지원은 어떻소?"

"교주명을 받은 천마오가가 즉시 지원을 보냈다고 하더라도, 그들의 지원이 모두 도착하기까지는 적어도 칠 일에서 보름까지는 걸릴 것이오."

"흐음… 그러면 이 상황을 어찌 타개하는 것이 좋겠소?"

사무조는 박소을에게서 눈을 떼곤 다시 마인들을 보며 말했다.

"최상의 방도는 다시 십만대산으로 복귀하는 것. 그러면 양

세력 간의 싸움으로 번지게 될 것이고 어부지리를 취할 수도 있을 것이오. 하지만, 모든 대주들과 장로들이 반대하는 것을 알고 있으니, 퇴각은 없다는 전제하에 최상의 방도를 말씀드리겠소."

"……."

"우선 서쪽의 백도세력을 마중 나가야 하오. 먼저 우리가 낙양에서 나와 화산과 낙양의 중간 지점에서 그들을 상대해서 동쪽의 세력이 당도하는 것을 최대한 늦춰야 하오."

"낙양을 비우자는 뜻이오?"

"그렇소. 그리고 속전속결로 서쪽의 백도세력을 전멸시킨 후에 각각의 천마오가의 지원을 기다렸다가, 그들과 합류하여 다시 낙양으로 돌아와 동쪽의 백도세력을 상대하는 것. 그것은 최상의 방법이오."

그때 누군가 말했다.

"내게 더 좋은 방도가 있는데, 들어볼 텐가?"

그러자 다들 그 소리가 난 곳으로 고개를 돌렸다.

그곳에는 편안한 표정을 짓고 있는 피월려가 대전 문 앞에 서 있었다.

"……."

"……."

모두들 침묵하는 가운데 피월려가 천천히 걸어 들어오기 시작했다.

저벅.

저벅.

작은 발걸음 소리만 대전에 울려 퍼지는데, 장로들과 대주들은 숨 쉬는 것 하나마저 신경 쓰며 소리가 나지 않게 했다. 그 정도로 조용했고, 그 정도로 긴장했다.

하지만 그들 중 유일하게 박소을이 편안한 표정을 짓고 있었다. 그가 말했다.

"소생을 축하드리겠소, 심검마."

피월려는 포권을 취했다.

그러나 허리를 숙이지는 않았다.

"덕분에."

"……."

"밖에서 듣자 하니, 천마신교의 존망이 걸린 문제에 대해서 논하고 있는 것을 들었소. 때문에 천마신교의 일원으로서 염려가 되어 이렇게 회의에 참석하게 되었소."

박소을은 팔짱을 끼면서 물었다.

"이 자리는 교무회의. 장로와 대주급 이상의 인사가 아니면 참석할 수 없소."

"그러면 장로가 되도록 하겠소. 어차피 받을 것도 있고."

그 순간 피월려는 그 자리에서 종적을 감추었다. 그 자리에 있던 모든 이가 그의 기척을 놓쳐 어리둥절해진 사이, 한곳에서 단말마가 울려 퍼졌다.

"크학! 하악."

그곳엔 팔 하나가 시록쇠의 등에서부터 가슴까지 뚫고 있었다. 그리고 그 손에는 열심히 쿵쾅거리는 심장이 들려 있었는데, 그 심장은 보통의 형태가 아닌 백호의 모습을 취하고 있었다.

입에서 피를 토하는 시록쇠를 바라보며 모든 대주와 장로들의 눈이 부릅떠졌다. 지금까지 홀로 다른 모습을 보여주던 박소을마저 이번에는 다른 이들과 똑같은 표정을 지었다.

시록쇠는 고개를 뒤로 돌려 자신의 가슴을 뚫은 피월려를 보고 싶었지만, 목이 말이 듣지 않아 계속해서 부들부들 떨 뿐이었다. 그는 핏발을 세우며 뭐라고 소리치려 했지만, 핏물만을 쏟아낼 뿐이었다.

가망이 없다는 걸 느낀 시록쇠는 눈을 감았고, 곧 그의 전신이 두 배 이상 부풀어 올랐다.

으득! 으드득!

강렬한 마기가 시록쇠의 몸에서 쏟아지자, 피월려는 손을 뺐다. 그리고 그 심장을 왼손에 넘겨주고 오른손을 품에 넣어 소소(銷簫)를 꺼내 들었다.

피월려의 손이 빠져나옴에 따라, 구멍이 났던 심장이 팽창한 주변 근육들로 인해 완전히 메꿔졌다. 그리고 끊임없이 나오던 핏물도 잦아들기 시작했다.

곧 시록쇠는 말을 할 수 있게 되었다.

"역혈. 역혈. 역혈."

피월려는 소소를 들어 횡으로 베었다.

그러자 그 소소에 반투명하게 덧씌워진 무형검리(無形劍理)가 괴형(塊形)적으로 부풀어 오른 시록쇠의 몸을 반으로 잘라 버렸다.

피— 슛.

그대로 몸이 굳은 시록쇠의 몸에서 반월 모양의 상처가 생기더니, 곧 그곳에서 핏물이 마구 쏟아지기 시작했다. 반쯤 꺼낸 그의 도가 두 동강이 나 땅에 떨어지면서 맑은 소리를 내었다.

따— 앙.

곱게 울리는 그 소리를 시작으로, 시록쇠의 상체가 미끄러지듯 뒤로 넘어갔고, 곧 시원한 물줄기처럼 쏟아지던 핏물은 억지로 토해내는 듯한 형태로 바뀌어 대전을 더럽혔다.

"……."

"……."

모든 이가 입을 다물고 보는데, 피월려는 태연하게 얼굴에 묻은 핏물을 닦아내며 박소을에게 말했다.

"이젠 장로니, 회의에 참석해도 되겠소?"

박소을과 피월려는 서로를 향해 웃어 보였다.

당장에라도 싸움이 일어날 것 같은 그 분위기 속에서, 대주들과 장로들의 동일했던 반응은 서서히 자기들만의 개성 있는 반응으로 변해가고 있었다. 어떤 이는 웃음을 지었고, 어떤 이는 눈을 감았으며, 어떤 이는 무기를 꺼냈고, 어떤 이는 하품을 했다.

피월려가 말을 이었다.

"천살가를 추살하는 것이 교주의 명인 줄 알았는데, 어찌 시록쇠 장로가 버젓이 대전에 있었소?"

박소을은 대수롭지 않다는 듯 대답했다.

"추살령은 음양살마에게 내려진 것이고, 천살가에는 해당되는 것이 아니오. 음양살마는 홀로 도피 중에 있지. 그런데 금강부동심법의 제약에서 자유로운가 보오?"

"자유롭지 못하오. 살생을 저지르면 그만한 대가가 따르기에 마에 쉬이 젖어드오."

"한데?"

"그것을 이용해 마기를 생성하는 것이오. 어찌 보면 간단하지 않소?"

"감당할 수 있소?"

"감당하지 못한다 하면 외우주와 소통하여 참회하면 그만이오."

"참회하면 그만이라… 그런 식으로 참회라는 것이 가능하오?"

"계산 아래 미뤄한다 하여, 진심이 아니라는 것이오?"

"흐음."

"내가 말한 참회는 진정한 참회이오. 심상 속에서 수억 번의 번뇌를 감내하는 그 참회. 나는 단지 그 참회의 시간을 두려워하지 않을 뿐이오."

"번뇌가 없는 것이 아니라 번뇌를 초월한 것이군."

박소을이 단 한 번에 그 말을 알아듣는 것을 보며, 피월려는 더욱더 깊은 미소를 짓지 않을 수 없었다.

피월려가 되물었다.

"그것이 진정한 입신 아니겠소?"

박소을은 의미를 알 수 없는 눈빛으로 피월려를 보았다.

"그것을 증명하고자 하는 것이오?"

피월려는 고개를 끄덕였다.

"나의 무학뿐만 아니라 내 목적까지도 간파하셨군. 대단하시오, 박 장로."

이번에는 박소을이 피월려에게 물었다.

"그럼 피 장로께서 보시기에 나는 어떻소? 나의 무학은 무엇이고 나의 목적은 무엇이오?"

피월려가 바로 대답했다.

"박 장로의 무학은 이(異)이고 박 장로의 목적은 귀환(歸還)이오."

"……."

"나는 확인을 해주었는데, 박 장로는 내 말을 확인해 주지 않을 것이오?"

박소을은 순순히 인정했다.

"피 장로가 한 말이 맞소."

"그런 의미에서 말하겠는데, 나는 박 장로와 반목할 생각이 없소. 있었다면……."

박소을이 피월려의 말을 잘랐다.

"진작 내 심장을 뽑으려 했겠지."

피월려는 고개를 도리도리 흔들더니, 왼손으로 들고 있던 백호의 심장을 내려다보았다.

"이건 그저 나의 것을 되찾으려 한 것뿐이오. 시록쇠 장로가 내 것을 빼앗았으니 말이오."

"……."

"하여간, 나는 박 장로에게 협력하기 위해 이 자리에 왔소. 그러니 염려 마시오."

박소을은 팔짱을 풀더니, 그들의 대화를 찬찬히 지켜보던 대주들과 장로들을 하나둘씩 바라보았다. 그들은 각양각색의 표정을 짓곤 박소을의 대답을 기다리고 있었다.

박소을이 물었다.

"내게 협력한다?"

피월려는 고개를 끄덕였다.

"어차피 사람은 자신의 목적을 향해 걸어갈 뿐이오. 나와 박장로 둘이 가는 길이 같다면, 얼마든지 서로 협력할 수 있는 것 아니겠소? 게다가 나는 내가 믿었던 이들에게 배신당했소. 백도무림에도, 천살가에도 말이오."

"그 소식은 들어 알고 있소. 그들에게 복수하고 싶소? 도첨마무의 심장을 뽑은 것처럼?"

"다시 말하지만, 심장을 뽑은 건 그저 내 것을 되찾은 것뿐이오."

"……."

"내 목적은 내가 입신의 고수라 인정을 받으려고 하는 것뿐이오. 복수심 따위는 내 마음에 들어올 틈이 없소."

"……."

"한 가지만 더 물어보고 싶소."

박소을이 다시 팔짱을 끼며 말했다.

"입신에 오르고도 그 버릇은 여전하군. 물으시오."

피월려는 반토막이 난 시록쇠의 시신에 시선을 가져가며 말했다.

"처음부터 모두 계획한 것이오?"

"그렇소."

"……."

"더 자세히 설명해야 하오? 그럴 필요는 없어 보이오만?"

허무하다시피 한 박소을의 대답에 피월려도 짧게 대답했다.

"괜찮소."

"그래도 내 실책에 대해선 말해주겠소."

"……."

"내 계획대로라면, 심검마는 제갈세가에서 죽었어야 하오. 극음귀마공을 익힌 진설린은 극양혈마공을 익힌 심검마의 위치를 알지. 폭주 당시 그 엄청난 양기로 인해서 심검마의 폭주를 눈치챈 진설린은 미내로에게 부탁하여 심검마를 찾아갔소. 그리고 그 양기를 모조리 집어삼켰지. 그것으로 인해 피 대주는 죽었다 생각했소만……."

"덕분에 살았지."

"맞소. 진설린은 나의 눈까지 속여가며 심검마를 살리려 했소. 그때 그 양기를 뽑아내지 않았다면 심검마는 필히 죽었을 테니까. 설마 심검마가 백호의 심장을 가지고 있는 줄을 몰랐소. 그리고 또 그걸 진설린이 알고 있었는지도 몰랐지. 아마도, 백호의 사자가 알려준 것일 것이오. 진설린은 죽는 그 순간까지도 피 대주를 생각했소."

아호.

호랑이 인형이 아니라면 그것은 대체 무엇이었나?

피월려는 천천히 눈을 감았다가 떴다.

"역시. 그런 것이군… 그날 죽은 건 내가 아니었어. 린 매였군."

깊은숨을 내쉬는 피월려를 보며 박소을이 나지막하게 말했다.

"담겨지기 위해선 비워져야 하는 법이오. 그대의 양기를 흡수함으로 주작은 탄생했고, 그 그릇의 원주인은 죽어야 했지."

"……."

"그 역시 복수할 생각이오?"

박소을의 비아냥거림에 피월려는 말을 돌렸다.

"그럼 지금 린 매는 누구이오?"

"알면서 묻는 것이오?"

"주작을 살려 무엇을 하려고?"

"내 목적은 이미 아시지 않소?"

"그를 위해선 주작을 살리는 것이 아니라 죽여야 하는 것 아니었소?"

"입신에 오르는 것이 목적인 심검마가 그것까지 알아야 하는 이유를 모르겠군. 입신에 오르겠다는 소망 외에 다른 미련을 가진다면 어찌 입신에 들 수 있겠소, 심검마? 그런 순수한 마음만이 입신에 도달할 수 있는 것 아니오?"

"……."

"아니면 나를 베어 넘기시고, 교주전에 들이가 교주를 직섭 뵈시던가. 물론 그런다고 하여, 교주가 돌아온다는 보장은 없소."

소소를 잡은 피월려의 손에서 핏줄이 튀어나왔다.

입신에 오른 그의 평정심이 처음으로 요동치기 시작한 것이다.

그의 겉으로는 뿜어지는 기운이 없었다.

하지만 그것 때문에 오히려 모든 대주들과 장로들은 소름이 돋는 기분을 느꼈다.

"……."

"……."

그렇게 한참 박소을을 보던 피월려가 소소를 잡은 손에서 힘을 뺐다.

그가 말했다.

"그리 말하는 것을 보면 이미 끝난 일이군. 돌이킬 수 없다면 그것에 집착하는 건 어리석은 것이지."

어떠한 감정도 섞이지 않은 그 말을 들으며 박소을은 입을 살포시 벌렸다.

"정녕 입신의 평정심을 얻으셨군, 심검마. 그걸 참아내다니."

"내가 좇는 것을 좇아가기도 바쁘오."

박소을이 되물었다.

"입신으로 인정받는 것 말이오? 그것이 왜 그리 중요하오?"

피월려는 손가락 하나를 뻗어 위로 향했다.

"대우주는 소우주가 모여 만드는 것. 객관이란 주관이 모여 만드는 것이오. 누가 지마고 누가 천마겠소? 결국 모든 이가 인정하는 자가 지마이고 천마인 것이오. 이는 입신도 마찬가지.

내가 스스로 아무리 입신이라 칭한다 한들 그것이 진정으로 입신이겠소? 아니오. 천하 만민이 나를 입신으로 인정해야 나는 비로소 입신의 고수가 되는 것이오."

"모든 사람이 검은색을 흰색이라 한다고 흰색이 되진 않소."

"사람에게 속해 있는 것이라면 그렇게 되오. 그리고 무(武)의 경지라는 것은 자연에 있는 것이 아니라 사람에게 속해 있는 것이고."

"……."

말없는 박소을을 향해 피월려가 빙그레 웃었다.

"덧없는 대화는 그만하고, 이제 내 제안을 들어볼 용의가 있소?"

"제안?"

"백도무림을 막아내는 방법에 대한 제안 말이오."

"……."

"교주와 박 장로께서 낙양을 비우시기를 꺼려하시니, 다들 이곳에 남아 있으시오. 동쪽에서 찾아오는 백도무림은 내가 막아주겠소."

순간 박소을의 눈썹이 꿈틀거렸다.

"홀로 말이오?"

피월려는 고개를 끄덕였다.

"그리고 서쪽에서 오는 자들만 막아주시면 되오. 귀목선자께서 무림맹의 제일군을 홀로 막으셨다니, 그분의 힘을 빌리면 어렵지는 않은 일 아니오?"

그의 말에 처음으로 대주들 중 한 명이 입을 열었다.

흑룡대주 신균이었다.

"귀목선자께서는 현재 활동하실 수 없습니다. 교주의 명에 의해서 교주전에 들어가시곤 아직까지도 나오시지 않으셨습니다. 그렇기에 애초에 이런 논의를 하고 있는 겁니다."

그의 존대는 너무나 자연스러워 그 자리에 있는 그 누구도 이상함을 느끼지 못했다.

박소을이 덧붙여 설명했다.

"뿐만 아니라, 이번 백도무림에겐 어차피 큰 위력을 발휘하실 수 없소. 서쪽에는 제갈가의 아이가 있고, 동쪽에는 청룡궁이 있으니."

피월려는 간단하게 말했다.

"그럼 조금 무리를 해서 서쪽 세력을 빠른 시일 안에 물러가게 만들겠소. 그리고 그 이후에 천마오가의 지원과 함께 모여, 내가 직접 동쪽 세력을 치면 될 것이오."

"……"

"……"

"어떻소, 내 제안이?"

모든 이가 박소을을 보았고, 박소을은 어깨를 들썩였다.

"좋소. 심검마. 이 기회에 백도무림에도 입신의 고수란 인정을 꼭 받기를 바라겠소."

피월려는 웃으며 포권을 취했다.

물론 허리는 숙이지 않았다.

*　　　　　*　　　　　*

사무조는 대전 밖으로 걸어나가는 피월려를 따라 서둘러 뛰쳐나갔다. 그러나 그가 곧 종적을 감추려는 낌새를 느끼곤, 얼른 품속에서 막대기 같은 것 하나를 꺼내 들었다.

피월려는 그 자리에 우두커니 멈춰 선 채로 계속 서 있었다. 여러 차례 하늘을 보기도 했고, 땅을 보기도 했다. 한참을 그러다가 그는 눈썹을 찌푸리며 뒤를 돌아보았다.

"그것이로군. 내 신족통(神足通)을 막은 것이."

사무조는 그 막대기를 품에 넣으며 대답했다.

"용골에 주문을 새겨 넣은 것입니다. 이것을 노출하면 대자연의 기는 흐름을 멈추게 되지요."

피월려는 그것이 누구의 작품인지 알 것 같았다.

"그것을 적현에게 받았나?"

사무조는 고개를 끄덕이며 말했다.

"공방전주(工房殿主)는 천마도 따라가지 못할 광기로 본 교의 모든 지원을 받아 공방십이보(工房十二寶)를 만들었습니다. 그중 하나인 진보(辰寶)라 합니다."

피월려는 낮게 웃으며 나지막하게 중얼거렸다.

"후후후. 살막의 일류 살수일 때를 잊지 못했나 보군. 공방십이보라… 그가 그것을 만들도록 박 장로가 지원을 아끼지 않은 것을 보면, 누구를 향한 칼날인지는 뻔하군."

"……."

"좋소, 사 장로. 사 장로는 내 관심을 끄는 데 성공했소. 하고자 하는 말이 무엇이오?"

사무조는 뒤를 슬쩍 돌아봤다. 피월려가 입구에 서 있자, 나가지 못하고 있는 대주들과 장로들이 대전 안에서 눈치를 보고 있었다.

사무조는 조용한 목소리로 말했다.

"우선 제 침소로 가는 것이 어떻겠습니까?"

"좋소."

사무조는 순간 비틀거렸다. 마치 흔들리는 배 위에 장시간 있다가 현기증이 한 번에 몰려온 기분이 들었기 때문이다. 그는 관자놀이를 집고는 눈을 껌벅이며 균형을 되찾았는데, 그의 귓가를 꿰뚫는 듯한 날카로운 소리에 정신을 퍼뜩 차렸다.

"끼아악!"

"꺄!"

두 여인은 귀신이라도 본 듯, 창백해진 얼굴에 양손을 올리곤 그대로 쓰러질 듯 비명을 질렀다. 그러다가 그 여인 중 한 명이 진짜로 실신하자, 옆에 있던 여인이 깜짝 놀라 쓰러진 여인을 받쳐 들곤 울음을 터뜨렸다.

사무조는 자기가 자신의 침실에 왔다는 걸 그제야 깨달았다.

"으아앙."

사무조는 서둘러 그 여인에게 다가가서 진맥을 하더니 한시름을 놓았다는 듯 숨을 내쉬었다. 그러다가 버럭 소리를 쳤다.

"떠나라 하지 않았느냐!"

"그, 그것이. 잠깐 저희들끼리 조금 재미만 보고……."

"……."

"그, 대인의 정력을 폄하하려는 건 아니지만 그래도 연세가 있으시니……."

"알았다, 알았어. 귀한 손님이 오셨는데, 이 무슨 추태란 말이냐. 어서 나가라. 어서."

사무조는 헐레벌떡 쓰러진 여인을 업어 들고 밖으로 나갔고, 다른 여인도 그를 따라 나갔다. 그 여인은 나가는 도중 피월려를 슬쩍 보았는데, 눈이 마주치자 '히익!' 하는 이상한 소리를 내고는 사무조를 앞질러서 나가 버렸다.

홀로 남겨진 피월려는 방 안에 가득한 퀴퀴한 냄새에 코를 잡았다. 그가 왼손을 한 번 공중에서 휘적거리자, 모든 창문이

활짝 열려 방 안의 공기를 정화하기 시작했다.

곧 당황한 표정이 얼굴에 가득한 사무조가 격한 숨을 쉬며 안으로 들어왔다.

"그, 피, 피월려 장로, 아, 아니, 심검마선께서는 자리에 아, 앉으십시오. 곧 차를 내오게, 겠습니다."

피월려는 방 가운데 있는 의자에 앉으며 말했다.

"연세가 환갑은 넘어 보이시는데, 정력이 좋으신가 보오?"

사무조는 살짝 열린 문틈으로 얼굴을 찡그리며 소리 없이 뭐라 뭐라 하더니, 곧 문을 닫고는 얼굴에 미소를 띠며 말했다.

"그, 그것이… 아이들의 말을 들어서 알겠지만, 아이들이 제 수준에 맞혀주는 것뿐이지요."

"가족은 없소?"

"아, 없습니다. 본 교의 일이 너무 많아서 가정을 꾸릴 시간이 없었지요. 저 아이들이 그나마 가족에 가까운 사람들입니다."

"보통 노비로 보이진 않소. 오래 같이한 사이오?"

"예?"

"보통 밤 시중을 드는 노비라면 묘령(妙齡)보다 어린아이들을 쓰지 않소? 그보다 더 어린 경우도 수두룩하고. 하지만 저들을 보면 거의 삼십에 가까운 것 같소."

"……."

"적어도 십 년은 같이 지냈군. 아끼겠어."

사무조는 피월려의 감정 없는 그 말을 듣곤, 왜 전신에서 소름이 돋는지 선뜻 이해할 수 없었다. 하지만 그의 좋은 머리는 그 이유를 찾고야 말았다.

"인질로 생각하시는 겁니까?"

사무조의 질문에 피월려가 담담하게 대답했다.

"그럴 리가. 그저 보이는 대로 말한 것뿐이오. 사 장로처럼 철저한 사람에게도 이렇게 쉬이 약점을 볼 수 있었는지는 몰랐군. 하긴, 능수지통에게도 약점이 있었다오."

사무조에게 제갈토는 지금까지 단 한 번도 이겨보지 못한 상대였다. 실제로 본 적은 단 한 번도 없었지만 그에겐 평생을 따라다녔던 숙적과도 다름없었기에, 피월려의 말이 몹시 자극적으로 들렸다.

"그것이 무엇이었습니까?"

"자기 가문을 생각하는 마음이오. 제갈가를 아꼈던 마음은 그 무엇보다도 강했지. 그것으로 인해 그는 죽었소. 누군가를, 혹은 무언가를 아끼는 그 마음은 능수지통이나 극악마뇌 정도 되는 사람에게도 약점으로 작용하나 보오."

"전 저 아이들을 아끼지 않습니다."

"물론 천마신교를 생각하시는 마음이 더 크겠지. 하지만, 정작 저울대에서 저울질할 일이 있기 전까지, 내가 무엇을 더 생각하는지는 나 자신도 절대로 확인할 수 없다오. 뭣하면 내가 천마신교와 저 아이들 중 하나를 선택해야 하는 상황을 강요해 드리겠소. 그러면 자기 자신에 대해서 하나 더 깨달을 수 있는 계기가 될 것이오."

"……."

피월려는 맑게 웃음 지으며 지금까지도 서 있던 사무조를 올려다보았다.

"농이오, 농. 차는 언제쯤 내올 것이오?"

사무조는 침을 한번 삼키고는 뒤를 보았다. 그곳에는 찻주전자와 찻잔이 담긴 선반을 든 그의 노비가 막 방 안으로 들어오고 있었다. 그는 얼른 그녀에게 다가가서, 선반을 낚아채듯 하며 조용히 일렀다.

"당장 떠나라. 당장."

"대, 대인?"

"명이니라."

사무조는 다리로 문을 세게 닫고는 그것을 들고 피월려에게 왔다. 찻잔에 차를 따르고 피월려에게 하나를 건네주며 그가 말했다.

"신족통에 관해선 신물전주에게 들었습니다."

피월려는 사무조의 말을 뺐었다.

"그래서 적현에게 진보를 받았다는 건 말이 되지 않소. 그 일은 5일 전이니, 소식을 받았다면 아무리 빨라도 오늘 아침. 그러니 그 진보는 내 신족통을 방해하기 위해서 가지고 계신 것이 아니오."

"맞습니다. 심검을 사용하지 못하게 하려 한 것입니다."

"어쩐지 박 장로가 믿는 구석이 있다 했소."

"그래서 서로 물러난 것입니까?"

피월려는 찻잔을 들어 차를 한 모금 마시더니, 조용하게 말했다.

"그도, 나도, 서로 승부를 장담할 수 없었지. 그도 내 평정심을 깨뜨렸지만, 나도 그의 평정심을 깨뜨렸소. 그리고 서로의 마음에서 불안감과 자신감을 동시에 읽었소. 그의 무위가 어느 정도인진 알 수 없으나, 그가 가진 것이 이계의 힘이라면 단순히 무공 수위로 승부를 미리 짐작할 수는 없소."

"저와 신물전주의 목적은 잘 아실 겁니다. 저희는 박 장로보단 심검마선을 더 지지하니, 본 교의 교주가 되십시오. 저희가 도와드리겠습니다."

"나는 진심으로 그와 반목하고자 하는 생각이 없소. 알아서 떠나겠다는 사람을 뭐 하러 붙잡는단 말이오?"

"……."

"일단 교주가 되기 위해선 누가 현재 신물주인지 알아야 하오."

"입신에 오르고도 그리한 것에 의미를 두십니까? 우선 행동을 보이고 나서 생각하셔도 무방합니다."

피월려는 그 말을 듣고 사무조가 솔진과는 또 다른 성정의 사람이라는 것을 느꼈다. 둘 다 천마신교를 생각하는 마음은 같으나 그 방법에서 조금 차이가 있었다.

확실히 사무조는 현장에서 뛰는 책사다.

피월려가 단호하게 말했다.

"나는 내 힘으로 무작정 모든 것을 파괴할 생각은 없소. 나는 나의 무로 나의 협을 완성할 것이오. 그것이 나의 무협(武俠)이고."

"……."

"신물주가 누군지 아시오?"

"알기야 합니다만, 제가 보았을 땐 심검마선께서도 눈치채신 것 같습니다."

피월려는 다시 차를 입에 가져갔다.

"사실 사 장로께서 진보를 내게 보일 때부터 확신하게 되었소. 그 전까진 의심만 했지."

사무조는 피월려에게 몸을 가까이하며 물었다.

"신물주의 의도를 아십니까? 그의 행동은 정말이지 제 머리로도 이해하기 어렵습니다."

피월려는 고개를 끄덕였다.

"나도 그 의도는 모르겠소. 하지만 그에게 직접 물을 날이 오겠지."

"혹, 원하신다면……."

"아니오. 돌려주시오. 그가 원하는 그림을 모두 그리게 하시오. 그것조차도 난 뛰어넘어 보일 것이오. 그게 입신의 길 아니겠소?"

"……."

"나와 협력하는 모습을 박 장로에게 보여서 안타깝게 되었소."

"괜찮습니다. 아이들이 걱정입니다만, 뭐 이미 경고는 했으니 그 아이들의 팔자이지요."

"단순히 나를 경계한 것이 아니었군."

사무조의 주름진 얼굴에는 작은 미소가 자리 잡았다.

"본 교의 유일한 희망께 제가 무슨 짓을 하겠습니까?"

"저울질은 이미 해보셨군."

"매일 합니다."

피월려는 사무조의 표정을 보고는 고개를 숙이며 포권을 취했다.

"내가 사 장로를 과소평가하였소. 나를 용서하시오. 내가 입신에 올라 광오해졌나 보오."

사무조는 자리에서 벌떡 일어나 포권을 취했다.

"아, 아닙니다. 심검마선께선 제게 용서를 구하실 필요 없으십니다."

"사 장로도 자리에서 일어나실 필요 없으시오."

"아……."

"앉으시오. 내가 불편하오."

피월려가 다시 찻잔을 입에 가져가자, 사무조도 자리에 앉으며 차를 한 모금 머금었다.

향이 좋았다.

사무조가 말했다.

"제가 듣기로는 백도무림과도 어느 정도 연락이 되는 걸로 알고 있습니다만, 혹 동쪽과도 연락이 되십니까?"

"나는 청룡궁과 척을 진 사이오. 서쪽은 모르겠으나, 동쪽의 백도와는 진정으로 싸워야 할 것이오."

"흐음."

"천살가는 어찌 되었소? 혹 소식이 있소?"

"뭐, 공식적으로는 음양살마가 도주 중에 있다고 보고는 옵니다만, 진실은 동남쪽 방향에 혈교를 세우려 하는 것 같았습니다. 시록쇠 장로가 가진 백호의 심장이 필수적인 것으로 아는데, 그것을 잃었으니… 아 참 그러고 보니……."

"왜 그렇소?"

사무조는 자기 머리를 툭툭 치더니 말했다.

"지금 우리 행색이 말이 아닙니다. 몸의 절반 이상이 핏물에 젖어 있고, 게다가 심검마선께서는 왼손으로 심장을 들고 계시니……."

피월려도 이제야 자기 모습을 내려다보며 중얼거렸다.

"아… 그래서 그리 놀란 것이군."

사무조는 어이없다는 듯이 웃어 보였다.

"저야 어렸을 적부터 자폐증(自閉症)이 심해 제 생각에 빠져 이런 경우가 허다합니다만, 심검마선께서도 이런 성정이실 줄은 몰랐습니다."

"나야 사람의 마음에 공감하지 못하게 된 것뿐이오. 정신이 마음을 초월한 탓이지."

"……."

"입신도 그리 좋지만은 않은 것 같소."

"그렇습니까?"

"그렇소."

"……."

"하고자 하는 말을 하시오."

사무조는 초조한지 찻잔을 만지작거리며 뜸을 들였고, 피월려는 그 모습을 찬찬히 지켜보았다.

그의 외형은 환갑을 넘긴 노인이지만, 하는 행동을 보면 꼭 어린아이의 순수함이 묻어 나왔다. 대화는 내내 자신의 감정을 숨기기는커녕 얼굴에 모조리 드러내며 스스로의 속내를 있는 그대로 보였다. 그리고 그것은 더 깊은 속을 숨기기 위한 방편이 아니라, 정말로 진실된 표현이었다.

사무조는 찻잔에 고정했던 눈을 천천히 들어 피월려를 보았다.

"아이들의 발걸음을 지켜주십시오. 그러면 진정으로 섬기겠습니다."

그 말을 듣는 순간 피월려의 머릿속에 와닿는 말이 있었다.

허허실실(虛虛實實).

아니, 그의 경우에는 실실허허(實實虛虛)다.

그 누구도 사무조의 약점이 두 노비라곤 생각하지 못한다. 심지어 피월려조차도 지금 그 말을 듣기 전까지 그 두 노비가 진정으로 사무조의 약점이라 생각하지 못했다.

사무조가 두 노비를 아낀다는 점은 타심통을 통해서 엿보긴 했다. 그리고 그 마음이 굉장히 크다는 것도 알았다. 하지만 왠지 사무조라면, 대의를 위해서 그 정도는 충분히 포기할 줄 알았다.

하지만 아니다.

그리고 그것을 사무조는 숨겼다.

입신의 고수인 피월려에게조차.

순수하게 감탄한 피월려가 고개를 끄덕이며 대답했다.

"좋소."

사무조는 확인차 물었다.

"정말로 이 진보를 드리지 않아도 됩니까?"

피월려는 진보를 찬찬히 훑어보며 말했다.

"그것으로 나와 거래하려 하셨군. 그것이 없다면 내 심검에는 약점이 없으니."

"맞습니다. 그것으로 제 아이들의 신변을 보장받고, 심검마선께서 교주에 오르는 것을 완성하려 했습니다."

"괜찮소. 그건 신물주에게 돌려주시오."

"……."

"걱정하지 마시오. 반드시 오를 터이니."

사무조는 결심한 듯 자리에서 일어났다.

그리고 그는 피월려의 옆에 가서 무릎을 꿇고 포권을 취했다.

"섬기게 되어 영광입니다. 그런 의미에서 지존(至尊)에게 한 말씀 올리고자 합니다."

"무슨 말을 말이오?"

사무조는 고개를 들었다.

그의 눈빛은 차갑게 가라앉아 있었다.

"하나의 작은 가능성일 뿐이나, 꼭 확인해야 하는 것입니다. 후에 박 장로를 심문하시어 확인하여 주시옵소서."

사무조의 마음을 엿본 피월려의 눈빛 또한 차갑게 가라앉기 시작했다.

*　　　*　　　*

오 일이 지났다.

나지오는 저 멀리 보이는 낙양의 위엄을 보며 두 눈이 휘둥그레지지 않을 수 없었다.

몇 차례나 계속된 확장공사로 인해서 황도의 모습을 갖추게 된 낙양은 이루 말할 수 없을 만큼 웅장하고 장엄했다. 하늘 높게 솟은 낙양 성벽은 과거 개봉의 그것보다 더욱 높아 보였고 또한 견고해 보였다.

게다가 처음 계획했던 인구수를 훌쩍 넘겨 성벽 밖으로 밀려난 사람들은 성벽 밖에도 건물들을 올렸다. 그 이후로도 더욱 많은 사람들이 낙양으로 몰려들어 성벽 밖 지역에도 주거지역이 생기기 시작했고, 그것은 마치 성 밖으로 또 하나의 성이 있는 것처럼 되었다. 낙양에선 이를 구분하여 편의상 외성과 내성으로 나누었는데, 외성만 따로 모아도 중원 어느 성보다 더 컸다.

나지오가 말했다.

"이야, 그새 저리 발전했단 말이야? 겨우 면치레만 하던 황궁이 무림맹이 무너지고 나자 아주 살판이 났었구먼? 그런데 이걸 어쩌나? 천마신교에서 떡하니 본부를 옮겨 버렸으니, 쯧쯧쯧."

그와 나란히 말을 타고 가던 제갈극이 입을 열었다.

"때문에 황궁에서도 이번 싸움을 주시하고 있을 거다. 양패구상을 바랄 테니, 알아서 싸울 공간을 만들어준 걸 거야. 그러니 길을 훤히 비켜주겠다는 그 말은 의심할 필요가 없느니라."

제갈극의 단호한 말에 나지오는 고개를 끄덕였다.

"이번 싸움에서 승리하는 쪽은 껍데기만 남은 황궁을 주무를 수 있지. 아마 그것 때문에 동쪽에서도 협조적으로 나오지 않는 것이고."

"……."

"계획대로라면 일이 잘 풀릴 텐데 말이지."

제갈극은 나지오가 말하는 계획이 무엇인지 눈치채곤 나지막하게 말했다.

"잘 풀릴 것이다. 들리는 소식에 의하면 벌써 부활했고, 신족통을 펼쳐 중원 어디든 마음대로 움직인다 들었다."

나지오는 코웃음을 치며 물었다.

"설마 그 말을 믿는 건 아니겠지?"

"두고 볼 일일지."

"뭐, 사실이라 해도 다행이지. 그런 놈이 우리 편이니 말이야."

"……."

"왜? 아닌 거 같냐?"

"입신에 오르면 정신이 인간의 영역에서 크게 벗어난다. 가치관이 송두리째 바뀔 수도 있어. 게다가 심검마의 무학은 마(魔)로써 선(仙)에 이르는, 그 누구도 가본 적이 없는 유일무이한 무학. 다시 태어난 심검마가 전의 심검마와 같은 인물이라고 안일하게 생각할 수 없다."

나지오는 하늘을 올려다보며 말했다.

"그렇다고 그 변수를 제거하기 위해서 그의 목숨을 취할 순 없었다, 극아. 난 그에게 희망을 걸어볼 거야."

"누가 죽인다고 했느냐? 본좌는 분명 입신에 드는 것만 막겠다 했느니라."

"그 몸은 입신에 들지 않으면 죽을 수밖에 없는 몸이었어. 네가 그의 심검을 몰래 없애려 한 사실은 무덤까지 가져가겠으니, 걱정하지 마라."

제갈극의 얼굴이 살짝 굳었다.

"본좌는 본 가를 위해서 네 결정에 따른 것뿐이다. 그러나 그렇다고 변수가 사라지는 것은 아니지. 최선을 버리고 차선을 택한 치명적인 대가는 곧 치를 것이니라, 태룡마검."

"과연 그것이 치명적인 대가일지 아니면 운수대통일지는 모르는 법 아니겠냐?"

"……."

"이제 곧 그를 마주할 테니, 알게 되겠지. 기대되지 않냐?"

"흥. 무림맹주라는 지고한 자리에 올라가고도 실없는 소리는 여전하구나."

"난 천마신교의 부교주야. 그런데 무림맹주라니? 애초에 그런 자리를 내가 받겠다고 한 적도 없는데 무슨……."

"이미 널 맹주라고 칭하는 사람이 구 할 이상이니라. 무림맹주라는 자리가 네가 원한다고 얻을 수 있고, 네가 원하지 않는

다고 거절할 수 있는 자리더냐? 꿈 깨라."

나지오는 어깨를 들썩이며 웃었다.

"킥킥킥. 그래. 그런 법이지. 세상은."

"……."

"성이 가까이 보이네. 역시 궁(宮)에서 보낸 서찰대로, 관군(官軍)들이 훤히 길을 내주고 있어. 그럼 시작해 볼까?"

나지오는 서서히 말을 멈추었다. 그러곤 말에서 내린 뒤, 뒤따라 걷던 한 노인에게 몸을 기울이며 말했다.

"방주께서 수고해 줘. 초절정이 먼저 내 뒤를 따르라 전하고 그 뒤를 절정들이 따르라고 해."

노인은 포권을 취하며 말했다.

"존명."

그리고 곧 뒤로 뛰어가더니, 일렬로 행진하던 모든 백도고수들에게 하나둘씩 명령을 전하기 시작했다. 그러자 명령을 전해 들은 백도고수들 중 초절정에 해당하는 사람들이 모두 경공을 펼쳐 나지오 앞에 섰다.

화산파 하나.

청성파 둘.

아미파 둘.

종남파 하나.

그리고 그 외 중소문파 출신 하나.

총 일곱 명의 초절정고수들은 각자의 진기로 날카롭게 벼린 눈빛을 하고 있었다.

나지오는 그들을 찬찬히 살펴보며 말했다.

"싸움에 앞서 일러두는데, 각 문파 간의 개인적인 원한은 무조건 접어두어야 한다. 지금은 황도가 천마신교의 지배를 받게 되느냐 아니냐 하는 중대한 기로에 서 있다. 이번 싸움에서 승리하지 못한다면, 관의 협력까지 얻은 천마신교는 중원 역사상 처음으로 중원을 정복하고 마도천하를 열 것이다. 그러니 개인적인 원한에 휘둘려 일을 망쳐서는 절대로 안 된다. 도저히 용서할 수 없다면 일이 끝나고 나중에 따로 풀도록 해."

나지오는 특히 종남파 고수와 시선을 많이 마주쳤다. 피월려와 깊은 원한 관계가 있는 종남파의 고수이기에 그에게 가장 많이 대의를 강조할 필요성이 있었기 때문이다.

나지오는 말을 이었다.

"또한 동쪽의 신흥 세력에 대해서 들어 알 것이다. 그들은 백도를 표방하고 있으나, 구파일방과 같은 전통성이 전혀 없는 자들. 야망으로 똘똘 뭉친 그들은 오로지 지배욕과 권력욕에 의해서 움직인다. 따라서 이후 그들에게로 힘이 넘어가면 이백오십 년간 지켜왔던 평화의 시대가 끝이 날 것이다. 소림파도 무당파도 멸문을 당했지만, 구파일방이 다시 힘을 합하여 일어서서 협을 이루어야만 한다. 그 어떠한 것도 그것을 앞설 순 없다. 이를 이해했는가?"

나지오의 물음에 모든 이가 포권을 취하며 하나처럼 대답했다.

"존명."

나지오는 마지못해 입술을 깨물으며 대답한 종남파 고수에게 다가가 그의 어깨를 치며 위로했다. 그러곤 다시 그들을 돌아보며 딱딱한 목소리로 말했다.

"이 이후로는 내 명령에 절대복종만이 있을 뿐이다. 그것을 어기는 자는 출신을 불문하고 적으로 간주하겠다. 다시 말하면, 지금 이 순간까지가 그대들이 목소리를 낼 수 있는 마지막 기회다. 그러니 질문이 있거든 여기서 모두 하고, 또 앞으로의 일에 대해서 의견이 있거든 여기서 모두 의논하자."

초절정고수들은 입을 굳게 다물었다. 여기까지 오는 동안, 나지오는 그들의 목소리 하나하나에 모두 귀를 열고 청종하여, 이미 충분한 소통이 오간 상태였기 때문이다.

더 말할 질문도, 더 논할 의견도 없었다.

나지오는 태극지혈을 뽑아 들며 말했다.

"가자."

나지오는 매화 향을 남기며 경공을 펼쳤다. 그 솜씨에 놀란 초절정고수들이 하나처럼 말없이 감탄하다가 이내 각사의 경공을 펼쳐 앞서 나아가고 있는 나지오를 따라 움직였다. 그리고 각 문파에서 출정 나온 절정급 고수들이 뒤따랐다. 그들의 숫자는 총 이백 정도로, 이 정도의 절정급 고수들이 모인 것은 전례가 없던 일이다.

그렇게 하나의 군세(軍勢)를 이루며, 경공을 펼쳐 움직이는 백도고수들의 뒷모습을 보던 제갈극은 술법을 펼쳐 태학을 소환했다. 그리고 그것에 올라탄 뒤, 하늘 높이 솟아올랐다.

구름 아래로 보이는 드넓은 낙양성. 사람이 개미처럼 보이는 그 아득한 높이에서도 낙양성은 끝을 모르고 땅끝까지 펼쳐져 있었다. 세상에 존재하는 거의 모든 것을 보았다고 자부하는 그도 그 장관을 보곤 한동안 넋이 나간 듯했다.

"이럴 게 아니지."

그는 양손을 앞으로 뻗곤 눈을 감았다. 그리고 술법을 읊으며 미내로의 공격에 대해서 대비하려 했다.

하지만 아무리 그렇게 낙양성 안을 탐색해 봐도, 미내로의 술법이 시전되고 있는 것을 발견할 수 없었다. 그것을 위해서 만반의 준비를 했기 때문에 제갈극의 술식이 잘못될 리는 없을 터. 아무것도 찾지 못했다면, 그것은 분명 미내로가 술법을 사용하지 않고 있는 것이다.

이상하다.

제갈극은 눈을 살포시 떴고 그의 시야에 묘한 것이 들어왔다.

"저, 저건?"

낙양 내성 북쪽에 위치한 천마신교 본부. 그중에서도 가장 중앙에 있는 교주전에서 한 기이한 모습의 무언가가 그의 영안에 잡혔다. 아직 완벽하지 않은지 그 형태 자체가 매우 투명했기 때문에, 영안으로도 잘 보이지 않았다. 다만 그것이 풍기는 그 이질적인 기운 때문에 그나마 겨우 식별이 가능했다.

"무언가가 똬리를 틀고 있어? 설마 곧 승천하려 하는 것인가?"

그때, 제갈극은 누군가 그의 시선을 잡아 내리 끄는 듯한 기분을 느꼈다. 그가 바로 아래를 내려다보자, 그곳에는 피월려가 성벽 위에 선 채로 그를 똑바로 올려다보고 있었다.

제갈극과 눈이 마주친 피월려는 제갈극을 향해 내려오라는 손짓을 했다. 그러곤 성벽에서 훌쩍 뛰어내려, 성벽으로 경공을 펼쳐 다가오는 나지오와 백도고수들을 향해 나아갔다.

그들은 그렇게 관로의 한복판에서 마주하게 되었다.

"……."

"……."

낙양성의 서문으로 들어오는 그 관로는 마차 열 개가 나란히 달려도 남을 만큼 거대한 대로였다. 거의 공터라 봐도 무방할 정도의 크기. 그 관로를 관병들이 띄엄띄엄 지켜 서서 범인들이 대로 안으로 들어오지 못하게 하고 있었다.

그 관군을 찬찬히 훑어보던 피월려가 그의 앞에 선 나지오와 그 뒤의 백도고수들에게 시선을 옮기며 말했다.

"관과는 이미 약속이 된 것이로군. 이런 수완까지 있는 줄은 몰랐소."

나지오는 손을 하늘 위로 뻗어, 모두 가만히 있으라고 신호한 뒤에 말했다.

"환골탈태를 넘어서 반로환동까지 이룩했군. 누가 봐도 입신이야."

"일이 바빠 찾아뵙지 못했소. 미안하오."

"뭔 일이 그리 바빴는데?"

"방금까지는 두 여인을 보호하느라 말이오. 어느 선까지는 내가 한 일인지 모르게 해야 할 필요성이 있어서 그녀들에게 좀 붙어 있어야 했소."

"오냐, 잘 끝났고?"

"잘되었소."

나지오는 방긋 웃으며 말했다.

"입신이 되니 어때, 피월려?"

"꼭 좋지만은 않은 듯하오."

"그래? 혹시 뭐, 생각의 변화라든가 그런 건 없고?"

"제갈극이 염려하는 부분을 말하는 것이라면, 꼭 없다 할 순 없소."

나지오의 얼굴이 미세하게 떨렸다.

"흐음. 그래?"

"그렇소."

나지오는 어깨를 들썩였다.

“내가 그 연극을 하기 위해서 얼마나 연습했는지 알아? 부끄러워서 말은 안 했지만, 꽤 정성 들여서 한 거야 그거.”

“나도 몇 번은 연습했었소.”

“그래. 그랬겠지. 한데, 그걸 물거품으로 만들 생각이야? 응? 입신이 되고 나니까 그렇게 고생고생해 가며 연기 연습해서 나랑 같이 만들었던 그 작품에 전혀 애착이 안 생기냐고?”

“그렇다고 볼 수 있소.”

“…….”

“의미가 없소.”

“뭐가?”

“이렇게 나 선배와 함께 교주전에 들어가 박 장로를 죽이고 마도천하를 막는다 하여 달라질 것이 뭐가 있겠소? 또한 이중모략(二重謀略)을 성공시켰다고 자부하면서 축배를 든다 한들 무슨 소용이 있단 말이오?”

“…….”

“안 그렇소?”

나지오는 태극지혈을 휘적휘적 휘두르더니, 곧 왼손으로 자기 머리를 쥐어뜯는 시늉을 했나.

“다시 물어볼게, 마목(魔目). 네가 생각하는 협이 뭐야?”

“나는 더 이상 그런 것에 집착하지 않소.”

나지오는 순간 눈초리를 모으더니, 손가락을 자기 입술에 가져가며 말했다.

"아아! 사랑 아니었어? 사랑이었던 거 같은데? 그 이상하기 짝이 없는 협에 대한 정의 말이야. 응? 그런 정의는 듣도 보도 못했다고. 그러니 내가 그날의 일을 네 머리카락 하나마저 셀 수 있을 만큼 기억하지. 그 정도로 신선했어. 나름 충격이었다고."

"……."

"그걸 잊은 거야? 응? 입신이 됐으니까?"

"집착하지 않을 뿐이오."

"협 없이 무를 얻어 뭐에 쓰려고?"

"무를 이루는 것만이 내겐 협이오."

피월려의 말을 들은 나지오는 이해할 수 없다는 듯 얼굴을 찡그리더니 귀를 후벼 팠다.

"어? 뭐라고? 뭐라 했어? 방금?"

"모든 이에게 입신이라 인정받고 진정한 입신을 이룩하는 것. 그것이 나의 협이라 했소."

나지오는 귀에 박은 손가락을 몇 번이고 넣었다 빼더니 다시 되물었다.

"응? 뭐라고? 다시 말해봐."

"그것이 나의 협, 무협이오."

나지오는 결국 손가락을 귓구멍에서 뺐다. 그러곤 딸려 나온 귓밥을 찬찬히 바라보더니, 후 하고 불며 말했다.

"이 새끼 이거 완전 돌았네."

나지오는 태극지혈을 잡아 피월려의 머리를 향해 휘둘렀다.

피월려는 오른쪽 손바닥을 편 채로 자신의 왼쪽 얼굴에 가져갔다. 그러자 그의 오른손 옆으로 소소가 붕 떠 있는 채로 딸려 올라갔고, 그 위로 덧씌워진 무형검리 또한 마찰 없이 미끄러지듯 올라갔다.

태극지혈이 무형검리와 부딪치려는 그 순간, 잔상을 남기며 좌우로 강렬히 진동했다. 점차 진동의 폭이 넓어지면서 두 개로 변했는데, 그중 하나가 무형검리를 뚫고 안으로 들어와 서서히 실체가 되었다. 그리고 뒤에 남겨진 태극지혈은 투명해지며 사라졌다.

퍽—!

피월려는 고개가 돌아가는 것도 모자라서 그대로 균형을 잃어버리고 옆으로 꼬꾸라졌다. 그는 떨어지는 와중에도 왼손으로 땅을 짚어 뒤로 훌쩍 뛰었다. 그렇게 균형을 잡곤 고개를 들어 앞을 보니, 그의 눈앞에 다양한 색상의 검강들이 가득 쏟아지고 있었다.

피월려는 보이지 않는 속도로 무형검리를 휘둘러 모든 검강을 베어 넘겼다.

콰콰쾅! 콰— 쾅!

폭발음은 피월려의 양 뒤쪽으로 계속 이어졌다. 조각난 검강이 그를 빗겨서 땅에 떨어진 탓이었다. 마치 폭탄이 터진 것 같은 그 광경에 범인들은 더는 구경할 생각을 하지 못하고 자리에서 벗어나기 시작했고, 관군들조차도 하나둘씩 눈치를 보며 슬금슬금 움직였다.

연속적인 강기의 폭발로 인해 자욱하게 일어난 흙먼지 속에서 검과 같은 날카로운 목소리가 들렸다.

"여기야."

무형검리로 검강을 베어 넘기느라 몸을 돌릴 수 없었던 피월려는 등 쪽에 강기를 모아 몸을 보호했다. 그것은 마치 호신강기(護身剛氣)와도 같았으나, 부분적으로만 강기로 보호하는 새로운 방식의 호신강기였다.

그것을 본 나지오는 태극지혈을 휘두르기는커녕 뒤로 잡아당겼다. 그리고 그 반발력으로 앞으로 한 발자국 크게 나아가며 손바닥을 뻗어 피월려의 등에 대고는 장풍을 쏘았다.

파— 앙!

강력한 장풍은 피월려의 호신강기를 뚫진 못했다. 하지만 그의 몸을 크게 앞으로 밀었고, 피월려는 그대로 삼 장이나 날아가서 겨우 착지할 수 있었다.

피월려가 눈을 들어 보니, 시야가 보이지 않을 정도로 환한 빛이 세상에 가득했다. 지면 위 상반구(上半球)의 모든 각도에서 각양각색의 검기가 날아오고 있었기 때문이다.

피월려는 신족통을 쓰려 했다. 하지만 그새 그에게 따라붙은 나지오가 그의 다리를 향해 태극지혈을 휘둘러 그의 신족통을 원천봉쇄했다.

피월려는 금강부동신법으로 그것을 겨우 피하고 나서 나지오를 보았다.

나지오는 미소를 지으며 피월려를 마주 보았다.

찰나 후, 수없이 많은 검기들이 그들에게 쏟아졌다.

그들은 동시에 반탄지기를 펼쳐 검기로부터 몸을 보호했다. 점차 범위를 넓힌 두 반탄지기는 결국 서로를 만났고, 그것은 곧 내력 싸움으로 이어졌다.

그렇게 나지오는 피월려의 발을 붙잡았다. 나지오 쪽에 있던 백도고수들은 하나둘씩 자리를 옮겨 피월려 쪽으로 가서 다시 그에게 검기를 뿌렸다.

피월려는 비처럼 쏟아지는 검기를 반탄지기로 막으면서 소소에 덧씌운 무형검리를 통해 무형검강을 뽑아 나지오에게 쏘았다. 나지오도 반탄지기를 계속 유지하며 태극지혈을 양손으로 잡아 하늘 높이 뻗고 이십사수매화검공(二十四手梅花劍功)의 정수를 담은 매화검리(梅花劍理)를 뽑아내었다.

태극지혈의 검 끝에 피어난 매화는 총 세 송이.

그것은 화산에서 전설로만 내려오는 삼화취정(三華聚頂)이란 것으로 정기신이 섞여 하나로 된 것을 표현한다. 이를 심기체로 재해석한 나지오는 피월려의 말을 통해 매화검리를 얻게 되었고, 그것이 곧 화산파 무학의 끝이라는 삼화취정과 동일한 것이란 걸 깨달았었다.

무형검리와 매화검리는 서로를 지나쳐 각각 나지오와 피월려에게 쏟아졌다.

두 입신의 고수는 반탄지기를 더욱 강화하여 호신강기를 뿜어냈고, 또한 그것에 마음을 담았다. 그러자 피월려는 무가 되어 모든 것을 집어삼켰고, 나지오는 매화나무가 되어 전신에서 매화꽃이 만개했다.

휘이잉!

강렬한 바람이 일어나며 피월려와 나지오의 몸을 쓸자, 그들은 서로를 바라보고만 있었다. 강렬했던 검강이나 그를 넘어서 형태를 갖춘 검리조차도 원래부터 없었던 것처럼 종적을 감추었다.

그들의 싸움을 바라보던 모든 이들은 무슨 일이 일어났는지 알 수 없었다. 분명 눈으로 보고 귀로 들은 것이 있지만, 그것이 무엇인지 도저히 이해할 수 없어 통째로 잊어버렸다.

피월려가 말했다.

"검향은 최면을 건다 했소. 아쉽지만 금강부동심법을 지닌 내겐 상성상 뒤처지는 것이오. 잘 싸웠소, 나 선배."

그 순간 태극지혈의 중간에 미세한 틈이 생겼다. 찰나 후, 틈이 선으로 변했고, 곧 그 선을 따라 접어지듯 땅에 떨어졌다.

타— 앙.

땅바닥에 추락한 조각은 맑은 공명음을 토해냈다.

나지오는 반토막 난 태극지혈을 위아래로 흘겨보더니 피월려에게 말했다.

"태극지혈을 베었다고 나를 이겼다 착각하는 거냐?"

피월려는 고개를 흔들며 말했다.

"나는 내가 입신이란 것을 증명하기 위해 이 자리에 있을 뿐, 나 선배의 목숨을 취하고 싶은 생각은 없소."

"오호라? 마치 손속에 사정을 둔 것처럼 말하는구나? 네가 전력을 다했다는 건 나도 알고 너도 알고 하늘도 아는 사실이잖아?"

"그런 의미는 없었소. 다만 나 선배께서 자신의 패배를 인정하기 바랄 뿐이오."

"그래서, 그다음은?"

"낙양에서 물러가시오. 이곳의 일은 내가 알아서 처리하겠소."

"……."

"내가 나의 협을 이루는 동안 동쪽의 백도도 벌할 것이고, 박장로도 벌할 것이오. 그럼으로써 나 선배가 이루고자 하는 협도 덩달아 이뤄질 것이니 너무 걱정하지 마시오."

나지오는 쓴웃음을 지으며 물었다.

"내가 이루려는 협이 무엇인 줄 알고?"

"그것이 무엇이든 간에, 내가 이루려고 하는 협 속에 포함되어 있을 것이오. 그러니 걱정하지 마시오."

나지오는 왼손으로 얼굴을 한번 쓸어내리더니 한숨을 푹 하고 쉬었다.

"이거 이거, 당원 주제에 너무 당주한테 개기는 거 아니냐? 이래서는 위아래 질서가 제대로 잡히지 않잖아?"

"검을 베였소. 패배를 인정하시오, 나 선배."

"킥킥킥."

"인정하시오."

나지오는 한참을 웃다가 갑자기 격분하며 소리쳤다.

"그깟 검이 베였다 하여, 내가 패배한 것이냐? 앙? 그래? 그러면 네놈은? 네놈이 손에 들고 있는 건 뭐고? 그건 검이냐?"

"……."

"산산조각 난 검을 검상에 붙들고 있는 주제에 뭐라고? 검이 베였으니 패배를 인정하라고? 참나, 외우주와 내우주가 하나 되고 임독양맥을 타통한 나도 기가 막힐 지경이군."

"다음은 검이 아니라 목숨일 수 있소, 나 선배. 숙고하시오."

"킥킥킥. 길고 짧은 건 대봐야 아는 법!"

나지오는 비웃음을 그린 표정으로 반토막이 난 태극지혈을 앞으로 뻗었다.

그러자 바닥에 떨어진 태극지혈의 조각이 서서히 떠오르더니, 그 본 자리를 되찾아가서 살포시 안착했다. 그러자 태극지혈은 다시 피와 같은 그 빛깔이 살아나면서, 마치 부러진 적이 없는 것처럼 검광을 토해냈다.

피월려는 눈초리를 좁히더니 태극지혈을 바라보며 말했다.

"허공섭물(虛空攝物)로 복구한다 한들 무슨 소용이 있소?"

"이것이 허공섭물로 보이냐? 내가 검리를 일으키니 자연히 검 조각이 모여 하나를 이룬 것뿐이다."

"……."

"이해하지 못했군. 와라, 제대로 목숨 걸고 싸워보자."

피월려는 나지오의 눈빛에서 꺾을 수 없는 의지를 읽었다.

그는 천천히 소소를 들고는 금강부동신법을 펼쳐 나지오의 코앞에 나타났다. 그와 동시에 무형검리는 나지오의 목을 향해 날아들고 있었다.

캉!

피월려의 눈썹이 꿈틀거렸다.

나지오는 무형검리를 그대로 쳐내면서, 왼 주먹으로 피월려의 골반을 찔렀고, 피월려는 왼 손날로 그 주먹을 쳐내며 방어했다. 그와 동시에 몸을 틀면서 왼발로 나지오의 허벅지를 공격했지만, 나지오의 신형이 환상처럼 흐릿해지면서 허공을 갈랐다.

피월려는 소소를 거꾸로 들곤 쳐다보지도 않고 뒤로 찔렀다. 막 피월려의 등 뒤에서 나타난 나지오는 그의 단전을 정확히 노리고 찌르는 무형검리를 보곤 태극지혈을 돌려 쳐냈다.

캉!

피월려의 눈썹이 또 한 번 꿈틀거렸다.

그는 다리를 뒤쪽으로 차올리며 나지오의 사타구니를 공격했다. 나지오는 다리를 들어 피월려의 발이 채 다 올라오기도 전에 아래로 찍어 눌렀고, 그와 동시에 그의 허리에 손을 대고 장풍을 뿜어냈다.

하지만 같은 수법을 당한 적이 있던 피월려는 이미 왼손을 허리춤에 펼치고 있었다. 나지오의 손바닥과 피월려의 손바닥이 마주하자, 그 둘은 동시에 강기를 쏟아부었다.

다른 점이 있다면 나지오는 장공을 익혔고, 피월려는 익힌 장공이 없다는 점이다. 기술적인 부분에서 차이가 나자, 피월려의 몸이 살짝 공중에 들렸다. 그것은 곧 태극지혈을 양손으로 잡을 시간을 벌어준 것. 나지오는 양손으로 잡은 태극지혈의 끝에 세 송이의 매화꽃을 피워냈다.

첫 매화꽃이 피월려의 몸에 닿기 직전, 피월려의 신형이 흐릿하게 변하더니 두 장 높이의 상공에서 나타났다. 피월려는 변해버린 세상의 모습을 눈으로 채 다 담기도 전에, 그를 향해 검을 내지르는 나지오의 태극지혈에서 뿜어진 검강이 세상을 반으로 가르는 것을 보았다.

그는 뒤로 훌쩍 물러나며 검강을 피했으나, 그곳에는 두 번째 매화꽃이 그를 기다리고 있었다. 매화꽃이 그의 몸에 닿았고, 피월려는 전신을 난도질하는 듯한 고통을 느꼈다.

"크— 헉!"

피월려는 입에서 피를 토했다.

그 피를 그대로 얼굴로 맞으면서 날아온 나지오는 눈 하나 깜짝하지 않고, 태극지혈을 휘둘러 피월려의 상체를 베어 넘기려했다. 피월려는 금강부동신법을 펼쳐 다시금 뒤로 물러났는데, 그에 따라 태극지혈의 길이가 기이하게 늘어나서 기어코 피월려의 왼팔에 닿게 되었다.

푸— 욱.

그것은 강기를 잔뜩 머금은 태극지혈 조각이었다. 환골탈태한 그의 왼팔을 뚫고 들어와 뼈까지 잠식한 그 조각은 강렬한 매화향을 피월려의 신체에 침투시켰다. 피월려는 정신이 혼란스러워지는 것을 느꼈지만 겨우 오른손으로 그 조각을 뽑았는데 그 와중에 피월려의 앞까지 날아온 나지오는 반토막이 난 태극지혈을 피월려의 심장을 향해 꽂아 넣고 있었다.

퓨— 슉!

나지오는 태극지혈을 놓쳤다.

그리고 입가에서 피를 흘리면서 자연스레 아래를 보았다.

그곳엔 그의 심장 언저리를 뚫고 나온 소소가 있었다. 그것은 등 뒤에서부터 박혀 들어와 앞으로 튀어나온 것이다.

"이기어검(以氣馭劍)……."

막 피월려의 머리에 안착하려던 세 번째 매화꽃이 갑자기 투명해지며 사라졌다. 그것이 만약 피월려의 몸에 닿았다면, 피월려가 먼저 정신을 잃고 땅에 떨어졌을 것이다.

피월려가 말했다.

"토막 난 태극지혈을 보고 시도해 보았소. 소소의 존재를 완전한 무형으로 만들기 위해서 얼마나 큰 심력을 소비했는지 모르오."

"무형검리를 이용해 유형조차도 무형으로 만들었구나. 게다가 이기어검까지 함께 펼쳤어… 쿨럭."

"운이 좋았을 뿐이오. 심장을 비켰으니, 목숨에는 지장이 없을 것이오."

나지오는 뭐라 말하려 했지만, 다시금 핏물을 한 사발 토해낼 뿐이었다. 그리고 서서히 공중에서 추락하기 시작했는데, 피월려는 금강부동신법을 펼쳐 그를 받아 들고 땅 위에 안착했다.

"……."

"……."

그를 바라보는 모든 백도고수의 눈빛에는 경외감과 두려움이 가득했다.

그들의 싸움은 언뜻 보기엔 평범한 두 고수의 싸움과도 같았다. 다른 점이 있다면 평범한 무림인이 검을 내지를 땐 검기를, 검기를 내지를 땐 검강을, 검강을 내지를 땐 검리를 내지른 것뿐이다.

초절정고수라도 그 속도로 강기를 사용한다면 금세 탈진하여 정신을 잃어버렸을 것이다. 자신들의 전심전력에 해당하는 수준의 공격을 한 초식, 한 초식에 담아 교환한 입신 사이의 싸움은 도저히 그들이 따라갈 수 있는 수준이 아니었다.

피월려는 그들을 찬찬히 보며 말했다.

"싸움을 원하는 자는 가진 무위를 한계까지 뽐내보시오. 약속하지. 그 누구도 죽이지 않겠소."

절대강자의 선언.

절정급 고수들은 모두 검을 놓아버렸고, 초절정고수들도 검을 땅으로 향했다. 하지만 그들 중 단 한 명만이 이를 악물고 자신의 검을 겨우 부여잡고 있었다.

덜덜 떨리는 통에 양손으로 잡아가며 진정을 되찾으려 하던 종남파 고수는 도저히 열리지 않는 입을 억지로 열어가며 목소리를 내었다.

"시, 심검마. 내 스승님을 기억하시오?"

"스승이라 함은?"

"조, 종남신검(終南神劍)이시오."

피월려는 눈에 이채를 띠었다.

"그의 제자이군. 기억한다. 뇌룡이었나? 그때의 싸움으로 인해 초절정에 이른 것이로군?"

뇌룡(雷龍) 곽소벽은 피월려보다 나이가 많았지만, 피월려의 말은 이상하게 자연스러워 그 누구도 그 점을 눈치채지 못했다.

곽소벽은 사시나무처럼 떠는 검을 똑바로 세워 피월려를 향하면서 겨우 말을 토했다.

"개봉에서 있었던 나와의 일전을 기억한다면, 내 한 수를 받아주시오."

피월려는 고개를 끄덕였다.

"그럴 자격이 충분하다. 오거라."

곽소벽은 입술을 피가 날 정도로 꽉 물더니 곧 그의 검으로 강력한 뇌전을 뿜어 피월려를 공격했다. 그 가공할 솜씨에 다른 초절정고수들도 놀라는데, 피월려는 감흥 없는 표정으로 소소를 휘둘러 그 뇌전을 갈라 버렸다.

"허억. 허억. 허억."

가진 모든 것을 담아 한 번에 내지른 것이기에, 곽소벽은 심장을 부여잡곤 무릎을 꿇듯 쓰러졌다. 피월려는 그를 바라보며 말했다.

"조급해하지 말고 수련을 거듭하면, 환갑을 넘기 전에 입신에 들 수 있을 것이다."

곽소벽은 속에서 올라오는 역겨움을 참아가며 씹어 내뱉듯 말했다.

"비가… 비가 왔다면 그리 쉽게 막지는 못했을 것이다!"

피월려는 그를 지그시 바라보다가 이내 한마디를 던졌다.

"비가 올 때와 비가 오지 않을 때, 네가 뿜어낸 뇌전에 차이가 없다면 그것이 바로 신뢰(神雷)이며 그 신뢰를 다루는 것이 종남의 무학이다."

"……."

곽소벽의 눈은 더 커질 수 없을 만큼 커졌다. 그는 적지 않은 충격을 받았는지, 그대로 굳은 채 미동조차 하지 못했다.

피월려는 주변을 둘러보며 물었다.

"더 없는가?"

입신의 고수의 가르침.

그것은 세상에 어떠한 절세신공보다 귀한 것이다.

모든 이들은 검을 집어 당장에라도 피월려에게 가르침을 받고 싶었다.

하지만 기이하게도 검을 붙잡은 손에 힘이 들어가지 않았다.

그리고 혀도 움직일 수 없어 아무 말을 하지 못했다.

피월려는 조용한 그들을 찬찬히 보다가 곧 한쪽에 내려앉은 제갈극을 끝으로 눈을 돌렸다.

"제갈극 어르신은 나를 따라 들어오시오. 그리고 다른 이들은 모두 각자의 문파로 돌아가시고. 천마신교의 일은 천마신교에서 처리할 것이니, 더 이상 외부에서 관여하는 것은 용서하지 않겠소."

피월려는 뒤돌아 천천히 걷기 시작했다.

그 모습은 평범한 청년의 그것과 다를 것이 전혀 없었다.

하지만 그런 그를 보면서 그 누구도 감히 움직일 생각조차 하지 못했다.

제일백십팔장(第一百十八章)

"시록쇠 형주님께서 죽었다. 심검마에게."

천살가 출신 마인의 말에는 어떠한 감정도 묻어 나오지 않았지만 은은하게 풍기는 살기는 그의 심정을 잘 대변해 주고 있었다. 그러나 그 말을 들은 흑설은 귀찮다는 듯 손짓하며 빽 하고 소리 질렀다.

"그건 내가 알 바 아니야. 그 늙은이가 죽든 말든 무슨 상관이야?"

"……."

"그래서 어디로 가면 되는데?"

천살가 마인은 한 건물을 가리켰고, 흑설은 즉시 경공을 펼쳐 그곳으로 날아갔다. 높은 담장을 고양이처럼 훌쩍 뛰어넘은 그녀는 막 그 안채로 들어서는 한 여인을 보고 얼굴을 찌푸렸다.

"주하?"

주하는 고개를 돌려 땅바닥에 착지한 흑설을 보곤 고개를 갸웃했다. 하지만 곧 그녀가 누군지 기억해 냈다.

"흑설?"

흑설은 반가움에 방긋 미소를 지었다가 냉큼 얼굴을 굳혔다.

"내 낭군님한테 가는 거야?"

주하의 아미가 살짝 찌푸려졌다.

"나, 낭군님?"

"그래, 내 낭군님. 소식을 못 들었나 보네. 우리는 혼인한 사이야."

"……."

"정말이야."

흑설의 말에 주하는 무표정을 유지하며 툭하니 말했다.

"그건 나와는 상관없는 일. 나는 전속 대원으로 피 대주를 지키러 온 것뿐이다."

주하는 몸을 돌렸다. 흑설은 심술이 난 듯 눈초리를 모으더니, 보법을 펼쳐 그녀의 앞을 가로막았다.

"스승님한테 들으니, 역혈지체를 철소(撤消)했다며? 응? 아녀자로 돌아간다면서 이제 와서 무슨 전속 대원? 마공도 폐했다며?"

주하는 아직 완전히 자라지 않은 흑설보단 머리 한 개만큼이나 키가 더 컸다. 그녀는 흑설을 내려다보더니 또다시 툭하니 말했다.

"전속 대원은 그 주인이 폐하기 전에는 직책에서 벗어날 수 없다. 그러니 내가 마공을 잃었든 잃지 않았든 전속 대원이라는 사실에는 변함이 없지."

흑설은 화가 난 듯 눈에 쌍심지를 켰다.

"내 낭군님한테 꼬리치지 마."

그녀의 눈빛에는 진득한 마기가 흘러나와, 주하는 그녀의 무위가 최소 지마 이상임을 깨달았다.

주하가 말했다.

"빠른 성취만큼 오래가지 못하는 것도 없지."

"……."

"오라버니께 듣기로는 익히는 마공을 완성하지 못하면 그 동굴에서 나오지 못하는 걸로 알고 있는데?"

흑설은 맞받아쳤다.

"그러는 너는? 철소하는 도중에 하루라도 쉬면 마공이 다시 기승을 부려 선천지기가 상하는 걸로 알고 있는데?"

"……"

"……"

두 여인은 같은 마음이다.

그녀들은 서로를 말없이 주시했다.

그나마 연장자인 주하가 먼저 말을 꺼냈다.

"가자. 같이."

"……"

"가서 확인하자고."

주하는 흑설의 손을 잡았다.

흑설은 입술을 살짝 깨물더니, 곧 그녀의 손을 뿌리치곤 자기가 먼저 앞서 걸어갔다.

드르륵.

문이 열리고, 흑설은 방 안을 보았다.

처음 눈길이 간 건 침상 위에 조용히 누워 있는 사내였다. 하지만 피월려가 아니라는 사실을 깨닫자마자, 그녀의 시선은 그 앞에 앉아 있는 사내에게 향했다.

젊고 깨끗한 인상의 피월려는 그녀를 향해 작은 미소를 짓고 있었다.

"오랜만이구나, 흑설."

흑설의 눈시울이 붉어졌다.

그녀는 그대로 달려들어 피월려의 품에 안겨 들었다.

"흐흑. 으응. 흐으윽. 다, 다시 젊어졌네요?"

"응."

"옛날에도 괜찮았는데, 흐윽. 이젠 불안해."

"그게 무슨 말이냐?"

"으응. 아니에요. 아무것도 아니야. 흐흑."

흑설은 피월려의 몸 안으로 들어갈 듯이 그의 품속으로 머리를 파묻었다. 피월려는 천천히 그녀의 머리를 쓸어내려 주었는데, 순간 문가에 선 여인을 보고 그 손이 멈췄다.

"주하."

주하의 입술은 파르르 떨리고 있었다.

그러나 딱딱하기 짝이 없는 그 표정은 그대로였다.

"건강해 보이시군요."

피월려는 반가움에 깊은 미소를 지었다.

"마공을 폐한다더니, 아니었소?"

주하는 천천히 그에게 걸어오는가 싶더니, 그를 지나쳐 그의 맞은편으로 가서 앉았다. 그녀는 피월려에게 눈길 한 번 주지 않으며 침상에 누워 있던 나지오를 찬찬히 훑어보았다.

"폐하는 중이었습니다만, 이제 다시 익힐 겁니다."

"무의 의미를 찾을 수 없게 되었다고 들었소만……."

주하는 굳게 입술을 닫았다. 하지만 그렇게 절대로 열리지 않을 것 같던 그 입은 너무나도 쉽게 열렸다.

"다시 찾았습니다."

"……."

"제가 마공을 회복할 때까지 조금만 기다려 주시면, 지금까지 못해 드린 것만큼 보필하겠습니다."

"누가 누굴 보필해, 칫."

흑설의 앙칼진 말에 피월려는 흑설에게 조용히 하라고 손가락으로 입을 막았다. 하지만 흑설은 얼른 그걸 입에 머금고는 쪽쪽 소리나게 빨면서 음흉한 눈길로 주하를 바라보았다.

주하는 작게 코웃음을 치더니 자리에서 벌떡 일어났다.

"괜찮으신 것 같으니 전 이만 가보겠습니다."

피월려는 자기도 모르게 덩달아 일어났다.

"벌, 벌써 말이오?"

주하의 시선은 여전히 나지오에게 있었다.

"제게 많은 은혜를 주신 부교주님께서 크게 다치지 않아 다행입니다. 확인했으니 더 있을 이유는 없습니다."

"……."

"그럼, 다음에 또 뵙도록 하지요."

주하는 다소 빠른 걸음으로 서둘러 방 밖으로 나갔다. 그녀의 마지막 뒷모습을 바라보던 피월려는 잠시 말없이 열린 방문을 지켜보고 서 있었다.

그의 손가락을 빨며 그의 얼굴을 올려다보던 흑설의 얼굴이 차츰 차가워지기 시작했다. 그녀는 서서히 손가락 빠는 것을 멈추더니 곧 입에서 그걸 빼내곤 입술을 삐죽거렸다.

"나 좀 봐요, 나 좀."

"……."

"낭군님!"

피월려는 그제야 흑설에게 고개를 돌렸다. 흑설은 단단히 화가 난 듯 뾰로통한 표정을 짓고 있었고, 피월려는 그녀의 흑발을 천천히 쓸어내리며 그녀의 기분을 위로했다. 그러자 그녀는 언제 화가 났냐는 듯 피월려의 품에 안겨 들어서 자신의 머리카락을 쓸어내리는 기분 좋은 느낌을 눈을 감고 만끽하기 시작했다.

"다시 어린아이가 되었구나?"

"낭군님이 전에 말했잖아요."

"……."

"굳이 애써서 린 언니처럼 안 하려고요. 아직은 애니까. 애처럼 굴래요."

"그래. 그러려무나. 자연스러운 것이 좋은 것이지."

흑설은 슬쩍 나지오를 보더니 말했다.

"이 아저씨는 언제 깨어난대요?"

피월려는 흑설을 번쩍 안아 들곤 자리에 앉았다.

"깨어나기는 오늘 아침에 깨어났는데, 민망한지 아직까지 안 깨어난 척을 하고 있다."

"……."

"……."

나지오는 슬쩍 실눈을 뜨고 피월려를 보았고, 웃음을 머금은 그의 표정을 보곤 양손으로 이불을 확 내리며 벌떡 허리를 일으켜 세웠다.

"아 뭐야, 알고 있었냐? 쪽팔려서, 원."

"……."

"야. 하나만 묻자. 네가 볼 땐 내가 반선지경이냐?"

"갑자기 왜 그러시오?"

"아니, 두 번씩이나 지니까 말이야. 그것도 너무 쉽게 말이야."

"나 선배는 솔직히 편법으로 반선지경에 오르긴 했소. 그러니 같은 반선지경의 상대에겐 밀리는 것 같소."

"……."

"뭐, 두 번 다 상성이 너무 안 좋기도 했소."

"그치? 그거지, 그냥?"

"나도 그렇게 믿고 싶소."

나지오는 상체를 던지듯 누워 버렸다.

"아이고. 진짜. 반선지경에 오르면 뭐 하냐. 이렇게 처맞고 다니는데."

"서로 정말로 죽음을 각오하고 싸웠다면 몰랐을 것이오. 서로 죽이지 않으려 했기에 그런 결판이 난 것일 수도 있소."

"그래, 그래. 이긴 놈이 뭔 말을 못 해."

"……."

나지오는 눈을 비비더니 곧 진중한 목소리로 말했다.

"그나저나 네가 한 말은 네가 지켜야 한다. 네가 말하는 그 협은 아무리 생각해도 미친 소리 같지만 혹시 또 모르지, 내가 이해할 수 없는 지고한 경지에 네가 이르렀기 때문인지도. 그러니 네게 운명을 걸어보겠다."

피월려는 말을 돌렸다.

"회복은 언제쯤이면 가능하오?"

"몸은 말짱해. 나도 놀랐어. 이 정도로 빠른 회복을 할 수 있을 줄이야. 문제는 심력이지. 이건 화산에 돌아가야만 진정으로 회복이 가능한 거고. 여기서는 심력의 회복을 하기 힘들어."

그 둘이 싸운 지 만 하루가 지났다. 즉 나지오는 만 하루 만에 심장 옆이 뚫린 중상에서 완전히 회복한 것이다. 반선지경의 육신은 본인의 상상조차도 초월했다.

피월려가 말했다.

"나 선배에게 묻고자 하는 게 있소."

나지오는 이미 피월려가 할 말을 알았다.

"네가 반선지경인지 아닌지 하는 그거 확인해 달라고?"

"역시 잘 아시오."

나지오는 어깨를 들썩였다.

"내가 더 말할 게 있나? 내 생각에는 넌 반선지경을 뛰어넘은 경지에 이른 것 같다. 내가 확신해."

"……."

"어때, 이젠 자기가 입신의 고수란 걸 믿을 수 있겠어?"

"믿기는 믿었소. 다만 확신을 원했던 것이지. 고맙소, 나 선배."

"뭐 편법 따위로 반선지경에 오른 나 따위가 감히 확신을 줄 수 있을지는 모르겠지만 말이다."

"……."

편법이란 말에 기분이 아주 상한 것이 분명했다.

피월려는 부드러운 미소를 지었고, 나지오는 콧바람을 내쉬며 기분을 풀어버리곤 물었다.

"이젠 어쩌려고?"

"미룬 일을 해야 하지 않겠소?"

"미룬 일?"

"제갈극이 이미 도와주고 있소. 나 선배는 잠시 숨어 회복에 전념해 주시오. 그러다가 이후, 협력해 주셨으면 하오."

"……."

"부탁드리겠소."

나지오는 슬쩍 흑설에게로 시선을 옮겼다.

흑설은 눈살을 찌푸리며 그를 노려보았고, 나지오는 다시 피월려에게 시선을 옮겼다.

"좋아. 그러지."

*　　　　*　　　　*

그 이후 보름이 지나도록 천마신교 낙양본부는 고요했다. 백도무림의 세력을 혈혈단신으로 물리친 피월려에게 대항할 수 있는 유일한 사람, 박소을이 자리를 비웠기 때문이다.

피월려가 사무조의 두 여인을 호위하던 오 일간, 박소을은 천마신교 본부의 대주들과 그 휘하 무인들을 모두 이끌고 동쪽 무림을 상대하겠다며 나가 버렸다. 그리고 본부에 남은 모든 마인은 피월려를 교주 모시듯 하며 그를 경외했다.

피월려는 보름 동안 시화마제 진설린 교주가 기거하는 교주전 앞에 가부좌를 틀고 앉아 있었다. 그의 옆에는 양손을 앞으로 뻗고 쉴 새 없이 주문을 외우는 제갈극이 있었다. 그 또한 보름째 자리를 비우지 않고 계속 주문을 읊고 있었는데, 교주전 전역에 펼쳐진 미내로의 결계를 없애려고 한 것이다.

대부분의 마인은 그 결계가 사리지는 즉시, 피월려가 교주전에 쳐들어가 교주를 죽이려 한다고 믿었다. 신물주임을 밝힌 적이 없는 피월려는 교주를 죽인다고 해서 교주로 등극할 수 없다. 등극하기는커녕 천마신교 사활을 걸고서라도 척살해야 한다. 그럼에도 그의 무위를 두려워한 마인들은 그에게 감히 대항하지 못했다. 대항할 만큼 호전적인 성격을 지닌 마인들은 대부분 전투대(戰鬪隊)에 속해 있어, 박소을에 의해 동쪽으로 떠난 탓도 컸다.

마인들은 그저 피월려가 신물주임을 바랐다.

그렇게 보름간 명상에 명상을 거듭하던 피월려는 서서히 열어지는 결계의 기운을 느끼고는 눈을 떴다. 손을 서서히 내리는 제갈극을 올려다보니, 얼굴이 하얗게 뜬 그가 깊은 한숨을 내쉬며 미약한 목소리로 말했다.

"성공했다."

확실히 교주전 전체에 퍼져 있던 사악한 기운은 완전히 사라졌다. 더 정확하게 말하자면 그 사악한 기운은 사라진 것이 아니라 집약된 것에 불과했다.

진파진.

가도무.

그리고 천서휘.

교주전 대문 위에 서 있는 세 강시를 바라보며 피월려가 말했다.

"공격하지 않는 것을 보면 침입하려 할 때 방어만 하려는 것이로군."

제갈극이 중얼거렸다.

"저 강시는 술법사와 직접적으로 연결이 되어 있어 내가 없애는 것이 불가능하다. 다만 귀목선자는 저 강시들을 다루는 술법 외에 어떠한 것도 사용하지 못할 것이다. 우리 둘 다 서로 모든 기운을 소진했으니."

"……."

"내가 할 일은 끝났으니, 쉬겠다. 앞으로는 네가 할 일만 남았군."

"고맙소. 가서 나 선배를 불러주시오."

제갈극은 고개를 끄덕이고 물러났다.

홀로 남은 피월려는 대문 위, 가장 중앙에 선 천서휘를 바라보며 중얼거렸다.

"결국 그렇게 되었군. 천서휘."

천서휘는 말없이 피월려를 내려다보았다.

피월려는 자리에서 일어나 천서휘에게서 눈길을 돌려 다른 두 명도 찬찬히 살피기 시작했다.

"누구를 기다리는군."

피월려의 눈썹이 꿈틀거렸다.

너무나 오랜만에 듣는 목소리나.

피월려는 한동안 땅을 바라보았다. 그리고 점차 고개를 들어 시선을 천서휘에게로 가져갔다.

천서휘는 정확히 피월려를 내려다보고 있었다.

피월려가 물었다.

"말을 할 수 있나?"

그 순간 천서휘와 가도무 그리고 진파진의 몸에서 가공할 마기와 살기가 폭사되었다. 그 양은 하늘에 미치는 것도 부족해서 세상 전체를 메울 정도였다.

피월려는 온몸에서 살결이 타들어가는 듯한 느낌을 받았다. 털이 곤두서다 못해 뽑혀 나갈 지경이었다. 전신의 세포 하나하나가 그 마기와 살기에 반응하는 기분. 피월려는 평정심을 끌어올려 육신을 진정시켜 나갔다. 그제야, 그의 살결이 다시 제자리를 되찾았다.

그것은 피월려가 지금까지 느껴본 어떠한 기운보다 강력했다. 사람의 몸에서 나왔다고 하기에는 너무나 거대하여, 흡사 자연이 의지를 가지고 기를 내뿜는 듯 보였다. 천서휘와 가도무 그리고 진파진. 한 명 한 명이 전부 중원 어느 산에 가져다 두어도 그 산의 정기를 모조리 오염시키고도 남을 만한 마기를 품고 있었다.

곧 그렇게 폭사되던 기운이 점차 수그러들기 시작했다. 절대로 줄어들 수 없을 것 같은 그 막대한 기운은 어느새 세 육신 속으로 갈무리되면서, 급기야 완전히 종적을 감추었다.

천서휘는 마기가 뚝뚝 떨어질 것 같은 두 눈으로 피월려를 마주 보았다.

“말을 하지 못하는 강시는 천마급 이상이 될 수 없지.”

피월려는 담담한 목소리로 그의 감상평을 내놓았다.

“그렇게 말하는 것을 보니, 입신에라도 올랐나 보군.”

천서휘는 팔짱을 끼며 말했다.

“흑노와 암노 그리고 나까지. 이 셋은 마법의 힘을 받아 불완전한 입신을 이루었다. 그러나 셋이 뭉치면 너를 상대하는 데는 충분할 것이다.”

피월려는 진파진과 가도무를 찬찬히 살펴보며 말했다.

“그들이 흑노와 암노라고?”

천서휘는 양손으로 진파진과 가도무, 아니, 흑노와 암노를 한 번씩 가리키며 말했다.

“입신 그리고 입수. 그 경지에 오른 진파진과 가도무의 육신을 강시화하기 위해선 적어도 오 년이란 세월이 필요하다. 그 정도의 여유가 없었던 미내로 어르신께서는 이미 노예가 된 흑노와 암노의 혼을 이 안에 넣어 부리기로 하셨지.”

“…….”

피월려는 미내로가 오 년이라 말했던 것이 기억났다.

천서휘가 말을 이었다.

“성음청의 비밀을 알고는 억울하게 죽은 형. 그리고 그 형의 죽음을 기이하게 여겨 똑같은 전철을 밟은 동생. 이 두 형제는 그 원한을 갚기 위해 미내로 어르신의 소유가 되었다. 노예지만, 강력한 존재로 거듭났지. 이 둘을 곁에서 보곤 나도 마음을 먹게 되었다."

피월려는 묻지 않을 수 없었다.

"너는 무엇을 위해 강시가 되었지? 린 매를 위함인가?"

천서휘가 잠시의 침묵 후 조용히 말했다.

"그도 그렇지만 먼저는 은혜를 갚기 위함이다."

"은혜?"

천서휘는 다시 팔짱을 끼었다.

"아버님과 스승님 그리고 숙부님은 각자 가려고 하는 방향이 달랐다. 원하는 것이 다른 정도를 넘어서서 생각 자체가 다르셨지. 서로에게 끌리듯 친해진 셋은 목숨이라도 내어 줄 만한 친우가 되었지만, 결국 다른 길을 걷게 되었다."

피월려는 눈초리를 좁히며 물었다.

"박 장로가 아버지를 배신했다는 말을 들었다. 그럼에도 은혜인가?"

천서휘는 고개를 살짝 돌렸다.

"아무도 모르는 사실이 있다. 십여 년 전, 내 아버님께선 마성에 젖으셨었다. 마성에 젖은 아버님을 내가 처음 발견했을 땐 나조차도 알아보지 못하셨지. 아버지께서는 나를 죽이려 하셨다. 그때 마침 아버님의 마성을 눈치채고 달려온 숙부님께서 나를 구해주셨고, 그 과정에 아버님이 죽었다."

"……."

"교주를 죽였다는 것. 그것은 본 교에 있을 수 없는 일이다. 이를 은폐하기 위해서, 숙부님은 신물전주의 도움을 받아 숙부님께서 데리고 있던 혈수마제를 내세워 교주가 되게 했다. 하지만 교주에 등극한 혈수마제는 극악마뇌의 조언을 듣곤 숙부님을 배신했지."

"그녀를 주작의 그릇으로 만들려고 했으니, 그녀의 배신은 정당하다 할 수 있다."

피월려의 말을 천서휘도 순순히 인정했다.

"나도 그렇게 생각한다. 혈수마제는 숙부님과 스승님을 배척하긴 했지만, 목숨까진 취하지 않았지. 주작의 힘을 빌리는 것이 본인에게 도움이 됐던 것은 사실이니까."

"……."

"이후 숙부님과 스승님은 새로운 주작의 그릇을 찾으셨다. 그리고 찾은 것이 바로 린 매. 그녀를 통해서 주작을 되살릴 계획을 하던 그 두 분은 어떤 일로 인해서 다른 길을 걷게 되었다."

"서화능이 죽은 일 말이냐?"

"그래. 숙부님께서 스승님을 죽게 놔두신 일 말이다."

박소을은 피월려에게 서화능이 자결했다고 말했다. 하지만 이제 보니 자결한 것이 아닌 듯했다.

피월려가 말했다.

"그런 일이 있었군."

"스승님께선 병세에서 회복하지 못하시고 죽음을 예상하여 유언을 남겼지만, 사실 숙부님께서는 얼마든지 스승님을 고치실 수 있으셨다. 그러니 죽인 것과 진배없지."

같은 의구심을 가졌었던 피월려가 작게 고개를 끄덕이며 말했다.

"하긴, 그런 놀라운 술법을 펼치시는 귀목선자께서 서화능을 살리지 못한 건 큰 의문이었지. 박소을은 왜 그렇게 한 것이지?"

천서휘는 순순히 대답했다.

"같은 것을 이루려던 그 둘의 목적이 달라졌기 때문이지."

"……."

"더 자세한 것은 모른다."

지금까지 그와 했던 말들보다 더 많은 말을 하는 천서휘를 보며 피월려는 갑자기 의문이 생겼다.

그토록 무뚝뚝하던 천서휘는 왜 갑자기 이런 말들을 하는가?

피월려는 그가 이야기를 하고 싶어 하는 이유를 쉽게 간파할 수 있었다.

"곧 죽는가?"

천서휘는 부정하지 않았다.

"단숨에 이런 경지까지 오른 부작용이지. 보름을 넘기지 못하고, 몸이 산 채로 썩는다 했다. 그럼에도 불구하고 네게 이기고 싶다. 린 매에게 다가가려는 네 발걸음을 멈추고 싶다. 그것이 내 의지며 그것이 내 사명이다, 피월려."

"……."

피월려가 침묵하자, 천서휘는 그에게서 시선을 뗐다. 강시가 되어 탁해진 두 눈동자로, 천서휘는 서서히 하늘로 시선을 옮겼다. 얼마나 멀리 있는 것을 보는지, 도통 눈의 초점을 맞추지 못했다.

"기억하나? 나와 처음 만났던 날을?"

잊을 리가 없다.

피월려도 천서휘와 같이 하늘로 시선을 돌리며 대답했다.

"기억하지."

천서휘가 조소를 머금고 말했다.

"스승님들 간의 약속으로 인해서 생사혈전을 하게 되었지. 그때 그것이 의미하는 것이 무엇인 줄 알았나?"

"아니, 몰랐다."

"그래 맞아. 너도 몰랐던 것처럼 보였어. 스승님께선 내게 유언으로 모든 것을 설명해 주셨다. 그걸 말해주마, 피월려. 너도 알 자격이 있으니."

"……"

"네 스승님과 내 스승님, 두 분은 이계에서 사람이 넘어오는 것을 보곤 한 가지 가능성을 보았다. 천 년 전 현무가 죽었고, 이백오십 년 전 주작이 죽었고, 십여 년 전 백호가 죽었지. 거기에 만약 청룡까지도 죽는다면, 인간은 사방신으로부터 온전한 자유를 얻는다고 말이야. 때문에 그 두 분은 청룡을 죽일 사람을 키우기로 작정하셨다."

"……"

"하나는 백호를 죽인 자에게, 또 하나는 이계인들에게 찾아갔다. 그리고 십 년간 제자를 키워서 둘 중 하나를 선택하여 청룡을 죽일 살신자(殺神者)를 뽑자고 했지. 하지만 네 스승은 네가 다 자라기도 전에 운명하셨었지."

피월려가 나지막하게 말했다.

"병사하셨다. 지금 생각하면 내공이 없었던지라 오히려 질병 같은 것에 약하셨던 것 같다."

"그래. 그래서 넌 완성되지 못했어. 하지만 그럼에도 불구하고 스승님께선 네게 희망을 보았지. 내가 아니라 네게!"

울분을 토하는 천서휘를 보며 피월려는 스승의 유언을 떠올렸다.

"내 이름으로 누군가 네게 부탁을 한다면 네 목숨을 걸고서라도 반드시 해내라."

이는 피월려가 선택되었을 때, 서화능이 그에게 청룡을 죽이라고 명령하는 것을 지키게 하기 위함일 것이다.

피월려가 말했다.

"그래서 서화능의 죽음에도 박소을을 섬겼나?"

천서휘의 표정은 서서히 굳기 시작했다.

그는 놀랍도록 차가운 목소리로 씹어 내뱉듯 말했다.

"스승님도 린 매도 결국 다 네놈을 선택했지. 네놈에게서 린 매를 보호할 것이다."

"린 매는 주작의 그릇이 되어 이미 죽었다. 그것을 모르진 않을 텐데?"

피월려의 냉철한 말에 천서휘는 양손을 들고 머리를 쥐어짜듯 움켜쥐었다. 그러곤 거칠게 소리치며 절규했다.

"그래! 은혜니 사랑이니 사실 다 거짓이다! 내가 진정으로 원하는 건 오로지 널 죽이는 것뿐이다!"

"……."

갑작스러운 외침에 피월려가 침묵하자, 천서휘는 한차례 몸을 떨더니 조용한 목소리로 천천히 말을 이었다.

"소군의 말이 맞아. 난 널 질투한다, 피월려."

"……."

"그리고 그 사실이 나를 너무도 미치게 만든다. 너무도 미치게 만들어, 스승님의 죽음을 방치한 숙부님을 섬겼고, 껍데기만 남은 린 매에게 사랑을 갈구했고, 수명을 모두 바쳐 강시가 되는 한이 있더라도 널 죽이려 하지. 그게 나다, 피월려."

"……."

천서휘는 검을 뽑았다. 그리고 그 검신을 찬찬히 바라보며 나지막하게 말을 이었다.

"스승님들께서도 연적(戀敵)이었다지. 이 검이 된 여인을 두고 사랑하였다 했다. 하지만 결국 이 검은 스승님의 소유가 되었지. 린 매도 그렇게 될 것이다. 그녀가 아니라면, 그녀의 껍데기라도 내 것이 될 거야."

피월려는 과거 서화능이 그 검을 정성스레 닦던 기억이 났다.

"용골로 만든 검이로군."

천서휘는 비릿한 미소를 지었다.

"네 심검에 대항할 유일한 수단이지. 스승님께서는 이 날을 내다보시고, 네 심검을 상대하라고 내게 이 검을 주신 것이다. 하하. 결국 스승님께서 나를 버린 건 아니야. 나는 그 기대에 보답하고자 한다, 피월려. 내가 패배했던 그날의 치욕을 되갚아주마."

검신과 피월려를 번갈아 보는 천서휘의 눈동자는 기이한 빛으로 가득했다.

그것은 피월려가 진파진에게, 이소운에게, 가도무에게, 남궁서에게 그리고 피월려 스스로에게 보았던 것이었다.

피월려는 소소를 품에서 꺼내며 말했다.

"확실히 네가 말한 것처럼 지금 나는 기다리는 사람이 있다. 하지만 내가 홀로 직접 네 목숨을 취하는 것이 내가 네게 할 수 있는 마지막 자비겠어."

천서휘는 갑자기 광소를 터뜨리며 크게 외쳤다.

"하하하! 자비? 자비라 하였나? 피월려. 그 오만함도 오래가진 못할 것이다!"

피월려는 이곳저곳을 훑어보더니 말했다.

"보아하니 네가 있는 교주전에 내가 먼저 들어가지 않는 한, 공격할 수 없나 보군."

"기다렸다가 내가 자멸하면 그때 들어올 생각이더냐? 입신에 오르고도 그런 비겁한 수를 생각하느냐!"

천서휘의 표정은 분노가 가득했지만, 그 가장 깊은 곳에선 두려움이 꿈틀거리고 있었다.

그것을 읽은 피월려는 숨을 깊게 내쉬고는 말했다.

"네가 가진 모든 것을 보여봐라, 천서휘."

천서휘가 코웃음을 치는데, 피월려의 모습이 순간 사라졌다. 그 즉시 피월려의 기척을 뒤에서 느낀 천서휘는 재빨리 몸을 돌렸다.

피월려는 이미 교주전 뜰 안에 들어와서 천서휘를 기다리고 있었다. 천서휘는 그를 올려다보고 있는 피월려를 발견하곤 입술을 꽈득 물더니, 하늘 높이 뛰었다.

쿠궁!

천서휘의 보법에 맞춰 진파진의 몸을 입은 흑노와 가도무의 몸을 입은 암노도 동시에 신형을 던졌고, 그 반발력에 의해서 그들이 서 있던 대문이 한차례 휘청거렸다.

중간쯤 상승하던 그들에게 차이가 발생했다. 천서휘는 점차 속도가 줄어들며 공중에 멈췄는데, 흑노와 암노는 오히려 속도가 더욱 빨라져 피월려에게 낙하하기 시작한 것이다.

피월려는 소소를 높게 들고 심검을 통해 무형검강을 반월처럼 뿜어내며 그 둘을 공격했다. 그런데 그렇게 세상을 가를 것 같던 무형검강은 진파진과 가도무의 몸에 닿기 일보 직전, 흔적도 없이 사라졌다.

피월려는 눈을 부릅뜨고 진파진과 가도무 사이에 붕 떠 있는 검 한 자루를 보았다.

"이기어검(以氣馭劍)인가? 아니, 목어검(目馭劍)이라 했었……."

그가 말을 차마 끝내기도 전에 진파진의 검과 가도무의 손가락이 그의 시야를 가렸다.

검에는 황금색 용이 감겨 있었고, 주먹에는 검은 돌무더기가 쌓여 있었다.

피월려는 소소를 들어 황룡과 괴뢰가 다가오는 그 선을 향해 소소를 뻗었다. 그런데 어디선가 불쑥 올라온 검이 무형검리의 끝을 찌르자, 무형검리가 흔적도 없이 사라졌다.

쿠콰쾅!

강력한 폭발음과 함께 피월려의 신형이 뒤로 쭉 물러났다. 머리카락은 비산했고, 상체의 옷이 모두 찢겨 나가 그의 몸을 드러냈다. 세상에 그 어떤 물질로도 상처를 낼 수 없는 금강불괴의 몸엔 갖가지 상처가 나 있어, 그곳으로 새빨간 선혈을 토해냈다.

정신을 차린 피월려가 고개를 드니, 그에게 손바닥을 펼치고 있는 가도무가 코앞에서 보였다. 그의 손바닥에 담긴 강기는 금강불괴의 몸이라도 찢어버릴 수 있을 만큼 광포했다.

피월려는 금강부동심법을 펼쳐 몸을 슬쩍 돌렸다. 그러자 가도무의 손바닥이 허공을 때리고 지나갔다. 피월려는 그 손목을 그대로 붙잡고는 온 힘과 내력을 다해 위로 꺾어버렸다.

으드득.

가도무는 이상한 각도로 꺾긴 자신의 팔목에 시선을 빼앗겼다.

퍼억!

피월려의 주먹이 그대로 가도무의 얼굴에 꽂혔다. 그리고 연거푸 주먹을 휘두르려는데, 가도무의 미리 뒤로 솟아오르는 황룡을 보곤 마음을 접어야 했다. 피월려는 미련 없이 고개를 숙이며 가도무를 놔주었고, 그 탁월한 선택으로 인해 황룡을 피해낼 수 있었다.

후우웅!

앞으로 곧게 뿜어지는 황룡은 다소 아름다운 소리를 내며 공중을 유영했다. 그런데 그 은은한 황금빛의 용이 남긴 그림자를 타고 피월려의 신형이 빠르게 움직였다.

탁.

피월려의 발차기는 진파진의 손날에 의해서 막혔다. 진파진은 슬쩍 물러나며 다시 검을 휘둘러 다시 한번 황룡을 뿜어냈는데, 피월려는 몸을 살짝 트는 것으로 그것을 피해내고는 다시 손날로 진파진의 목을 공격했다.

아니, 공격하려 했다.

"큭."

피월려는 등에서 느껴지는 충격에 작은 신음을 뱉었다. 뒤로 뻗어나간 황룡이 크게 반원을 그리며 다시 돌아와서는 피월려의 등을 공격했기 때문이다. 그 충격으로 인해 앞으로 쏟아지는 육신을 막기 위해서 피월려는 다리에 힘을 주었다.

퍽.

몸이 휘청이자, 피월려는 자기도 모르게 아래를 내려다보았다. 그곳에는 그의 오른발을 한 손으로 붙들고 있는 가도무가 보였다. 그리고 피월려의 정면에선 진파진이 그의 심장을 향해 검을 찌르고 있었다.

피월려는 허공섭물을 이용하여 왼손에 소소를 들고는 진파진의 검을 베어내려 했다. 하지만 그의 왼손과 소소만이 공중에 휘적거릴 뿐, 진파진의 검에는 아무런 이상이 생기지 않았고, 그 검은 그대로 피월려의 가슴을 파고들어 왔다.

피월려는 즉시 소소를 버리고 왼손으로 가슴을 파고드는 검을 쥐었다. 강대한 강기를 잔뜩 머금은 그 검은 검신을 잡은 피월려의 손을 피죽으로 만들기 시작했다. 그럼에도 불구하고 피월려는 고통을 감내하며 검신을 붙잡은 손을 놓지 않았다.

그때, 검 하나가 피월려의 미간을 노리고 날아들었다. 도저히 피할 방법이 없던 피월려는 목뼈의 한계까지 뒤틀며 옆으로 돌렸고, 때문에 그의 목 근육이 찢어져 선혈을 토해냈다.

피월려는 전신에서 호신강기를 뿜어냈다. 그러자 가도무와 진파진도 몸에서 호신강기를 뿜어내며 맞섰다.

쿠광!

강렬한 폭음이 퍼지며 그들이 서 있던 자리가 움푹 패여 들어갔다. 피월려는 다리를 붙잡은 가도무의 힘이 약해진 것을 느끼고는 발에 강한 힘을 주어 힘껏 찼다. 그리고 왼손으로 잡은 검을 안쪽으로 휘게 만들면서 오른손으론 다시 한번 강기를 모아 비닥에 뿜어냈다.

콰광!

자욱한 연기 속에서 피월려의 신형이 뒤로 쭉 물러났다. 그의 목과 심장에선 분수처럼 피가 뿜어졌다. 왼손의 모든 손가락은 기이한 방향으로 꺾여 움직이지 않았다. 그리고 전신에는 갖은 상처가 가득해 핏물이 흘러내리고 있었다.

"하, 후."

피월려는 심호흡을 하며 몸 안에 가득한 기운을 끌어 올렸다. 그러자 그의 신체가 급속도로 아물기 시작했다. 그는 오른손으로 왼손의 뼈들을 하나하나씩 맞추며, 적을 바라보았다.

서서히 신형을 일으키는 진파진과 가도무는 피월려와 마찬가지로 아무런 이상이 없어 보였다. 진파진은 휘어져 버린 검을 앞으로 쭉 뻗고는 그 속에 막대한 강기를 불어넣었다. 그러자 그 힘이 검의 뿌리부터 휘어진 검신을 밀어냈고, 곧 검신은 단단한 나뭇가지처럼 곧게 섰다. 가도무는 꺾인 왼손을 오른손으로 부여잡고는 공중에 몇 번 털었다. 그러자 뼈가 뒤틀리는 소리와 함께 제자리를 찾았다.

피월려는 그 둘보다 좀 더 멀리 있는 천서휘에게 시선을 옮겼다. 그는 한 장 정도 되는 높이에 공중부양을 한 채로, 뭐든 뚫어버릴 듯한 강렬한 눈빛을 하고 있었는데, 그 초점의 끝에는 그의 앞에서 그처럼 부양하고 있는 검 한 자루가 있었다.

피월려가 물었다.

"그 검에 닿으면 무형검리가 소멸하는 건가?"

천서휘는 그 검에 시선을 고정한 채 대답했다.

"이 검은 닿는 모든 기의 흐름을 고정시킨다. 심검뿐만 아니라 검강도 소멸시키고 닿는 물체에 담긴 한 줌의 내력조차 사라지게 만들지."

피월려는 천서휘의 전술을 알 것 같았다. 가도무와 진파진으로 몰아붙이면서, 목어검으로 조종하는 용골에만 온 신경을 집중하여 무형검리만 소멸시키는 것이다.

그것은 간단하지만 확실히 이길 수 있는 전술이다. 피월려에게 무형검리가 없다면, 두 강시에게 피해를 줄 방도가 거의 없기 때문이다.

피월려가 말했다.

"단순한 이기어검이라면, 그조차도 내력의 운용이므로 용골을 움직일 수가 없지. 비응살마검공(飛鷹撒魔劍功)이라 했었나? 분명 목어검을 기반으로 한다 했었던 것 같은데. 나는 모르는 무학의 길이군."

천서휘는 얼굴에 웃음을 담더니 말했다.

"이제 좀 광오한 표정이 사라졌구나. 오늘은 그때만큼 쉽게 승리를 점칠 수 없을 것이다."

피월려는 어깨를 들썩였다.

"글쎄, 과연 그럴까?"

피월려의 신형이 일순간 사라졌다.

천서휘는 코웃음을 쳤고, 그와 함께 가도무와 진파진이 천서휘의 등 뒤로 뛰었다.

찰나 후, 그곳에 나타난 피월려는 그를 환영하는 검과 손가락을 보곤 소소를 휘두를 마음을 접어야 했다.

부— 웅.

검이 자나간 궤적을 따라, 피월려의 왼손이 역으로 헤엄쳐 거슬러 올라갔다. 그리고 검을 잡은 진파진의 손에 닿자, 그 손을 으스러뜨릴 듯 쥐었다.

쿠르릉!

그 순간 오른쪽에서 뿜어진 지태(指颱)는 피월려의 관자놀이를 노리고 날아들었다. 피월려는 그것을 피하는 대신, 오른손에 강기를 머금고 관자놀이를 감쌌다.

콰광!

폭렬음이 터짐과 동시에, 그 속에서 피월려의 오른손이 앞으로 쭉 뻗어졌다. 선혈이 낭자하고 손가락 몇 마디가 꺾긴 그 손은 너무나 미약해 보였지만, 그 속에 내포된 진득한 강기는 어떠한 강시의 피부도 견딜 수 없을 만큼 광포했다.

으드득.

오른손이 가도무의 목을 틀어쥐었다. 피월려는 즉시 왼손을 다시 뻗어 진파진의 목을 틀어쥐었다.

가도무와 진파진은 목에 모든 내력을 집중했고, 피월려는 양손에 모든 내력을 집중했다. 2 대 1이었으나, 그 힘이 거의 엇비

슷하여 목이 비틀어지지도, 손아귀에서 빠져나오지도 못했다.

피월려의 시선은 천서휘를 향해 있었고, 천서휘의 시선도 피월려를 향해 있었다. 달달 떨며 한 줌의 내력까지도 양손으로 보내고 있는 피월려의 두 눈에는 핏발이 서 있었지만, 그런 그를 바라보고 있는 천서휘의 두 눈은 차갑게 빛나고 있었다.

천서휘가 말했다.

"나를 과소평가하는군. 네가 그리 버티고 서 있으면, 내가 못 참고 공격할 거라 생각하나? 아니, 천만에."

"……."

천서휘는 팔짱까지 끼어 보였다.

"나는 오로지 네 심검만을 소멸시킬 뿐이다. 틈을 주지 않아, 피월려. 그렇게 전신의 힘을 양손에 쏟아부으며 무방비가 된 몸을 공격해 보라고 유혹한다 한들 내가 그 속셈을 모를 줄 아느냐?"

"……."

"강시는 목을 비튼다고 해서 죽는 것이 아니다. 흑노와 암노가 네 힘에 필사적으로 저항하는 것은 인간인 시절의 버릇 때문일 뿐. 여차하면 네가 성공할 때까지 지켜봐 주마."

으드득. 으득.

피월려가 이를 악물고 양손에 힘을 주자, 가도무와 진파진의 목이 서서히 꺾이기 시작했다. 피부가 벗겨지고, 근육이 찢어져 피가 베어 나오는데도 천서휘는 묵묵히 그를 내려다볼 뿐이었다.

찌이익. 파각.

결국 속살이 터지고 목뼈가 부러졌다. 피월려는 그들을 버리듯 손을 놨는데, 가도무와 진파진은 그 힘에 밀려 옆으로 슬쩍 밀려나는가 싶더니, 공중에 부유한 채로 양손을 그들의 머리로 가져갔다.

드득. 드득.

그 둘은 그 양손으로 달랑거리는 머리를 잡고는 몸에 맞추기 시작했다.

그동안 피월려와 천서휘는 서로를 바라볼 뿐 공격하지 않았다.

피월려가 말했다.

"내가 기다리는 사람이 있다는 건 알겠지."

천서휘가 팔짱을 끼며 말했다.

"안다. 이미 저쪽에 와 있지 않나?"

천서휘는 시선을 돌리지 않았지만, 피월려는 시선을 돌렸다. 그곳에는 태극지혈을 뽑아 든 채 그들을 올려다보고 있는 나지오가 있었다.

피월려가 다시 천서휘에게로 시선을 돌리며 말했다.

"포기해라. 둘을 상대할 순 없을 거다."

그 순간 천서휘는 하늘 높이 고개를 들고 광소했다.

"크하하! 크하하! 크하하하하!"

"포기해라, 천서휘."

피월려의 말에 천서휘는 웃음을 뚝 그쳤다.

천서휘의 표정은 서서히 허탈감으로 채워지기 시작했다.

숨이 가득 섞인 목소리로 그가 나지막하게 물었다.

"무엇을 포기하라는 거지?"

"……."

"지금 이 순간 네가 둘을 언급했다는 것 외에 무엇이 상관있다는 것이냐?"

"……."

"부교주로 인해 내게 승리한다면, 그건 그거대로 만족스럽지. 그렇지 않나, 심검마?"

"……."

"평생 나를 잊지 마라."

"……."

"네가 홀로 나를 감당할 수 없었다는 사실을 잊지 마. 마법의 힘을 빌려 강시가 되고, 흑노와 암노의 도움까지 받아가며, 네게 처절하게 또 비겁하게 싸움을 걸어온 나를 잊지 마. 얻어맞고 분을 풀지 못한 파락호처럼 있는 수, 없는 수 모든 것을 동원해 네 앞에 선 나를 잊지 마. 똥개처럼 짖어대고 또 짖어대서 결국 네놈의 입에서 둘을 언급하게 만든 나를 잊지 마."

"……."

"잊지 마라, 피월려. 절대로."

피월려는 조용히 말했다.

"잊지 않겠다."

천서휘는 눈을 감았다.

그러자 용골로 만든 검이 날아와 천서휘의 미간에 박혀 들어갔다.

용골은 모든 기의 움직임을 멈춘다.

강시의 술법 또한 매한가지.

천서휘는 머리가 뚫린 채 공중에서 추락했다.

피월려는 소소를 손으로 잡았고, 때마침 그의 양쪽에서 공격하는 진파진과 가도무를 향해 휘둘렀다.

무언가 번쩍하자 두 부적은 반으로 갈렸고, 진파진과 가도무의 신형이 그대로 공중에 굳어버리더니 역시 아래로 추락하기 시작했다.

쿵.

나지오는 바닥에 떨어진 천서휘의 시체에 천천히 다가갔다. 그러곤 그를 정성스레 들었다.

나지오가 말했다.

"잠시면 돼."

땅으로 내려온 피월려가 말했다.

"나도 잠시 갈 곳이 있소. 헌데 그 전에 하나만 물어보고 싶은 게 있소."

"뭔데?"

"과거 주 형과 같이 황룡검을 해석했을 때 말이오. 그 속에 황룡환세검공이 적혀 있다 하지 않았었소?"

"응. 그랬지. 당시 그걸 해석하라고 했었어."

"혹 그것을 통해서 황룡환세검공을 익힐 수 있으셨소?"

"글쎄. 구결을 모두 해독한 주소군도 이상하게 익힐 순 없다고 했지. 그래서 둘 다 그냥 포기했었어. 왜?"

피월려는 잠시 침묵 뒤에 말했다.

"아니오. 그냥 조금 후에 오겠소."

피월려의 신형이 사라졌다.

그가 있던 곳을 바라보던 나지오는 깊은 한숨을 토해내며 천서휘의 시신을 내려다보았다.

시신에선 벌써부터 차가움이 느껴졌다.

* * *

처음 피월려의 눈에 들어온 것은 누군가 온통 헤집어놓은 것 같은 묘였다. 다만 한 가지 이상한 점이 있다면, 위에서부터 아래로 파고 내려가는 형태로 헤집어진 것이 아니라, 안에서부터 밖으로 빠져나오는 형태로 헤집어져 있다는 것이다.

피월려는 잠시 눈을 감고 귀를 기울였다. 그러자 조금 멀리 떨어진 곳에서 작은 물소리가 들리는 듯했다.

그가 눈을 뜨자, 그의 신형은 이미 물가에 가 있었다.

막 희끗한 머리를 씻어 내리던 악누가 피월려의 기척을 느끼고 그의 몸에서 살기를 뿜어냈다. 그 살기는 피월려의 평정심까지도 온통 흐려놓을 정도로 강력했다.

곧 나타난 사람이 피월려임을 알아본 악누가 코웃음을 치더니 살기를 거두었다.

"귀신이 곡할 노릇이군. 네가 거기까지 가는 동안 기척을 느끼질 못했어. 갑자기 땅에서 솟아났느냐, 아님 하늘에서 내려온 것이냐?"

피월려가 말했다.

"신족통이라 합니다, 형주님."

"형주님은, 무슨… 그냥 어르신이라 불러라."

악누는 손바닥으로 물을 받아서 얼굴을 한 번 더 씻어 내렸다. 노쇠하고 앙상한 그의 몸 위로 온갖 혈관이 튀어나와 있었다. 그리고 그 징그러운 혈관 사이를 새빨간 핏물이 오가고 있었는데, 한 번 심장이 쿵쾅거릴 때마다 온몸의 피부색이 달라질 정도였다.

피월려가 말했다.

“몸 상태는 어떠십니까, 어르신?”

악누는 눈을 서서히 뜨며 태양을 보았다.

“겨우 움직일 만하다. 무공까진 자신 없어. 본좌는 본좌가 입신에 올랐기에 소생한 줄 알았더만, 그저 이 심장 때문이었군.”

“제 평정심을 흐릴 정도의 살기를 내뿜으셨으니, 분명 백호로부터 신살(神殺)의 힘을 받은 것일 겁니다. 양에 치우친 내력이 없으신 것이 다행입니다.”

“하! 동등한 위치에서 무학을 논하기로 한 약속은 미루기로 해야겠구나!”

“가슴은 괜찮으십니까?”

피월려의 질문에 악누는 자기 가슴을 내려다보며 말했다.

“네놈의 백호를 본좌가 받았구나. 희미한 기억 속에선 본좌가 무언가 먹었던 걸로 기억하는데…….”

“…….”

“아니더냐?”

피월려는 물가에 앉으며 말했다.

“시록쇠 형주님의 것이었습니다.”

악누는 눈동자만 들곤 피월려를 노려보았다.

“네가 죽였구나.”

“…….”

“사정을 설명하거라.”

피월려는 일련의 사건들을 간략하게 설명했다. 악누는 그의 이야기를 들으면서, 얼굴을 몇 번 찌푸렸지만 살기를 뿜진 않았다.

피월려의 말을 모두 들은 악누는 다시금 물을 손에 받고는 얼굴을 씻었다.

"정 때문에 본좌를 소생시켰을 리가 없지. 게다가 천살가와 척을 진 넌 본좌에게 있어 적이다. 그럼에도 불구하고 소생시켰다면 그만한 이유가 있을 터. 본좌를 소생시킨 목적을 말해라. 그리고 본좌가 그것을 해주는 대가로 얻을 것까지도."

철저한 이성적 판단.

죽음을 통해 마성을 잃어버린 악누에겐 더 이상 불안정한 감정이 없어 보였다.

피월려는 생각해 둔 바를 말했다.

"저와 함께 어딘가로 가실 겁니다. 그곳에서 제갈극과 함께 해주실 만한 일이 있을 겁니다. 없다면 어쩔 수 없지만, 있다면 도와주셨으면 합니다."

악누는 한쪽 눈을 찡그렸다.

"없다면 어쩔 수 없다? 그러면 그 어쩔 수 없는 일이 일어나, 본좌가 할 일이 없어지면? 대가는 지불하지 않을 것이냐?"

"그래도 지불할 것입니다."

"대가는?"

"이미 예상하셨겠지만, 천살가가 독립하여 혈교를 설립하는 것을 허락하겠습니다."

악누는 얼굴에 비릿한 미소를 띠었다.

"마치 교주라도 된 것처럼 말하는구나."

"아니라 생각하시면, 거절하시면 됩니다."

"만약 거절하면? 천살가를 모두 죽일 것이냐?"

"천마신교의 율법대로 할 뿐입니다."

"죽일 셈이군."

"아닙니다. 율법대로 행하겠습니다."

악누는 눈을 살포시 감고는 태양 쪽으로 얼굴을 향했다.

"네가 스스로를 교주라 생각한다면 그저 명령을 내리면 될 일을 왜 이리도 어렵게 만드느냐?"

"혈교에서 형주님이……."

신살급 살기가 폭사되었다.

"그 소리를 다시 지껄이면, 협상은 없다."

피월려는 다시 정중히 말했다.

"어르신께서 좀 더 돌보아주셨으면 합니다. 흑설을."

"……."

"천살성이 어떤 존재인지 이 세상 그 누구보다 더 잘 아시는 어르신이 아니라면, 그 아이는 필히 이 세상을 피로 물들인 겁니다."

"나도 장담 못 한다."

"그래도 좋습니다. 그 아이를 올바르게 지도해 달라는 것은 명령만으론 할 수 없는 것입니다. 협박으로도 불가능합니다. 오로지 어르신께서 자발적으로 해야만 하는 것입니다. 그러기에, 부탁드리겠습니다."

"……."

"안 됩니까?"

악누는 피식 웃더니 말했다.

"입신이 되고서도 그 입이 녹슬지 않은 것을 보니, 참으로 대단하구나."

"아닙니다."

"네놈 말고. 그 입 말이다."

"……."

"몸은 다 씻었느니라. 가자."

피월려는 순식간에 악누에게 다가왔다. 악누는 의문의 시선으로 잠시 피월려를 올려다보았는데, 피월려는 아랑곳하지 않고 신족통을 펼쳤다.

곧 그들은 강가에서 신형을 감추었다.

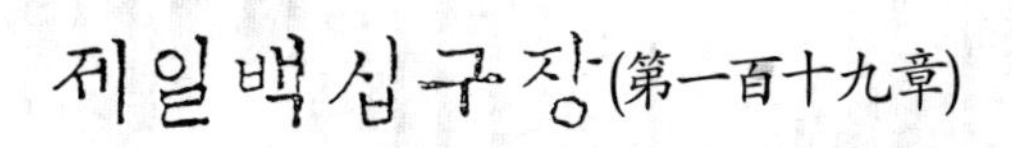
제일백십구장(第一百十九章)

교주전 대문 앞에 피월려와 악누가 나타나자, 나지오, 제갈극, 주소군, 주하 그리고 흑설까지 그들을 기다리고 있었다. 악누는 한동안 정신을 차리지 못하다가, 곧 작은 감탄사를 중얼거렸다.

"신묘하군."

피월려를 본 제갈극이 먼저 입을 열었다.

"신살은?"

피월려는 고개를 한 번 끄덕이는 것으로 대답을 대신했다.

그 뒤, 그는 주소군과 주하 그리고 흑설을 보며 말했다.

"이 안으로는 셋은 들어오지 않았으면 한다. 일이 어떻게 될

지 몰라."

주하와 흑설이 먼저 뭐라고 하려는데 주소군이 말했다.

"어차피 들어갈 생각 없었어요. 그저 소식을 전해 주러 온 것이죠. 천살가를 제외한 천마오가는 대체적으로 이번 색이에 대해서 모두 찬성하고 있어요. 그러니 꼭 승리하시길 기원할게요. 그리고 또 한 가지."

"한 가지?"

"원설의 시신이 사라졌어요."

"……."

"흔들리지 마시기를."

주소군이 포권을 취하자, 눈치를 보던 주하와 흑설이 서로 먼저 앞으로 나오며 말하려 했다. 그러나 피월려는 부드럽지만 강대한 기운을 전신에서 은은하게 뿜어내며 그들의 말을 막고 먼저 말했다.

"여기서 기다려. 꼭 돌아온다."

"……."

"……."

침묵하는 두 여인을 두고, 피월려는 몸을 돌렸다.

그러자 나지오와 제갈극 그리고 악누가 그의 뒤를 따랐다.

주하와 흑설은 피월려의 뒷모습에서 눈을 떼지 못했다.

교주전 대문을 통과하여 뜰을 지나 교주전 안으로 들어선 피월려가 처음 본 것은 아름다운 금발을 자랑하고 앉아 있는 한 색목인 여인. 정중앙에서 의자에 앉아, 모락모락 김이 나는 차를 마시고 있는 그녀는 한 손에 동그란 다과 같은 것을 들고 있었다.

또한 그 뒤로는 진설린이 공중에 매달려 있었다. 그녀는 눈을 감은 채로 각각 양손에 태극지혈과 황룡검을 들고 있었는데, 그녀의 배는 마치 임산부의 그것처럼 불쑥 튀어나와 있었다.

바닥에는 구름 같은 것이 둥둥 떠다녔고, 전체적으론 옅은 안개가 있었다. 은은하게 퍼져 있는 그 안개는 사람의 오감을 둔감하게 만드는 묘한 힘이 있어, 확장된 입신의 감각까지도 우그러뜨렸다.

그 이색적인 풍경에 처음 말문을 연 것은 제갈극이었다.

"교주 아래로 여우 그리고 남자 한 명이 보이는군. 둘은 이면의 것이다. 이 안개도 감각을 마비시키는 듯하다."

피월려는 고개를 살짝 끄덕이더니, 물었다.

"그 외의 술법은?"

피월려는 제갈극에 물어본 것이지만, 대답은 다른 곳에서 들렸다.

"걱정하지 않아도 된다. 이쪽으로 와서 앉아라."

색목인 여인은 입에 다과를 한 입 베어 먹더니 피월려에게 손짓했다. 그러곤 상 위에 오른 다과 하나를 집어 피월려에게 주는 시늉을 했다.

피월려가 천천히 그녀에게 다가가자, 나지오와 제갈극 그리고 악누가 따라 걸으려 했다. 하지만 피월려는 뒤로 손을 살짝 뻗어 그들을 막고는 홀로 걸어가 그녀 맞은편에 앉았다.

"미내로 어르신이 맞소?"

미내로는 깜박했다는 듯 이마를 툭 하고 치더니 말했다.

"아, 이 모습이 익숙하진 않는가 보군. 그래도 배 위에서의 내 모습을 기억하긴 하느냐?"

"그보다 더 전에 용조를 죽이셨던 것도 이젠 기억하오."

"그건 내가 아니라 내 힘이었다. 내 힘을 분리시켜 전 중원에서 내 존재를 언급하는 자들을 자동으로 찾아 죽이는 아주 편한 마법이지. 감시 도중에는 본신의 힘은 거의 없는 수준으로 나약해지지만 말이야."

"……."

"먹어라. 비스킷(Bisket)이라 하는 것이다. 내가 가장 그리워하던 고향의 음식이지. 커피(Coffee)도 창조하고 싶었는데, 힘이 다했는지라. 하지만 뭐, 중원의 차와도 은근히 잘 맞아."

"창조?"

"본래 너와 마지막 일전을 위해서 끝까지 몰래 남겨두었던 힘이다. 하지만 휘 아와의 싸움을 보고 나니, 어차피 쓸모없을 거

같아 이것을 창조하는 데 써버렸다. 크리에이션(Creation)이라고 나름 최상급 마법이라 다섯 개가 한계였지."

"……."

"그중 하나를 주는 거다. 정성을 생각해서 먹어봐. 맛이 좋다."

피월려는 아무렇지도 않게 그것을 집어서 입에 가져갔다. 제갈극과 나지오 그리고 악누의 턱이 동시에 아래로 벌어졌지만, 피월려는 아랑곳하지 않고 끝까지 음미한 뒤 꿀떡 삼켰다.

그러곤 나지막하게 평을 남겼다.

"맛있군."

"더는 안 준다."

"괜찮소."

미내로는 다리를 꼬고는 고개를 살짝 까딱하여 문가에 서 있던 나지오와 제갈극 그리고 악누를 곁눈질로 보았다. 그러곤 피월려에게 시선을 던지며 말했다.

"주렁주렁 잘도 달고 왔구나. 어차피 싸움은 없을 것을."

"모든 가능성을 생각하고 왔소."

"비스킷은 생각했느냐?"

"생각하지 못했소."

미내로는 미소 지었다.

"그렇겠지. 묻고 싶은 것을 모두 물어라. 네게 선택을 강요하기 위해선 너도 상황을 이해해야 하니."

피월려는 주변을 둘러보며 가장 먼저 궁금한 것을 물었다.

"박 장로는 어디 있소?"

미내로는 비스킷 하나를 입에 더 가져가며 말했다.

"청룡궁과 싸우다가 거의 망가져서 곧 소멸할 것이다."

"……."

"왜, 놀랐느냐?"

"의심은 했었소."

"오호? 어떻게?"

"마공은 교류하지 않으면 필히 마성에 젖기 때문에, 천마신교 내부에선 무림인의 금기라 할 수 있는 무공교류가 문화적으로 자리 잡게 되었다는 말을 들은 적이 있소. 하지만 박 장로는 마성에 젖지 않았다고 했었지. 용조의 공격으로 인해서 마성에 문제가 생겼음이 분명한데도, 교류 없이 홀로 잘 극복했었소. 귀목선자의 도움이 있었다곤 들었지만, 그러면 그보다 전에 서화능 지부장을 고치지 못한 것이 말이 되지 않았지. 그때 처음 이상함을 느꼈었소."

"그때 좀 망가져서 고생했지. 때문에 귀찮은 짓도 했고. 어찌됐든, 그거 하나로 추측한 것이냐?"

"확신하게 된 계기는 혈교주이오. 혈교주의 정체를 알고 나니, 박 장로가 혈교주에 대해서 해왔던 말이 조금 이상하다는 걸 깨달았소. 그는 혈교주를 모시는 것 같았고, 그 명령을 수행하는 것 같았는데, 혈교주는 그저 천살성들이 자신의 금제에서 벗어나기 위한 환상의 교주일 뿐이오. 즉 그에게도 환상의 교주라는 점이고 그건……."

미내로가 피월려의 말을 뺏었다.

"나였지. 내 명령을 혈교주의 것이라 착각하게끔 내가 만들었다."

"역시 그렇군. 아무도 알 수 없었던 박소을의 진면목은 귀목선자의 강시였던 것이오?"

"그냥 강시였다면 누구든 눈치챘을 것이다."

"그러면?"

"패밀리어(Familiar)."

피월려는 과거의 기억을 떠올리며 눈썹을 꿈틀거렸다.

"그것이 없었기에, 가도무를 다시 그것으로 만들려고 한 것 아니오?"

"과정이었을 뿐이다. 흑노, 암노, 진파진, 가도무를 가지고 실험했고 결국 성공했지. 박소을은 이제 필요 없으니 버린 것이야."

미내로는 진설린을 손가락으로 한 번 가리켰다.

피월려가 말했다.

"제자로 받아들이신 것이 아니오?"

"그것도 맞는 것이긴 하다."

"무슨 뜻이오?"

"과거 내 동문 마법사 중에는 뛰어난 재능을 가지고 악착같은 노력을 했지만 마법을 단 한 번도 쓰지 못한 자가 있다. 이상했지. 이론도 완벽히 꿰뚫고 있고, 그만큼 심혈을 기울였는데도 마법을 쓰지 못했어. 그러다가 차원을 넘은 한 남자를 발견했다. 그리고 그 남자를 공부하여 그 누구도 꿈꾸는 것조차 불가능했던 마법을 성공시켰지."

"……."

"페이즈워크(Phasewalk). 차원을 넘나드는 초월적인 마법의 이름이다. 이 마법을 실행하기 위해선 뛰어난 재능을 가진 마법사가 스스로를 제물로 바쳐야 한다. 나는 그 제물을 위해서 진설린을 제자로 삼은 것뿐이야. 제물 스스로가 시공간에 대한 이해가 있어야 하기 때문이지."

"……."

"또한 패밀리어로 만든 것도 그 일환. 중원의 생강시란 존재는 아름답지. 살아 있으면서 죽은 것이니. 진설린을 패밀리어로 삼는 것과 제물로 바치는 것을 동시에 할 수 있게 되었으니."

피월려는 눈을 들어 서서히 진설린에게 가져갔다.

"진설린은 살아 있소?"

"네게 달렸다, 그건."

"……."

"그걸 이해하기 위해선 더 알아야겠지. 더 물어보거라."

피월려는 숨을 내쉬며 말했다.

"계획이 어떻게 바뀐 것이오?"

미내로는 그 질문을 듣고 한참 동안 피월려를 보았다. 그만큼이나 꿰뚫어 보고 있었을 줄은 몰랐기 때문이다.

그녀는 차를 한 모금 마시고는 말했다.

"사방신은 원래 전쟁의 신이다. 그 넷이 서로 전쟁을 벌이면서 균형의 수레바퀴가 돌아가지. 하지만 옛 시대에 위대한 현자 한 명이 나타나 인위적인 신, 황룡을 창조했고 황룡은 중원의 중심인 낙양에 자리를 잡았다. 과거 낙양지부가 있던 그곳 말이다. 그 이후 황룡에게 굴복한 사방신은 수호신으로 격하되었다. 그 이후 주작, 현무, 백호는 항상 반란을 일으킬 기회를 엿보았고, 청룡만이 황룡에게 충성하며 섬겼다."

"……."

"그러다가 점차 인간의 힘이 강력해졌다. 강력해지다 못해 천 년 전 현무를 갈라놓았지. 게다가 이백오십 년 전엔 주작을 죽였지. 백호는 십 년 전 스스로를 네 몸속에 가두었다. 그러자, 차원의 벽이 약해져 내가 넘어올 수 있게 되었다."

"……."

"사방신 중 셋이 죽은 상태였을 때, 나는 이곳에 넘어왔다. 그 초월적인 마법을 성공시키고 난 뒤, 중원의 가능성을 본 나는 더욱 큰 욕심이 났다. 차원을 넘는 그 초월적인 마법을 더욱 초월한 마법. 차원과 차원 사이의 경계를 허물어 차원의 벽 자체를 부수어 버리는 그 마법을 성공시키고 싶다는 열망에 휩싸였지. 그리고 일을 계획하기 시작했다."

"……."

"박소을은 자신이 패밀리어인 줄도 모르고 표면에 나섰다. 그가 자신의 고향의 기술과 지식을 전수하자 천각은 호의를 느끼고 우릴 대접했다. 게다가 청룡궁을 배신한 서화능까지 합류하여 그 셋이 우의를 돈독히 다졌지. 서화능은 당시 사방신 셋이 죽었으니 청룡까지 죽이면, 완전히 인간이 지배하는 세상이 될 거라 믿었다. 그리고 나 또한 그것을 통해서 차원의 벽이 완전히 허물어지리라 믿었기에 서로 협력했지."

"……."

"하지만 아니었다. 사방신은 애초에 죽일 수 있는 것이 아니지. 그저 죽음에 고정될 뿐. 게다가 사방신을 죽음에 고정하는 건 이미 죽음에 고정되어 있는 다른 사방신의 숫자에 비례해서 기하급수적으로 어려워진다. 때문에 넷까지 죽이는 건 고사하고, 주작을 죽음에 머무르게 만드는 것도 벅찼다."

"……."

"때문에 도중에 계획을 바꾸었다. 어차피 주작의 그릇으로 주작을 완전히 죽음에 머무르게 만들 수단이었던 성음청에게 배신을 당한 상황. 그러니, 새로운 그릇을 만들어 다른 방법으로 차원의 간격을 부수려 했다. 이번에는 주작이 아닌 황룡으로 말이다."

"황룡?"

"황룡이 죽으면 사방신은 수호신이 아니라 전쟁의 신이 되지. 수호하는 신이 없다면, 차원의 벽을 넘나드는 건 쉬운 일. 실제 내가 조사해 보니 옛날 옛적에 이 땅에 와서 황룡을 창조했다는 현자도 다른 차원의 인물임이 틀림없다."

"……."

"때문에 나는 진설린을 황룡의 그릇으로 키우기 시작했다. 진설린이 들고 있는 황룡검은 낙양지부의 봉인을 푸는 열쇠. 내 오랜 연구 끝에 낙양에 똬리를 튼 황룡을 황룡검에 집어넣었다. 그리고 양기를 흡수하여 황룡을 서서히 키워 나갔지."

"주작의 그릇이 아니었단 말이오?"

"황룡의 그릇이었다. 그 계획의 변화로 인해서 성음청과 다시 화친할 수 있었지. 그것을 위해서 서화능을 죽였어야 했으나, 어차피 그와는 다른 길을 가는 사이가 되었으니, 일석이조였지. 황룡을 어찌한다고 인간이 사방신에서 해방되는 건 아니거든."

"……."

"음양오행상생상극을 알겠지. 화생토(火生土). 양기가 필요한 건 주작 때문이 아니라, 황룡을 일깨우기 위함이다. 천음지체를 선택한 것도 그 때문. 천음지체의 속성으로 양기를 모으지만 그 양기를 황룡검에 전달함으로써, 천음지체는 여전히 양기를 갈구하는 상태. 따라서 태극지혈을 통해 양기를 계속 모을 수 있게 되었지."

"……."

"곧 황룡이 탄생할 거야."

피월려는 부풀어 오른 진설린의 배를 바라보며 말했다.

"진설린의 배 속에 있군."

"황룡이 현세에 태어나는 순간 그릇인 진설린은 죽는다."

"……."

"네가 심검으로 지금 황룡을 죽이면 모를까."

피월려는 미내로의 속셈을 눈치채곤 물었다.

"심검으로 죽인다 하여 진설린이 살아나리라는 보장이 어디 있소?"

"그건 현무와 주작에게 물어보면 된다."

"현무? 주작?"

미내로는 오른손을 들었다.

그러자 진설린의 아래쪽에서 한 남자와 한 여우의 모습이 서서히 드러났다.

피월려는 그 남자를 보자마자, 아득한 기억 속에서 그 이름을 떠올릴 수 있었다.

"청신악. 아루타."

청신악은 피월려를 보더니 말했다.

"오랜만이군. 정말이지 아득한 세월이야. 드디어 현세에 나오게 되었어."

"……."

"듣기론 자네가 내 반쪽을 되찾아줄 거라 하는데, 아닌가?"

피월려가 얼굴을 찡그리자, 이번엔 아루타가 말했다.

"내가 사천에 두고 온 양기를 가져온 것 맞죠? 이젠 제대로 부활할 수 있겠네요."

미내로가 손을 내리자 그들의 모습은 다시 투명하게 변해 사라졌다. 피월려는 미내로를 돌아보았고, 그녀는 여유로운 표정으로 비스킷을 통째로 씹으며 설명했다.

"청신악은 두 신물 중 하나다. 현무의 흔적이지. 아루타는 주작의 태아이다. 내가 알 속에서 꺼냈지. 그 둘은 너를 통해서 완전한 부활을 꿈꾸고 있다. 그걸 위해서 그들은 우리의 일을 도와줄 거다."

피월려가 미내로를 노려보며 물었다.

"갑자기 이들이 무슨 상관이 있소?"

미내로는 태연하게 말했다.

"황룡을 죽이면서 진설린을 살릴 수 있는 방법을 설명하려는 것이다. 수생반화(水生反火). 현무의 힘으로 반화인 천음지체를 되살린다. 그리고 주작의 힘을 이용하여, 그 천음지체에 부족한 극양을 넣어 온전한 인간으로 재창조. 그를 통해서 진설린은 되살아날 수 있다."

"……."

"이미 눈치챘겠지만, 이 마법을 성공시키면 나는 어차피 죽는다. 아니, 이 마법을 성공시키려면 죽을 수밖에 없어. 그러면 내 패밀리어의 계약도 깨어진다. 단순한 꼭두각시가 아니야. 시신도 아니다. 정말 말 그대로 온전한 인간이 되는 것이다. 사방신의 기운을 타고나지 않은 평범한 인간 진설린 말이다."

"……."

"그것을 위해서 네가 해줄 일이 있다. 첫째, 신물을 가져와 현무를 하나로 만든다. 그것을 통해서 현무를 부활시킨다. 둘째, 그 뒤 네가 네 몸속에 품은 극양의 기운을 아루타에게 전가한다. 그것을 통해서 주작을 부활시킨다. 이 둘 조건을 네가 만족시키면 그 이후 일은 내가 모두 책임지마. 황룡을 죽이고 진설린을 구할 수 있다."

"……."

"만약 진설린을 살리고 싶지 않다면, 나를 심검으로 베어버려. 그럼 되는 일이다. 물론 내가 죽는다면 진설린을 살릴 방도는 없을 거다."

아니, 있다.

하지만 왜 없다 말하는가?

피월려는 고개를 빠르게 돌리며 제갈극을 보고 외쳤다.

"제갈극!"

"크핫."

제갈극은 그대로 땅에 엎어졌다. 그의 등 뒤에서 나타나 제갈극을 제압한 원설은 날카로운 비수를 그의 목에 가져간 채 멍하니 풀린 눈동자로 제갈극을 내려다보고 있었다.

바로 옆에 있던 나지오도 수를 쓰지 못했다. 안개의 힘으로 인해서 주변 사물을 인지하는 것이 어렵기도 했지만, 피월려와 미내로의 대화에 집중한 탓도 컸다. 나지오의 입장에선 처음 듣는 이야기가 많았고, 그만큼 이해하려고 노력했기에 그만큼 제갈극에게 신경을 쓰지 못했다.

나지오는 제갈극을 내려다보며 말했다.

"할망구. 극이는 그냥 놔줘. 그냥 지켜보고 있는 나도 적으로 만들 셈이야?"

미내로가 말했다.

"피월려가 내 제안을 받아들이면 어차피 풀어줄 것이다. 거부한다면 어차피 나는 죽지. 네게 죽기 전에 말이야."

"그때까지 나는 그냥 가만히 있겠어?"

미내로는 나지오와 악누 그리고 제갈극을 하나씩 바라보며 말했다.

"일단 이야기를 들어보거라. 장담하는데 모두에게 좋은 제안이 될 테니까. 결국 선택하는 건 피월려다. 그렇지 않나?"

"……."

"……."

"……."

다들 침묵하자, 피월려가 말했다.

"내가 그 말들을 어찌 믿을 수 있겠소?"

미내로가 대답했다.

"내 말이 진실인지 의심스럽다면 뭐든지 물어봐. 뭐든 성실히 그리고 진실로만 답하마. 네가 가진 모든 심력과 심계를 동원해서 나를 캐내봐라. 그러면 결국 내가 진실을 이야기한다는 결론에 도달할 것이다."

피월려는 천천히 몸을 돌렸다.

그리고 진설린을 올려다보았다.

그가 나지막하게 말했다.

"백호, 주작, 현무. 이 세 사방신과는 언제부터 뜻을 같이했소?"

"주작은 빙정을 취했을 때, 현무와는 신물을 취했을 때 이야기가 오갔지. 백호와는 이야기를 한 적이 없다. 백호는 항상 방관자였지."

"……."

"내가 널 강시로 만들어 심검을 내 손에 넣었다면 편했겠지. 하지만 네가 모든 것을 뚫고 내 앞에 올 수도 있겠다는 생각이 나를 사로잡았다. 그래서 네가 절대로 포기할 수 없는 것을 준비했고, 이렇게 제안하는 것이다."

"내가 린 매의 목숨을 위해 어르신의 뜻대로 황룡을 죽이시리라 믿소?"

미내로는 마지막으로 찻잔을 비우고 말했다.

"네가 더 잃을 것이 무엇이냐?"

"……."

"무엇이 있느냐? 말해보거라."

"……."

"넌 아무것도 없다, 믿었지."

"……."

"하지만 진설린이 남아 있다. 진설린은 아무것도 없다 믿었던 네게 남아 있는 유일한 것이다."

"……."

"네겐 애초부터 목적이 없었어. 그저 흘러가는 대로 살 뿐. 가진 것을 잃어버리지 않기 위해 아등바등 살 뿐."

"……."

"그러니 그대로 살아라, 피월려."

"……."

"그대로 진설린을 구하거라. 네가 처음 그녀를 만났던, 그 시절로 되돌려 주마."

"……."

"네가 아루타에게 모든 양기를 전가하면 넌 범인이 되겠지. 하나 그게 무슨 상관이냐?"

"……."

"무의 극을 이루겠다, 발버둥 친다고 네 허무함이 사라지더냐? 자, 지금 이곳을 둘러봐라. 넌 이미 이루었다, 피월려. 지금 현재 여기서 널 이길 수 있는 사람은 아무도 없어. 그렇지 않는가? 너는 이미 최강이 되었지. 말해봐라, 아니라고."

"……."

"그래서 허무감이 사라지는가? 아니, 오로지 더해질 뿐이다. 내 말이 틀렸다 반박해 봐라, 피월려. 지금. 이곳에서."

"……."

미내로는 아무런 말도 하지 못하는 피월려를 두고 나지오와 제갈극 그리고 악누를 바라보며 말했다.

"너희들이 원하는 것이 천마신교의 멸문이더냐? 무엇이든 간에 상관없다. 너희들이 나를 막아야 한다고 믿는 건 환상에 불과해. 내가 하려는 일과 너희들의 하려는 일은 하등 상관없다. 안 그런가?"

지금까지 상황을 천천히 살펴보던 나지오가 말했다

"확실히 차원의 벽이든 뭐든 할망구가 하려는 일은 나와 상관없지. 나는 천마신교에 의해서 중원이 마도천하가 되는 걸 막고자 할 뿐이야. 현무가 부활하여 신물이 자동적으로 사라진다면, 더할 나위 없지."

미내로는 한술 더 거들었다.

"게다가 이 일이 끝난 후, 저 태극지혈도 돌려주마. 그러면 더더욱 네가 원하는 대로 될 것이다. 그럼 옆에 있는 백호의 심장을 가진 자는 어떠한가? 무엇을 바라는가?"

악누는 팔짱을 끼었다.

"심검마가 내게 약속한 건 혈교의 독립이니라. 귀목선자도 그걸 내게 약조한다면 상관하지 않겠다."

"신물을 잃은 천마신교는 자연히 붕괴될 것이다."

"좋다. 그럼 나도 심검마의 선택에 따르도록 하겠느니라."

미내로는 다시 피월려에게 시선을 던졌다.

"선택해라, 피월려."

피월려는 쓰러지듯 무릎을 꿇었다.

쿵.

무엇을 위해 여기까지 걸어왔는가?

권선징악?

설마 그리 착각을 했단 말인가?

하지만 세상에 선이 어디 있고 악이 어디 있단 말인가?

그렇다면 무의 끝에 도달하기 위함이었나?

미내로의 말이 맞다.

이미 도달하지 않았는가?

이제 누가 그의 앞을 막겠는가?

아무도 그를 막지 못한다.

오로지 그의 선택만이 남아 있을 뿐이다.

한데.

한데…….

이 허무함은 왜 사라지질 않는 것인가?

미내로가 천천히 피월려의 앞에 와서 앉아, 그와 눈높이를 맞추었다.

"피월려."

"……."

"네 친우인 혈적현에게 가라."

"……."

"그가 이 일이 이렇게 흐를 줄 알고 나를 속여 신물을 취했는지는 모르지. 하지만 상관없다. 진설린을 살리고 싶다면, 그에게서 신물을 달라 해. 죽이지 않아도 된다. 그저 그와 함께 이곳에 온다면 나와 저 제갈 아이가 함께 힘을 써서 신물을 떼어내어 현무를 부활시킬 것이다."

"……."

“나는 마법사. 내가 한 계약을 반드시 지킨다. 또한 나는 널 일부러 넘어뜨릴 악감정도 전혀 없다. 그저 마법으로 초월의 초월에 도달하고 싶을 뿐이다.”

참담한 표정 속에서 피월려가 나지막하게 물었다.

“천서휘도 그런 달콤한 말로 속이지 않았소?”

“나는 그가 원하는 것을 그대로 들어주었을 뿐이다. 속인 적도, 속일 생각을 한 적도 없지. 나는 마법사다. 계약은 내게 있어 절대적인 것. 그건 저 사방신들도 마찬가지. 우리의 힘은 우리가 말하는 약속에 속박된다.”

“린 매도 속이지 않았소?”

“이 일이 모두 끝나면 진설린은 천음지체에서 해방되어 온전한 육신을 가지게 될 것이다. 그녀가 처음부터 내게 원했던 그대로. 그러니 나는 중간 과정에서 내가 원하는 대가를 가져가는 것뿐이야. 강시가 되었을 때, 진설린은 자기가 그릇이 된다는 걸 이미 알았다.”

“……”

“나를 적이라 판단하지 말거라, 피월려.”

“……”

“나를 아이라 착각하지 말거라, 피월려.”

“……”

“난 너와 같아.”

"……."

"수단과 방법을 가리지 않고 무를 좇던 너와 같다. 나는 마법을 좇을 뿐."

"……."

"그리고 너도 네가 그토록 채우고 싶어 하는 허무함을 채울 수 있다."

"……."

"사랑으로 생긴 허무함의 갈증은 또 다른 사랑만이 해소할 뿐이다."

"……."

"너라면 내 말을 이해할 거라 믿는다."

피월려는 한동안 침묵을 지켰다.

교주전에는 그의 숨소리만이 작게 울릴 뿐, 그 누구도 작은 소리조차 내지 못했다.

그렇게 그대로 멈춰 버린 것 같던 피월려가 천천히 자리에서 일어났다.

그가 말했다.

"시일은?"

미내로의 얼굴에 함박웃음이 가득해졌다.

"네 시진 안에는 결정을 내려야 할 것이다."

"잠시 시간을 주시오."

피월려는 그 자리에서 흔적도 없이 사라졌다.

그가 사라진 그곳엔 지독한 외로움만이 남아 있을 뿐이었다.

그러나 방 안의 그 누구도 피월려를 동정하지 않았다.

* * *

천 년의 세월 동안 굳건히 낙양에 자리매김하던 황룡무가(黃龍武家). 이젠 그 본래 모습은 어디에서도 찾아볼 수 없었다.

구 할 이상의 건물들은 그 흔적도 남기지 않고 파괴되었고, 그 주춧돌 위에 천마신교 본부의 건물들이 다시금 지어지고 있었다. 낙양은 새로운 황도로 거듭나기 위한 천도 공사로 인해서 다른 성에서까지 넘어온 인부들로 포화 상태가 되어 있었다. 게다가 천도 사업이 막바지에 이르러, 대부분의 인부들은 더 이상 일이 없었고 서서히 낙양을 떠나려는 추세. 천마신교는 그들을 한 명도 빠짐없이 고용하여 황룡무가를 천마신교 본부로 탈바꿈하고 있었고, 그로 인해 공사는 밤이 되고도 사방에 횃불을 피워놓은 채 진행되고 있었다.

가장 중심이 되는 교주전. 그곳의 꼭대기에서부터 피리 소리가 황룡무가 전역에 울려 퍼지고 있었다.

횃불에 의지한 채 어둠 속에서 일을 하는 인부들은 익숙지 않은 노동환경에 두세 배로 힘이 드는 듯했었다. 하지만 귓가를 간지럽히며 그들을 위로하는 음악은 그들의 피로를 달래주었고, 덕분에 다들 좋은 기분으로 천천히 진행해 나가기 시작했다. 모두들 그 피리 연주의 주인공이 궁금했지만, 그 누구도 묻지 않았다. 무림세력에 고용되어 한두 번 일해본 것이 아닌 인부들은 무림인들의 일에 조금이라도 관심을 가졌다가 어떤 말로가 기다릴지 뻔히 알았기 때문이다. 무림인은 기분이 좋다고 금전을 던질 때도 있고 기분이 나쁘다고 주먹질을 할 때도 있다. 그리고 오늘 밤과 같이 신선처럼 건물 꼭대기에서 연주를 할 때도 있다. 그들이 하는 모든 행동에는 반응하지 않고 수긍하면 그만. 인부들은 묵묵히 자기 일을 해나갔다.

검은 무복을 입은 피월려는 해가 완전히 사라지고 야밤이 되었음에도 연주를 멈추지 않았다. 소소를 입에 물고 망후조의 취월가를 어설픈 솜씨로 연주하면서 온 신경을 쏟았다. 몇 번이고 몇 번이고 연주하면서 모든 심력을 동원했다.

"앞으로 어찌하실 생각이세요?"

그의 옆에 서서 가만히 그의 연주를 듣고만 있던 주하가 처음으로 입을 열었다. 그러나 그럼에도 피월려는 연주를 멈추지 않았다. 주하는 짜증 난 표정으로 피월려를 돌아보았지만, 눈을 감고 연주에 집중하고 있는 피월려는 그 표정을 보지 못했다.

주하는 깊은 한숨을 쉬었다. 달을 올려다본 그녀는 시간이 촉박하다는 것을 깨닫고는 경공을 펼쳐 꼭대기에서 내려갔다.

피월려는 그렇게 한동안 그 자리에 남아 연주를 계속했다.

이번에는 두 사람이 올라왔다.

주소군이 피월려의 어깨에 손을 올렸다.

"결정을 내려야 합니다."

피월려는 여전히 연주를 멈추지 않았다.

흑설은 피월려의 앞에 서서 큰 소리로 외쳤다.

"더 이상 시간이 없어요."

딱딱한 목소리에 결국 피월려는 옥소를 들 수밖에 없었다. 그는 처음으로 연주를 멈추고 한마디를 뱉었다.

"물러가."

그리고 다시 시작된 연주.

모두 침묵할 뿐, 그 누구도 물러가지 않았다.

피월려는 다시 소소를 입에서 떼곤 말했다.

"물러가라고. 직접 명으로 내려야 되나?"

흑설은 지지 않고 앙칼진 목소리로 물었다.

"패배할 생각이시죠?"

"아니."

"나지오 부교주님도 그렇게 말했다면서요? 그리고 어떻게 되었죠?"

"……."

"똑같은 말을 내뱉는 걸 보니, 똑같은 일을 저지를 셈이군요."

"……"

"그녀를 사랑하세요?"

"……"

"장로께서 죽으면 나는 자결할 거예요. 죽어서 당신 옆에 묻힐 거예요. 시체가 돼서야 당신 품에 안길 수 있겠네요."

"화장(火葬)이라도 해야겠군."

"이 상황에 농담이 나와요?"

"다들 물러가."

"……"

망후조의 취월가가 피월려의 옥소에서 흘러나왔다.

흑설은 두 주먹을 바스라지도록 쥐었지만, 곧 허탈한 걸음으로 물러났다.

그녀가 꼭대기 아래로 사라진 것을 본 주소군이 피월려의 옆에 앉아 말했다.

"다들 피 형의 결정만 기다리고 있어요. 악누 어르신은 재밌다며 지켜보기로 하셨어요. 부교주님은 귀목선자가 어디 가지 못하도록 대전을 지키고 있고, 제갈극도 그 옆에 서서 귀목선자의 회복을 방해하고 있죠. 기이한 안개로 인해서 언제든 원설이 튀어나와 제갈극을 암살할 수도 있고, 귀목선자가 죽는다고 황룡에 어떤 영향이 미칠지 모르는 상황이니 아무도 쉽사리 운신할 수가 없어요."

피월려가 연주를 멈추지 않자 주소군은 말을 이었다.

"제갈극이 피 형께 말을 전해달라고 하더군요."

피월려의 연주가 멈췄다.

"흑설과 주하는?"

"피 형이 교주와 생사혈전을 앞두고 있다고 생각하고 있죠. 자세한 것까진 몰라요."

"그렇군."

"이젠 반 시진밖에 남지 않았다고 하더군요. 아시겠지만."

"……."

"이대로 방치하시면 결국 교주가 죽고 황룡이 태어나요. 황룡이 환세(還世)한다면 무슨 일이 벌어질지 아무도 예상할 수 없죠."

그러한 걸, 어찌 알았을까?

피월려는 소소를 품속에 갈무리하며 물었다.

"주 형이 황룡환세검공을 해석했다 하지 않으셨소? 그걸 제갈극에게 들려준 것이오?"

"맞아요."

피월려는 잠시 침묵을 지킨 뒤 물었다.

"만약 내가 아무것도 하지 않으면, 무슨 일이 일어날 거라 제갈극이 추측했소?"

"황룡이 태어나면 모든 인간이 죽을 거라고 봐요. 아니, 소멸이죠."

피월려는 너무나 뜻밖의 말에 잠시 할 말을 잃었다.

"모든 인간이 소멸한다고 말하셨소?"

주소군은 밤하늘을 올려다보며 말했다.

"황룡은 인위적인 신. 인간의 의지를 기반으로 만들어진 신이에요. 그것이 형태를 갖추고 현실에 강림한다면, 거기에 사용되는 힘은 인간이 감당해야 하죠."

"……."

"천지인의 지가 의미하는 바를 아세요?"

"요괴라 들었소."

주소군은 놀란 눈으로 피월려를 돌아보았다. 그의 눈동자는 보름달만큼 커져 있었다.

"의외로… 아시네요."

"무슨 말씀을 하려 하는 것이오?"

주소군은 다시 밤하늘에 시선을 옮겼다.

"옛날 옛적 요괴가 세상에서 종적을 감추게 된 계기는 바로 사방신의 강림이에요. 사방신이 현세에 강림하자, 그 사방신의 기반이 되었던, 네 종류의 요괴 이(魑), 매(魅), 망(魍), 량(魎)이 현세에서 소멸해 이계로 넘어갔죠. 마찬가지로 황룡이 세상에 강림하면 그 기반이 되는 인간이 소멸할 거라 봐요. 물론 그 일이 일어나지 않도록, 황룡이 낙양에 봉인되어 있었던 것이지만."

"그렇다면 황룡은 만들어지다 만 것이군."

"이계에 영향을 미칠 정도로만 만든 채, 현실에는 강림하지 못하도록 하는 방법. 황룡환세검공은 이 이야기를 담고 있었어요. 그때는 비유적인 이야기로만 치부했었죠. 그 방법은 인간의 힘을 가장 강력하게 만들 수 있는 너무나 지혜로운 방법이에요. 이로 인해서 우리가 살고 있는 중원에는 오로지 인간만이 강성한 거예요. 이매망량(魑魅魍魎)이 그저 전설로 치부될 정도로. 본래 하나의 차원을 이루는 데는 오행. 즉 다섯 개의 힘이 필요하다는군요. 자세히는 모르겠지만……."

"……."

"황룡을 죽이신다면 수호신이 사라지니 차원의 벽은 허물어지겠죠. 하지만 그렇게 하지 않으면 모든 인간이 소멸할 거예요. 이것이 저를 통해 황룡환세검공의 구결을 들은 제갈극이 내린 해석이자 결론이에요."

"믿기 어려운 황당무계한 소리군."

"이 결론을 내린 제갈극도 같은 말을 했죠. 믿고 안 믿고는 피 형의 자유. 나는 해줄 말을 했을 뿐이에요."

피월려는 땅으로 시선을 내렸다.

"이제 와서 이런 말을 하는 이유가 무엇이오?"

"다른 이유는 없어요. 이제 막 해석이 끝난 것이에요. 귀목선자를 견제하며 동시에 이런 해석까지 내놓은 제갈극이 대단할 뿐이죠."

"……."

"결정하시는 데 도움이 되었으면 좋겠어요. 아참. 그리고 한 가지 더."

"말씀하시오."

"영안으로 보니 귀목선자의 귀가 뾰족하다는군요."

피월려는 영문을 모르겠다는 표정으로 주소군을 보았다.

"갑자기 그게 무슨 말이오?"

"처음엔 그저 마법의 영향이겠거니 했지만, 귀목선자께서 다른 차원의 사람이 아닌 요괴일 수 있다고 생각했어요. 그쪽 차원에서. 아마 백호에 해당하는 신의 종족이 아닌가 해요."

"요괴?"

"용아지체니, 천살지체니, 인간 중에는 다른 사방신의 영향을 받아 태어나는 특이한 신체가 있죠. 마찬가지로 요괴들 중에는 인간의 신의 영향을 받아 어느 정도 인간성을 갖추고 태어나는 존재들이 있다고 가정할 수 있어요. 귀목선자는 그렇게 그쪽 세계에서 인간성을 타고난 요괴라는 거죠."

"……."

"백호 쪽인 이유는 바로 백호의 죽음을 통해서 이곳에 오게 되었기 때문이라고 추측해요. 사방신 전체의 힘이 약화되어 차원의 벽을 넘을 수도 있었겠지만, 백호가 멀쩡히 살아 있었다면 그 영향 때문에 이 세계에 존재할 수 없었을 거예요."

"솔직히 무슨 소리인지 모르겠소."

"여차하면 백호를 현세에 강림시켜 귀목선자를 소멸시킬 수 있겠다는 뜻 아니겠어요? 추측에 불과하기에 이걸 기반으로 뭔가 꾸밀 순 없어요. 하지만 최후의 보루는 될 수 있겠죠."

"……."

"같은 이유로 황룡이 강림한다 해도 귀목선자는 소멸하지 않을 거예요. 홀로 중원에 남아 계속 일을 하겠죠. 이래저래 귀목선자는 상관이 없는 거예요."

"……."

"그럼 전할 말은 다 했으니, 내려가 볼게요. 결정을 내리시는데 도움이 되었으면 해요."

피월려는 서서히 몸을 일으키며 말했다.

"큰 도움이 되었소."

"아, 가시는 건가요."

"있다가 교주전에서 뵙겠소."

피월려의 몸에서 뿜어지는 기운 때문에, 주소군이 눈을 한 번 깜박였다. 눈을 뜨고 나니, 이미 그의 모습은 사라지고 없었다.

주소군은 남쪽을 바라보며 나지막하게 중얼거렸다.

"잘되기를……."

*　　　*　　　*

신족통으로 움직이던 피월려는 어딘가에서 가로막힌 듯한 기분을 느꼈다. 마치 전에 미내로가 교주전에 펼쳐놓은 결계 속으로 이동하지 못했을 때와 같았다.

피월려는 하는 수 없이 그 결계의 가장 끝자락으로 움직였다.

처음 보인 것은 굳게 닫힌 문과 그 앞 돌계단에 앉아 있던 궁장 차림의 여인. 그녀는 고운 손으로 지루한 듯 턱을 받치고 있다가, 피월려의 모습을 보곤 깜짝 놀라며 벌떡 일어났다.

"피, 피 공자? 그 모습은?"

피월려는 그녀의 얼굴을 올려다보며 말했다.

"오랜만이오, 서린지 소저."

너무나 달라진 피월려의 모습에 서린지는 아무런 말도 꺼낼 수 없었다. 그녀는 숨을 간간이 내쉬며 피월려를 위아래로 훑어볼 뿐이었다. 한참을 그러던 그녀가 물었다.

"적 랑을 보러 오셨군요."

피월려가 고개를 끄덕였다.

"그렇소. 하지만 안으로 들어갈 수 없으니 문제이오."

"문을 열고 들어가셔야지요. 그냥 뚫고 들어가시려 했나요?

호호호. 여전히 재미는 있으시네요."

피월려는 잠시 고개를 들어 그 건물의 현판을 보았다.

공방전(工房殿).

그 건물의 폭은 백 장이 넘는 듯했고, 높이도 다섯 장은 넘어 보였다.

피월려가 물었다.

"밖에서 뭐 하고 계셨소?"

웃던 서린지는 금세 볼을 뾰로통하게 부풀리며 말했다.

"적 랑은 연구에 몰두하면 아무리 저라도 공방전에 들이시지 않아요. 어차피 할 것도 없고 해서 여기서 기다리고 있었죠."

"그랬군."

"그런데 방금 펼치신 경공은 무슨 경공이죠? 정말 신묘하네요. 혹 은신술인가요?"

피월려는 옅은 미소를 지었다.

"신족통이라 하오."

"……."

"들어가 보겠소. 자신의 여인에게도 허락하지 않은 걸 친우에게 허락할지는 모르겠지만……."

"자, 잠시!"

서린지가 막 피월려를 막아서려는데, 그는 신묘한 발걸음으로 그녀를 지나쳐 버리곤 문을 열었다.

끼이익.

거대한 문이 열리고 달빛이 공방전의 안을 환히 비추었다.

공방전의 중앙에는 드높은 나무 의자에 앉아 있는 혈적현이 있었다. 얇은 대나무로 만든 나무 의자의 네 다리는 이 장이 넘는 높이로 곧게 뻗어 있었고 그 위에 걸치듯 앉아 있는 혈적현의 자세는 위태해 보였다.

그는 마치 공방전 안에 세워진 또 하나의 작은 건물처럼 거대하기 짝이 없는 망원경(望遠鏡)으로 별을 관찰하고 있었다.

그 망원경은 수없이 많은 장치가 얽히고설켜 있어 매우 복잡한 형태를 띠고 있었다. 혈적현은 양손의 검지와 엄지로 작고 동그란 두 손잡이를 돌려 망원경 안에 설치된 반사경과 탐색경의 각도를 조율했다.

문을 통해 들어온 바깥 공기가 바람이 되어 한차례 방 안을 휩쓸었다. 공방전 구석구석에 아무렇게나 널브러져 있던 수많은 기계장치들이 먼지를 토해내며 바람을 막았다.

혈적현이 물었다.

"박 장로는 소멸했나?"

피월려가 나지막하게 말했다.

"죽음이 아니라 소멸을 말하는 것이라면, 이미 다 알고 있었군."

혈적현은 다시 물었다.

"그래서 소멸했나?"

"내가 알기론 그렇다."

혈적현은 접안경에서 눈을 뗐다. 그러곤 고개를 숙이며 오른팔을 대신하는 의수로 안경을 벗었다. 왼손으로는 관자놀이에 가져가 지압을 가하면서 말했다.

"그럼 말할 수 있겠군."

"무슨 뜻이지?"

혈적현은 한 손잡이에 걸려 있던 천으로 안경을 천천히 닦으며 말했다.

"내 신물이 필요한가, 피월려?"

"그래."

"그것으로 차원의 경계를 허물 생각이군."

"내 목적은 그것이 아니다. 진설린을 살리려는 거야."

혈적현은 안경 닦던 손을 멈추곤 피월려를 돌아봤다.

"뭐? 교주를?"

"그렇다."

"무슨 뜻인지 모르겠군. 하지만 교주를 살리는 일에는 분명 귀목선자가 관여했겠지. 아닌가?"

"……."

"만약 그렇다면, 미안하지만 신물은 줄 수 없다."

피월려는 조금 큰 소리로 말했다.

"사정을 설명하긴 복잡하다. 우선 나와 함께 낙양으로 가자. 내 신족통이라면……."

혈적현은 피월려의 말을 잘랐다.

"신물은 줄 수 없다, 피월려."

"……."

"귀목선자가 하려는 일이 무엇이든 간에 나는 그것을 막을 것이다. 그녀에게 속고 있는 너 또한 막을 것이고."

피월려는 답답함을 느꼈다.

"우선 내 설명을……."

혈적현은 다시 한번 피월려의 말을 잘랐다.

"너나 내 말을 들어라, 피월려."

"……."

"박소을은 본래 인간이었다. 하지만 귀목선자에게 귀속이 되어 강시와 같은 존재가 되었지. 그러다 일여 년 전 정신적 충격을 받고는 그의 자의식이 일부분 깨어났다. 하루에 일각 혹은 이각 정도의 짧은 시간이었지만, 그는 귀목선자의 지배에서 벗어날 수 있었지. 그때마다 그가 내게 찾아왔다. 기계공학을 연구하던 내게."

"그때 공방전의 전주가 되었군."

"그는 과거 그가 가졌던 모든 것을 내게 전수해 주었다. 그의 세상에선 기계공학이 인간이 가진 가장 강력한 기술이었지. 이 모든 지식을 내게 주면서, 한 가지 부탁한 것이 있다. 그것은 바로 자신을 노예처럼 만들어 버린 귀목선자에게 복수하는 것. 그녀가 이루려는 것이 무엇이든 그것을 방해해 달라는 것이다."

"……."

"나는 그와 손을 잡았다. 귀목선자의 눈을 속이는 건 어렵지 않았지. 박소을을 완전히 지배하고 있다 믿었으니까. 기계공학은 내력과 술법이 통하지 않는 청룡궁과의 싸움에서 유리할 것이라느니, 네게 질투심을 느끼고 있는 내가 신물주가 되면 네게서 신물을 보호할 수 있다느니… 그런 식으로 대강 이유만 살짝 둘러대니 귀목선자는 그냥 믿어버렸다. 설마 박소을이 자신을 향한 칼날을 준비하고 있었던 줄은 몰랐겠지. 아마 네가 입신에 오르고 난 최근에서야 눈치챘을 거다."

피월려는 조용히 물었다.

"그래서 느끼는가?"

"뭘?"

"질투심."

딱딱한 한 마디에 혈적현은 어이없다는 미소를 지었다. 그는 천과 안경을 손잡이 하나에 걸쳐놓으며 물었다.

"내가 지금 한 놀라운 고백 중에 고작 되묻고 싶은 게 그 부분이냐?"

피월려는 감정이 전혀 섞이지 않은 눈으로 혈적현을 올려다보았다. 그리고 감정이 전혀 섞이지 않은 목소리로 말했다.

"친우라 믿었던 너조차 그리 느끼는 건가? 천서휘처럼?"

혈적현의 미소가 서서히 옅어져 완전히 사라졌다.

그가 되물었다.

"아니라 하면 믿을 것이냐?"

"혈적현."

"왜?"

피월려는 속에 있는 모든 것을 토해내듯 말했다.

"나도 할 말이 많이 있다. 지금 네가 나와 함께 가지 않으면 안 되는 이유를 대며 널 설득하고 싶어. 내 부탁을 들어주지 않으면 세상에 벌어질 수많은 일에 대해서도 설명하고 싶어. 네 신물이 필요한 이유가 고작 진설린을 살리는 이유를 넘어서 전 중원의 운명에 영향을 끼친다는 사실 또한 알려주고 싶어."

"……."

"하지만 말이다. 동시에 설득하고 싶지 않아. 그저 네 친우인 내가 신물이 필요하다, 이 한마디를 하고 싶다. 혈적현."

혈적현은 의수를 가슴 쪽으로 가져왔다. 그러곤 왼손으로 의수를 이리저리 손보면서 대답했다.

"넌 완전히 반대로 알고 있다, 피월려."

"……."

"내 신물을 네가 가져가야 하는 이유가 전 중원의 운명을 위한 것이라 해도 난 주지 않을 것이다. 그 이유는 바로 내가 네 친우이기 때문이다. 그걸 모르겠나?"

피월려는 소소를 꺼내 잡으면서 말했다.

"내 친우이기에 신물을 내어주지 않는다는 말이냐?"

"그래."

"무엇을 위해서?"

혈적현은 의수를 손 앞으로 뻗었다. 손가락을 하나하나 움직이며 그 움직임을 철저히 검사한 그는 만족한다는 미소를 띠며 주먹을 쥐었다.

"네게 겸손을 가르치기 위해서."

"……."

"그것이야말로 입신에 오른 네게 가장 필요한 것이지. 네 친우로서 그것을 네게 가르쳐 주마, 피월려."

"……."

"신물을 가져가 봐, 한번."

"널 죽여서 가져갈 수도 있어."

"내가 내 생명을 거는 한이 있더라도 너는 겸손을 배워야 해. 겸손이 없는 입신의 고수는 차라리 죽는 게 낫지. 그러니 널 위해서, 더 나아가 전 중원을 위해서 네게 겸손을 가르쳐 주마."

"죽어도 날 원망하지 마라, 혈적현."

"그럴 일 없을 거다."

피월려의 신형이 사라지고 혈적현의 눈앞에 나타났다.

소소에 덧씌워진 무형검리는 혈적현의 몸을 크게 훑고 지나갔다.

탁.

바닥에 내려온 피월려는 혈적현을 올려다보았다. 그곳에는 의수로 용골을 잡고 있는 혈적현이 멀쩡히 서 있었다.

피월려가 자세히 보니 그 용골에서는 깨알 같은 글씨가 새겨져 있었다. 그것은 단순한 용골이 아니라 주문을 새겨 넣어 가공한 진보(辰寶)로, 전에 극악마뇌 사무조의 설명에 의하면 노출할 경우 대자연의 기가 멈춘다고 했다. 그로 인해서 무형검리도 사라지게 된 것이다.

혈적현은 거만하기 짝이 없는 눈빛으로 피월려를 내려다보았다.

"난 위험한 실험을 밖에서 하는 버릇이 있지. 그 심검으로 내 공방전을 망치게 할 순 없다."

"……."

"밖에 나가 기다려라. 네가 진정으로 입신에 올라 최강이 되었다면, 밖에 나가서 내가 모든 준비를 마칠 때까지 기다려. 그것조차도 꺾어야만 진정한 지존이라 할 수 있지 않겠느냐?"

피월려는 소소를 내려다보았다. 그곳에 마땅히 있어야 할 무형검리가 없었다.

피월려가 몸을 돌리며 말했다.

"오래는 못 기다린다."

피월려는 공방전의 문을 통과해서 나왔다.

그곳엔 서린지가 아닌 신물전주 솔진이 그를 기다리고 있었다.

그가 말했다.

"혈 전주의 말대로 심검마선은 참으로 광오하시오."

피월려가 그를 돌아보지도 않고 걸음을 옮기며 물었다.

"왜 그리 말하시오?"

솔진은 피월려 옆으로 따라 걸으며 말했다.

"혈 전주는 혈 전주가 가진 모든 것으로 심검마선을 상대할 것이오. 그 전에 그를 죽이는 것이 현명한 판단일 것이오."

피월려는 대답할 가치를 못 느꼈지만, 솔진이 무림인이 아니라는 생각이 미치자 설명해 주었다.

"나는 무인이오, 전주. 내가 친우인 그를 죽인다면, 그 전에 그가 가진 모든 것을 선보이게 할 것이오."

솔진은 피월려의 말이 마저 끝나기도 전에 물었다.

"그 점이 광오하다는 생각은 안 하시오? 듣자 하니, 그에게 이기지 못한다면 시화마제를 살릴 수 없는 것 같던데 말이오. 친우를 죽여야 할 만큼 시화마제가 소중하면서, 친우를 암습할 정도로는 소중하지 않은 것이오?"

피월려가 솔진을 돌아봤다.

"나는 왜 전주께서 이런 말씀을 내게 하는지 모르겠소. 내게 도발은 통하지 않으니 그만두시오."

솔진은 한숨을 내쉬며 말했다.

"그것이 아니오. 단지 나는 참으로 심검마선께서 교주의 자리에 등극하기를 바라기 때문이오."

"그가 준비된 채 싸운다면, 내가 패배하리라 믿소?"

"그야……."

피월려는 대답하지 못하는 솔진의 주변을 둘러보다가 문득 물었다.

"서린지 소저는 어디 있소?"

"침실로 돌아갔소. 어차피 오늘은 혈 전주가 놀아주기 글렀다면서. 그녀가 말하길 나중에 꼭 한 번 취월가를 다시 들려주고 싶다고 했소."

그런 그녀가 누가 이길 것이라 믿는지는 뻔하다.

피월려는 말없이 다시 걷기 시작했다.

그가 공방전 마당 중앙에 서자, 솔진은 앞에 서서 그를 더 설득하려 했다. 하지만 눈을 감은 채로 심호흡을 하고 있는 피월려의 모습을 보니 도저히 설득할 수 없다는 걸 깨달았다.

그는 하는 수 없이 포권을 취하며 마지막 인사말을 남겼다.

"심검마선의 뜻을 꺾을 수 없다는 걸 잘 알겠소. 그럼 나는 물러나 이 싸움을 지켜보고 강자지존의 율법에 의해 승리하는 자를 따르겠소."

그는 천천히 공방전 마당 한쪽으로 걸음을 옮겼다.

반각 정도가 지났을까?

공방전의 대문에선 멋들어진 용포를 입은 혈적현이 모습을 드러냈다. 피월려는 놀라운 안력으로 그 용포 위로 튀어나온 굴곡을 통해서 갖가지 물품이 숨겨져 있음을 볼 수 있었다. 하지만 혈적현이 들고 있는 진보로 인해서, 천안통이 마비되어 그 이상은 볼 수 없었다.

혈적현이 왼손을 품에 넣어, 푸른 공 하나와 붉은 공 하나를 꺼냈다.

"공방십이보(工房十二寶) 중 가장 최근에 만든 작품, 사보(巳寶)와 오보(午寶)다. 각각 음화(陰火)와 양화(陽火)의 기운을 품고 있지. 너와의 일전을 생각하여 심혈을 기울여 제작했다. 혹 본 교의 마공 중 음양폭마검공(陰陽爆魔劍功)이라고 아나?"

"부교주의 마공이었지."

혈적현이 고개를 끄덕이며 말했다.

"그것은 음양에 관한 지식으론 그 누구도 따라올 수 없었던 음양현마 사녹의 마공으로 음과 양의 충돌을 이끌이내어 상대를 죽이는 마공이다. 이론적으론 괜찮은 마공이지만 인간은 어차피 검격 한 번에 목이 잘리면 죽어버리기 때문에 그리 쓸모

있진 않지. 하지만 제대로 된 검격을 성공시킬 수 없는 막강한 고수를 상대로는 제값을 시작한다. 아무리 작은 상처라도 다섯 번만 맞춘다면 합마폭살(合魔爆殺)을 이끌어낼 수 있으니까."

"……."

"이 두 십이보는 인체에 들어가기만 하면 자동적으로 합마폭살을 이끌어내지. 양기로만 가득 차 있는 네 몸은 더더욱 큰 피해를 받을 거다. 입신의 몸으로 인해 죽지는 않겠지만, 치명상은 피할 수 없을 것이다."

피월려는 소소를 품에 넣으며 말했다.

"내게 겸손을 가르치겠다면서, 겸손을 필요로 하는 건 너로 보이는데?"

혈적현은 의수의 중간 부분을 열었다. 그리고 그 속에 오보를 집어넣었고, 사보는 품속에 갈무리했다.

"타심통을 펼치지 못하는 지금의 넌 내가 하는 말이 진실인지 거짓인지 모르지. 안 그런가?"

"……."

"거만한 게 아니야. 심계를 거는 거지. 좋아하지 않나? 심계."

피월려는 어깨를 들썩였다.

"좋아하진 않았다. 그저 타고난 것뿐이지."

"그래, 그랬었지."

"그래서 타심통이 없어도 안다. 네가 한 말이 진실이라는 걸."

혈적현은 통쾌하게 웃었다.

"그래, 맞다. 진실이다."

피월려가 물었다.

"왜 알려준 것이지?"

혈적현은 미소를 얼굴에 띠며 대답했다.

"내가 암습으로 널 이겼다고 네가 변명하지 못하게 하기 위해서다. 또한 이것은 내가 이미 네 수법을 알고 준비한 것이니, 그 비밀을 말하는 것이 공정하지. 말하지 않았느냐? 네게 겸손을 가르치겠다고. 오늘 넌 네 스스로 패배를 인정하게 될 것이다."

"……."

피월려과 혈적현이 서로를 마주 보았다.

잠시 후, 누가 먼저라고 할 것도 없이 서로를 향해 뛰었다.

제일백이십장(第一百二十章)

금강부동신법을 펼치며 빠르게 움직이는 피월려는 그와 비슷한 속도로 움직이는 혈적현의 신형을 보곤 놀람을 감추지 못했다. 그의 발을 관찰해 보니, 흑철(黑鐵)로 만들어진 것 같은 긴 네 갈래의 기둥이 거꾸로 꽃이 핀 것처럼 양발을 감싸고 있었다. 대각선으로 내려가다 끝에서 안쪽으로 휘어진 모양이었는데, 혈적현이 한 번씩 땅을 찰 때마다 네 갈래의 흑철 기둥이 더욱 큰 반동을 실어 그의 몸을 움직이는 원리인 것 같았다.

둘의 거리가 아주 가까워졌을 때, 피월려는 시험 삼아 그가 내지를 수 있는 가장 빠른 주먹을 휘둘렀다. 그렇게 피월려의 빠른 주먹이 닿으려는데, 혈적현의 신형이 순간 붕 떠올랐다. 인간의 움직임으로는 도저히 불가능한 것으로, 그러한 움직임이 가능하다는 걸 전혀 예상하지 못한 피월려의 주먹은 허공을 갈랐다.

입신의 공격을 피해 버린 혈적현은 일 장이나 상승하며 피월려를 지나 멀찌감치 안착했다.

그가 말했다.

"발에 장착한 것은 묘보(卯寶)라 한다. 보법으론 불가능한 움직임도 가능케 하지."

"확실히 예상하지 못한 움직임이군."

혈적현이 뒤돌아보자, 그의 머리카락이 휘날리며 그의 오른쪽 의안이 보였다. 그것은 피월려의 요구로 제갈토가 혈적현에게 준 인공 영안이었다. 그것은 혈적현의 왼쪽 눈과는 별개로 움직이며 피월려의 몸을 쉬지 않고 탐색했다.

혈적현이 왼쪽 눈을 가리키며 말했다.

"나는 인공 영안에 기계공학을 더했다. 이 자보(子寶)로 보지 못하는 것은 세상에 존재하지 않는다."

"……."

혈적현은 의수를 하늘 높이 들고 있었다. 다섯 손가락 사이사이가 살포시 열려, 그 위로 다섯 개의 반투명한 무영비(無影飛)가 혓바닥처럼 튀어나와 있었다.

그가 또 설명했다.

"또한 내 손가락에 장착된 무영비는 인보(寅寶)라 한다. 역시 기계공학을 더해 속도를 몇 배나 더 빠르게 했다."

"가문의 것도 마음대로 바꾸는가?"

피월려의 지적에 혈적현은 비릿한 미소를 지었다.

"비도혈문은 멸문했다, 피월려. 전 중원에 혈씨 성을 가진 사람은 나밖에 존재하지 않아. 그러니 내가 무영비와 무영사를 뭐라 칭하든 누가 뭐라 할 수 있겠느냐?"

"……."

혈적현은 왼손으로 든 용골을 앞으로 뻗으며 말을 이었다.

"이 진보(辰寶)까지 해서, 공방십이보 중 절반인 공방육보(工房六寶)로 널 상대해 주마. 다른 건 쓸 필요도 없이."

피월려는 진보를 바라보며 말했다.

"다시 말하지만, 누가 누구더러 자만에 차 있다는 건지 모르겠다."

혈적현은 작은 미소를 머금었다.

"이기면 자신(自信)이오, 지면 자만(自慢)이지. 그런 것 아니겠느냐? 결국 승부의 결과에 달려 있는 것."

"……."

"누가 자만한 것인지는 두고 보면 알 일."

혈적현은 의수를 앞으로 뻗었다. 그러자 다섯 개의 무영비,

아니, 인보가 눈으로 쫓을 수 없는 속도로 피월려에게 날아들었다. 전에 혈적현이 무공으로 펼치던 무영비의 속도를 능가하는 것으로 금강부동신법으로도 완전히 피해낼 수 없는 수준이었다.

피월려는 품에서 소소를 꺼내 들어, 그 속에 가공할 내력을 불어넣었다. 소소는 다른 재질이라면 이미 한계를 넘어 초진동으로 넘어갈 내력의 양을 머금고도 더욱 피월려의 내력을 탐했다. 때문에 쌓이고 또 쌓이는 내력으로 인해서 그 무게가 육십배를 상회하게 되었다.

탕! 타앙!

튕겨 나가는 인보를 보며 혈적현의 미간이 좁아졌다. 쏘아진 속도보다 더욱 빠른 속도로 튕겨 나가는 것을 보니, 피월려가 들고 있는 소소에 담긴 내력이 심상치 않다는 걸 깨달은 것이다.

피월려는 그렇게 다섯 개의 인보를 모두 떨쳐내고 즉시 금강부동신법을 펼쳐 혈적현에게 다가갔다. 혈적현은 의수의 손가락을 오므리며 무영사를 끌어당겼고, 이에 연결된 다섯 인보가 공중에 우두커니 서더니 다시 엄청난 속도로 피월려에게 날아들기 시작했다.

다만 그보다 피월려의 소소가 먼저 혈적현의 머리 위로 떨어지고 있었다.

역시 아슬아슬하게 빗나간 피월려의 소소는 아래로 떨어졌고, 거미줄 같은 형상을 만들어내며 바닥을 터뜨렸다. 마치 하늘에서 거대한 바윗덩이를 떨어뜨린 것 같은 충격이었다.

쉬이익.

금세 날아온 진보는 피월려의 사지와 머리를 노렸다. 피월려가 금강부동신법을 펼쳐 달아나려는데, 순간 누군가 그의 몸을 붙잡은 것처럼 움직일 수 없었다. 그가 내려다보니, 혈적현이 던진 진보가 언제부턴가 그의 가슴팍에 닿아 있었다.

퍽!

하나의 소리로 네 인보가 피월려의 사지에 박혀 들었다. 다행히 머리를 가까스로 숙인 터라 머리로 노리고 날아든 인보 하나는 그를 지나가 땅에 박혔다.

혈적현은 손가락을 활짝 편 의수를 피월려의 얼굴에 가져가며 말했다.

"금강부동신법은 발로 펼치는 보법이 아니지. 진보는 주변 대자연의 기의 비이상적인 움직임을 멈춘다. 만약 진보에 몸이 닿아 있다면, 그 닿은 몸의 모든 기의 운용까지도 멈추지. 그러니 진보가 몸에 닿은 채로, 금강부동신법을 펼치는 건 불가능해."

"……."

"우선 오보를 받아라."

끼릭!

의수의 손바닥 안쪽이 열리더니, 그곳에서 붉은색의 공이 반쯤 튀어나와 걸렸다. 그리고 그 뒤로 폭발이 일어나며 그것을 앞으로 밀어냈다.

쿠쾅!

사방으로 뿜어진 화염 속에서 피월려가 뒤로 던져졌다. 포물선을 그리며 날아간 피월려의 신형은 그대로 한구석에 처박혔다.

하지만 그는 곧 천천히 일어났다. 금강불괴의 놀라운 신체는 그 엄청난 피해를 입고도 거의 즉시라 할 만큼 몸을 회복했기 때문이다.

피월려는 가슴팍에 박혀 들어간 오보에 손가락을 집어넣어 억지로 빼내었다. 그 빛이 바래 거무칙칙한 붉은빛을 내고 있었는데, 피월려는 그 기운이 몸속에서 돌아다니고 있음을 느꼈다.

피월려는 생각했다.

인보는 그 전신(前身)이라 할 수 있는 무영비와 다르게 그 속에 내력이 없다. 그렇다면 어찌 금강불괴의 신체를 뚫을 수 있었을까? 그것은 바로 진보가 몸에 닿았기 때문에 일시적으로 금강불괴의 효과가 사라진 탓이다. 즉 진보가 몸에 닿지 않는 한, 혈적현에겐 유효한 공격 수단이 전무하다.

피월려는 흙먼지가 가득한 몸을 털며 말했다.

"용골에 내 몸이 닿지 않은 한 내 몸을 뚫을 수 없다는 걸 알았으니, 이제 다음은 없을 거다."

"흥. 과연 그럴까?"

피월려는 깊은 심호흡을 한 후 천천히 말했다.

"확실히 너와 무영비의 움직임은 중원에서 찾아볼 수 없을 만큼 빠르다. 입신에 올라 인간의 한계를 넘은 내 속도조차도 넘볼 만큼 빠르지. 하지만 그뿐이다. 기계공학은 속도만 있을 뿐 무공에서 말하는 쾌(快)와 변(變)이 없어."

"……."

"오로지 정해진 선으로만 움직인다면, 그것이 신속(神速)이라 할지라도 의미가 없다. 다시 말하면, 이후 움직임이 충분히 예상 가능한 신속은 그 의미를 상실한다. 그것을 모른다면 입신의 고수라도 패배할 수 있겠지만, 그것을 알게 된 이상 더 이상은 네게 아무런 수단도 없다."

"……."

"역시 끝까지 살수로군. 일격필살(一擊必殺)의 수법을 이격필살(二擊必殺)로 만든 네 패배다, 혈적현."

묵묵히 피월려의 승리 선언을 듣던 혈적현은 폭발을 일으키며 이곳저곳이 튀어나와 버린 의수를 매만졌다. 그러곤 품속에서 푸른 빛깔의 공, 사보를 꺼내 안에 넣으며 나지막하게 말했다.

"하나만 물어보지. 물체에 내력을 주입할 수 있는 최대치는 무게의 증폭이 서너 배 정도에 이르렀을 때야. 하지만 네가 가진 옥소는 그걸 한참 넘는 것 같은데?"

피월려는 소소의 안을 불어 속의 먼지를 털어내곤 대답했다.

"이것은 주작의 알인 빙정으로 만든 것. 껍질밖에 없지만, 양기를 탐하는 본성은 어디 가지 않지. 내 내력은 순수한 양기이기에, 한계점 없이 받는 것이다."

혈적현은 고개를 두어 차례 끄덕였다. 그러더니 땅에 떨어진 진보를 왼손으로 집어 들곤, 흙먼지가 가득한 머리카락을 의수로 쓸어내며 말했다.

"흐음, 그렇군. 해볼 만하겠어."

피월려는 한쪽 손을 앞으로 뻗으며 말했다.

"그 진보가 내 몸에 닿는 것이 유일한 공격 수단임을 알았고, 네가 가진 신속도 모두 간파했으니, 승패는 이미 결정 난 것이나 다름없다. 그러니 불필요한 싸움은 그만하자."

혈적현은 의수의 손가락을 하나씩 움직여 보며 말했다.

"말했다시피, 네놈이 겸손을 배울 때 이 싸움은 끝날 거다."

"……."

혈적현은 하늘을 올려다보며 나지막하게 말했다.

"피월려."

"왜?"

"무공은 불완전한 것이다."

"……."

"불가와 도가의 사상을 기반으로 하는 무공은 그 끝에 다다랐을 때, 부처가 되든지 신선이 되든지 하지. 역으로 주화입마에 걸리면 마성에 젖게 된다. 하지만 무슨 경우든 간에, 인성(人性)을 잃어버리는 건 매한가지. 강해지면 강해질수록 강해지려고 하는 이유가 사라져 버리는 거야. 그러니 허무함을 느끼고 타락하는 것이지."

"올라보지도 못하고 아는 척하는 건가?"

"너를 보면 알아."

"……."

"그 누구도 이룩하지 못한 경지에 오르고도 그 허무함에 몸부림치는 너를 보면 안다, 피월려."

"……."

"무로써 협을 이룬다. 좋은 말이지. 허나 그것은 불가능한 것이다. 무를 갈고닦으면 닦을수록 인성에서 멀어져 결국 협에서 아무런 의미를 찾지 못한다. 입신에 들어 조화경의 고수가 된다 한들 마찬가지. 허무함에 시달리면서 협을 쫓다 보면, 그것은 또 그것대로 타락의 기초가 되지."

혈적현은 하늘에서 피월려에게 시선을 옮겼다.

피월려는 나지막하게 물었다.

"내가 어떻게 하면 같이 가줄 거냐?"

혈적현은 대답했다.

"넌 이미 그 답을 알고 있어."

"……."

"모르는 척하지 마라."

피월려는 눈을 감아버리곤 말했다.

"죽어도 날 원망치 마라."

혈적현은 한쪽 입꼬리를 올렸다.

"해봐."

그 순간 피월려의 신형이 화살처럼 쏘아졌다.

혈적현은 움직이지 않았다. 대신 검지로 피월려를 가리켰다.

피융―!

발사된 인보는 소소에 의해 튕겨졌다.

혈적현은 차례대로 손가락을 펼쳤다.

피융―!

피융―!

두 개의 인보가 피월려를 향해 연속적으로 쏘아졌다. 혈적현은 그런 식으로 나머지 인보도 쏘아 보내려 했지만, 너무나 쉽게 인보를 쳐내고 달려든 피월려가 예상보다 훨씬 빠르게 코앞에 보이자, 묘보를 이용해 뒤로 훌쩍 뛰었다.

하지만 이를 미리 예상한 피월려는 혈적현을 공격도 하지 않고, 그대로 그가 착지할 지점까지 움직였다. 그리고 막 떨어지는 그의 다리를 향해 소소를 휘둘렀다.

캉―!

기계공학으로 재련된 강력한 재질로 이루어진 묘보는 순간 소소의 힘을 견디는 듯 보였다. 하지만 제아무리 강력한 물질이라고 하나, 내력이 담긴 것을 이길 수는 없기에, 그대로 깨지면서 박살이 났다.

혈적현은 손가락 하나를 들어 인보로 피월려의 미간을 노렸다.

피융―!

피월려는 그것을 보지도 않고 고개를 살짝 뒤트는 것으로 피했다. 인보의 움직임에 완전히 적응한 것이다.

혈적현은 아직 묘보가 작동하는 다른 발로 땅을 짚고 다시 뛰었다. 그러나 그보다 이미 먼저 튀어 오른 피월려가 공중에서 그를 기다리고 있었다.

캉―!

남은 쪽 묘보도 소소에 맞아 산산조각이 났다.

혈적현은 이번에도 손가락을 들어 마지막 인보를 쏘았다.

피융―!

그것이 피월려의 인중에 박혀 들어가기 직전, 이미 그 앞에서 기다리고 있던 피월려의 왼손에 의해 잡혔다.

"……."

"……."

그렇게 공중에서 땅에 떨어질 때까지 피월려와 혈적현은 서로를 바라보고만 있었다.

탁.

혈적현은 떠올랐던 높이를 이기지 못해 땅에 주저앉았다. 피월려는 천천히 그에게 다가오며 말했다.

"이젠 뭐가 남았지? 네 팔에 장착한 사보를 어떻게 내 몸에 주입할 생각인가? 어떻게 내 몸에 진보를 닿게 만들 생각이지? 이제 넌 공방십이보 중 다른 절반을 사용해야 할 것이다."

혈적현은 기침을 한 번 하곤 옆을 돌아보며 가래를 뱉었다.

"퉤. 나머지는 아직 못 만들었다. 내 밑천은 여기서 끝이야."

"……."

어이없어하는 피월려의 표정을 본 혈적현은 비릿한 미소를 지었다.

"한순간이나마 나를 대등하다고 생각하지 않았나? 부정하지 못할걸?"

피월려는 작은 코웃음을 치더니 나지막하게 말했다.

"혈적현."

"왜?"

"나와 함께 가자."

"날 죽여야 할 거다."

"함께 가자."

"죽여."

"……."

"네가 이룩한 무로 남이 아닌 네가 원하는 바를 이뤄라, 피월려. 더 이상 휘둘리지 말고."

혈적현의 눈빛을 본 피월려는 절대로 그를 설득할 수 없다는 걸 깨달았다.

피월려는 소소를 하늘 높이 들며 말했다.

"넌 내겐 둘도 없는 친우였다."

혈적현은 진보를 품으로 가져가며 피월려에게 말했다.

"진보를 품에 넣을 테니, 마지막은 심검으로 해주었으면 좋겠군."

피월려는 딱한 시선으로 혈적현을 내려다보다가 이내 눈을 감으며 고개를 끄덕였다.

그 순간을 노린 혈적현은 양손으로 진보를 부러뜨렸다.

즉시 진보의 효과는 사라져 버렸고, 대자연의 기가 움직이기 시작했다.

피월려의 소소에 무형검리가 덧씌워졌다.

그 순간 피월려의 몸이 굳어버렸고 동시에 소소에 금이 갔다.

"쿨컥!"

피월려는 입으로 피를 토했다.

뿐만 아니라 눈과 코, 귀에서도 핏물이 흘러나왔다.

그는 소소를 휘두르기 위해서 안간힘을 썼지만 몸이 말이 듣지 않았다.

혈적현의 코앞에서 피월려는 몸을 부들부들 떨더니, 그대로 앞으로 무릎을 꿇었다.

쿵.

혈적현은 여유롭게 미소를 짓더니, 피월려에게 얼굴을 가져갔다.

"네가 아무리 입신에 올랐다 하나, 이기(理氣)의 원리에 대해선 날 따라올 수 없지."

"쿨컥. 그, 그런."

"네가 가진 심검은 무단전과 외내공을 기반으로 하여 대자연의 기를 흡수함과 동시에 그대로 사용함으로써 네 심상이 현실에 나타나는 결과다. 그 통로 역할을 하는 것이 네 옥소이고."

"커억. 컥."

"그것에 내력을 집어넣는다? 그러면 그 통로를 막는 것과 진배없지. 마공이 방해하면 심검이 나타나지 못하는 이유를 역으로 이용한 것이다. 한계를 까마득하게 넘을 정도로 내력을 불어넣었으니, 그만큼 네 몸이 작살나는 건 당연지사."

"크흠."

"네게 이기(理氣)의 원리를 가르친 것이 나라는 걸 잊었느냐, 피월려?"

피월려는 입을 닦으며, 말했다.

"그랬었지."

혈적현은 이마의 땀을 훔치더니 의수에서 사보를 꺼냈다.

그는 왼손으로 그 푸른 공을 만지작거리며 말했다.

"후우. 신이 된 듯 마냥 굴더니 참으로 꼴이 좋다. 내가 말했지 않느냐? 내 앞에서 무릎을 꿇게 만들어주겠다고."

피월려는 고개를 젖히고 웃으며 금이 간 소소를 놓았다.

"큭. 크하하. 하하하! 크하하!"

그의 몸은 급속도로 기운을 되찾으며 모든 부분이 치유되기 시작했다.

혈적현은 피월려의 몸을 슬쩍 보곤 말했다.

"벌써 치유가 시작되었나? 괜히 환골탈태한 몸이 아니군."

피월려는 속에서 치미는 것을 모아 입으로 뱉어냈다. 시꺼멓게 죽은피는 피월려의 몸에 가득 찬 독기를 모두 품고 그대로 그의 밖으로 나왔다.

그는 다시금 입가를 닦더니 일어나며 말했다.

"사보를 내 몸에 넣어 합마폭살을 이끌어야 하지 않나?"

혈적현은 푸른색 공을 이리저리 바라보며 모든 것을 초월한 듯 말했다.

"무릎을 꿇린다는 약조도 지켰고, 소소를 부러뜨려 심검도 없애 미내로의 계획도 저지했으며 무엇보다 그녀에게 휘둘리고 있는 널 막았으니, 어차피 나는 내가 원하는 것을 모두 이루었다."

피월려는 땅에 떨어진 소소를 보았다. 소소에는 금이 가 있었는데, 그것은 단순히 내력의 충돌 때문만 아니라, 혈적현이 피월려의 몸에 주입한 양화의 영향으로 인한 것이 컸다.

피월려가 그것을 주워 들었는데, 그 위에 마땅히 씌워져야 할 무형검리는 생성되지 않았다.

순간 얼굴이 굳은 피월려는 놀랍도록 냉정한 목소리로 말했다.

"넌 방금 린 매를 죽인 거다."

혈적현이 나지막하게 말했다.

"시화마제는 이미 죽은 사람이다, 피월려."

"……."

"놔줘라, 이제."

"……."

"놔줘."

"……."

"더 붙잡아서 뭐 하게?"

"……."

"그녀가 살아 있다는 것도 귀목선자가 말한 거 아니냐? 그걸 곧이곧대로 믿나?"

"……."

"아니. 그저 네가 믿고 싶은 거지."

"……."

"그렇지 않나?"

"……."

"현 시화마제는 그녀가 남긴 흔적일 뿐이야."

"……."

"그 흔적 때문에 네가 이용당하는 건 친우로서 봐줄 수 없다. 그러나 네가 내 말을 듣지 않으니 이럴 수밖에."

"……."

"나는 내 최선을 다해 내 협을 지켰다. 내가 옳다고 하는 길을 걸었어. 너도 그렇게 해라, 피월려. 내 말을 받아들일 수 없다면, 아까도 말했듯 그냥 나를 죽여."

혈적현은 그렇게 말한 뒤 천천히 눈을 감았다. 그것은 어떠한 종류의 죽음도 모두 받아들이겠다는 의미였다.

하지만 아무리 기다려도 피월려는 묵묵부답이었다.

얼마나 시간이 지났을까?

혈적현은 다시 눈을 뜨지 않을 수 없었다. 그가 보니, 피월려는 담담한 표정으로 솔진에게 오라고 손짓하고 있었다.

피월려가 말했다.

"넌 확실히 하나는 했어."

"뭐?"

"겸손. 그것을 배웠다. 무공으로 입신이 되었다 한들 모든 것에서 무적이 된 것은 아니지. 정면 돌파만이 답은 아니야. 이젠 그것을 미내로에게 가르쳐 줄 시간이군."

"무슨 의미지? 날 죽이지 않을 텐가?"

"환골탈태 이후 나는 어머니의 묘에 갔다. 그리고 모든 것을 깨닫게 되었지. 널 죽이지 않아, 적현. 네 말대로 모든 것을 가지고 내 협을 이루겠다."

막 다가온 솔진 때문에 대화는 끊겼다. 피월려는 솔진을 돌아보며 물었다.

"혹 미내로의 귀를 속이고, 그녀의 주변에 있는 사람에게 전음을 보낼 수 있는 술법이 있소? 그녀는 상당히 지쳐 있는 상태이오."

솔진은 피월려의 질문에 의문이 들었지만, 우선 대답을 하였다.

"있긴 있소. 하지만 지쳐 있다는 것을 고려해도 고작해야 몇 마디가 전부일 것이오."

피월려는 미소 지었다.

"그거면 충분하지."

"무슨 말을 하는 거……."

피월려는 혈적현의 말을 끊곤, 혈적현과 솔진의 어깨에 손을 올려 그대로 신족통을 펼쳤다.

*　　　*　　　*

세 사람은 천마신교 낙양본부의 교주전에 도착했다. 피월려는 양손에 정신을 잃은 솔진과 혈적현을 들고 있었다.

그곳은 몇 시진 전 피월려가 떠날 때와 비슷한 상황이었다. 미내로는 의자에 여유롭게 앉아 있었고, 공중에 매달린 진설린의 배는 당장에라도 출산할 듯, 더욱 부풀어 올라 있었다. 나지오는 팔짱을 낀 채로 문밖에 떠 있는 달을 하염없이 바라보고 있었고, 제갈극은 지친 기색으로 한쪽에 기대고 앉아 있었다. 제갈극의 옆에는 강시가 된 원설이 그의 목에 칼을 대고 있었고, 악누는 미내로의 맞은편에 앉은 채로 꾸벅꾸벅 졸고 있었다.

피월려는 기절한 혈적현과 솔진을 차례대로 바닥에 내려놓았고, 그 모습을 본 미내로가 말했다.

"왔군. 결정은 했나?"

그녀의 목소리에 모두 피월려를 돌아보았다. 잠에서 깨어난 악누는 하품을 하더니 그 자리에서 일어나 한쪽으로 걸어갔다.

"비켜주마."

피월려는 살짝 고개를 끄덕이더니, 악누가 앉았던 곳에 자리했다. 그는 전에 은은하게 깔려 있던 안개가 모두 걷힌 것을 보곤 말했다.

"기다리게 해서 미안하오."

미내로는 피월려의 뒤쪽으로 혈적현과 솔진을 한번 흘겨보더니 말했다.

"그래서 어떤 결정을 내렸지?"

"어르신의 말을 따르도록 하겠소."

미내로는 다리를 한번 꼬더니, 날카로운 눈초리로 피월려를 노려보곤 말했다.

"미안하지만 한 가지 변경 사항이 있다."

"무엇이오?"

"내 방금 듣기로는, 네게 내력이 없다 하여 네 심검이 사라지는 것이 아니라 하는데 사실이냐?"

피월려는 고개를 돌려 악누를 보았고, 악누는 광기 서린 미소를 지어 보였다.

피월려가 다시 미내로에게 고개를 돌려 말했다.

"사실이오."

"그러면 먼저 주작에게 네 기운을 모두 전가한 뒤에도 심검을 쓸 수 있겠지?"

피월려는 순순히 대답했다.

"가능할 것이오. 무형검리는 입신에 오르기 전에도 가능했었으니."

미내로는 작은 미소를 지으며 말했다.

"그렇다면 주작에게 먼저 네 기운을 전가해라."

"……."

"나도 너를 완전히 믿을 수 없다. 황룡을 죽이고 네가 어찌 나올지 모르니까."

"주작을 되살리는 것은 린 매를 다시 부활시키기 위해서 꼭 필요한 일인데 왜 내가 그런 멍청한 짓을 하겠소?"

"지난 네 시진 동안 네가 무슨 계획을 세웠는지 모르지."

"……."

"다시 말하지만, 사방신과 나의 맹세는 지켜진다. 네 목적과 나의 목적은 서로 엇갈리지 않아. 그러니, 다른 꿍꿍이가 없다면 먼저 네 내력을 주작에게 전가한다 한들 달라지는 것은 없을 것이다."

그때, 나지오가 태극지혈을 빼 들었다.

"이야기가 달라지면 안 되지, 할망구? 피월려. 네가 어떻게 받아들일지 모르겠지만, 시화마제는 이미 죽은 거야. 그것을 인정해. 그리고 지금이라도 나와 함께 할망구를 합공하자."

피월려는 손을 들어 나지오를 제지했다.

"나 선배."

"오냐."

"끝까지 내 의견에 따라줄 것이오?"

"그래. 그렇게 하기로 마음먹었다. 네가 무슨 선택을 하든 이 상황에선 마도천하가 되긴 힘드니까."

"그러면 나는 린 매를 살리는 쪽으로 하겠소. 그것을 통해서 나 선배의 목적도 이뤄지는 것 아니오?"

"……."

"이해해 주시오."

나지오는 땅이 꺼져라 한숨을 내쉬더니 다시 팔짱을 끼었다.

"하아. 못난 놈. 난 내가 짊어진 무게 때문에 내 협을 포기할 순 없다. 하지만 그 외적인 부분에선 네 선택에 전적으로 지지하마. 네가 마음이 바뀌어 할망구를 죽이려 한다면 모든 위험을 감수하고 언제든지 합공하겠다."

나지오는 다시 몸을 돌려 밤하늘의 달을 바라보았다. 그의 두 눈에는 말로 형용할 수 없는 회의감이 가득했다.

피월려가 미내로에게 말했다.

"좋소. 그렇게 하겠소."

미내로는 한쪽 입꼬리를 올린 뒤, 진설린이 매달린 곳 아래를 가리키며 말했다.

"우선 저쪽으로 가라. 가면 주작의 새끼가 있을 것이다. 네가 가진 양기를 모두 전가해. 그 이후, 심검으로 황룡을 죽이도록 하지."

피월려가 고개를 끄덕인 뒤, 그쪽으로 가자 투명했던 아루타의 모습이 점차 색과 형상을 갖추기 시작했다. 그가 완전히 다가갔을 즈음에는 아루타는 완전한 모습을 되찾았다.

아루타가 피월려를 올려다보았다.

입을 뻐끔거렸으나 들리는 말은 없었다.

피월려는 천천히 손을 가져가 아루타의 머리와 몸통에 양손을 올렸다.

구구궁!

거대한 기의 흐름이 교주전을 짓누르기 시작했다. 그곳에 존재하던 모든 이는 그 기운에 눌려 몸을 한 번 휘청거렸는데, 그것은 실질적인 무게가 아니라 기감상의 무게로, 오로지 살아 있는 것만이 느낄 수 있는 종류의 것이었다.

피월려의 몸에선 진득한 양기가 뭉치고 또 뭉쳐 형성화되어 뿜어졌다. 붉은 안개 같기도 하고 물 같기도 한 그것이 그의 온몸에서 서서히 피어올랐는데, 곧 한 가지 방향성을 가지고 움직이더니 아루타의 몸에 점차 흡수되기 시작했다.

가공할 속도로 그의 몸속에 존재하는 모든 양기가 아루타에게 전가되기 시작했다. 아루타의 몸은 서서히 여우의 형상에서 점차 아름다운 여인의 형상으로 변하기 시작했고, 곧 그 기운이 뭉쳐 여인의 형상과 붉은색 비단옷까지도 만들어냈다.

그렇게 피월려의 전신에서 한 방울의 기운도 남아 있지 않게 되자, 짓누르던 기운이 눈 깜짝할 새 사라졌다. 동시에 피월려의 몸이 급속도로 노화하여 얼굴에 주름이 가득해졌고, 눈빛이 탁해졌다.

여인으로 변한 아루타는 서서히 반투명하게 변해 완전히 종적을 감추었고, 피월려는 독경지천에서 얻었던 모든 양기와 그로 인한 젊음까지도 모두 잃었다.

늙은 피월려는 지친 기색으로 미내로를 돌아봤고, 미내로는 그 모습을 흡족하다는 표정으로 보곤 말했다.

"어리석은 것. 그리 배신을 당하고도 사랑에 눈이 멀어 또다시 적을 믿느냐?"

"……."

미내로는 나지오를 돌아보더니 말했다.

"나지오, 말했던 것처럼 네가 내게 돌격하는 즉시 원설은 제갈극을 죽일 것이다. 그리고 제갈극을 구하려 원설에게 돌격한다면, 그 시간 동안 마법을 영창하여 내가 널 죽일 것이고. 너 또한 어리석은 생각은 하지 마라."

나지오는 팔짱을 끼었다.

"무슨 꿍꿍이지, 할망구?"

미내로는 사악한 미소를 짓고는 앞으로 손을 뻗었다.

그러자 그 즉시 지팡이 하나가 생겨났다. 그와 동시에 피월려는 제갈극 쪽으로 손가락 하나를 뻗었다.

미내로가 큰 소리로 외쳤다.

"파워—워드 킬(Power—word Kill)!"

죽음이 지팡이에서 뿜어져 피월려에게 도달했다.

"……."

피월려는 태연히 품속에서 소소를 꺼냈고, 그 모습을 보던 미내로의 얼굴은 더 이상 구겨질 수 없을 만큼 구겨졌다.

피월려가 말했다.

"나를 죽여 강시로 삼고 심검까지 얻고 싶었소?"

피월려는 미내로에게 소소를 던졌다.

미내로는 얼떨결에 소소를 받았는데, 그것에는 자잘한 금이 가 있었다.

"어, 어떻게… 그보다 심검은? 심검은!"

피월려가 천천히 그녀에게 걸어갔다. 늙은 몸의 걸음은 느렸지만, 눈빛만큼은 깊이 빛났다.

"환골탈태할 당시, 나는 내 본래 몸을 되찾았소, 미내로. 역혈지체도 백호의 심장도 없는 지금의 나는 어머니로부터 받은 신체 본연의 모습이오."

미내로는 도저히 믿을 수 없다는 듯이 피월려를 보다가 곧 입을 딱 벌리며 한 단어를 내뱉었다.

"스파르토이(Spartoi)!"

"그렇소. 용아지체지."

미내로는 급히 고개를 돌리며 나지오 쪽을 보았다.

"저, 저자를 막아라. 그렇지 않으면……."

나지오는 막 강시가 된 원설의 목을 베며 말했다.

"않으면?"

"……."

원설의 몸이 풀썩 주저앉았고, 제갈극은 칼을 대고 있었던 목 부위에 한번 손을 쓸었다.

당황한 미내로는 다시 피월려 쪽으로 고개를 돌렸는데, 그녀의 시야를 가득 채운 것은 피월려의 발뿐이었다.

퍼억!

미내로는 그대로 뒤로 꼬꾸라졌다.

그녀는 피가 뿜어지는 코를 부여잡고는 지팡이를 피월려에게 뻗으며 절규하듯 외쳤다.

"파워—워드 킬(Power—word Kill)! 파워—워드 킬(Power—word Kill)! 파워—워……."

퍼억!

피월려의 주먹질에 미내로는 다시 한번 땅에 내팽개쳐졌다.

그는 천천히 미내로에게 다가갔고, 미내로는 지팡이를 앞으로 휘적휘적거리며 마구잡이로 발을 움직여 뒤로 물러났다. 하지만 곧 벽에 닿은 그녀는 더 이상 도망칠 곳이 없다는 것을 깨달았다.

"루, 루밍(Rooming)!"

그녀의 외침은 허무하게 사라져 버렸다. 그녀는 마나가 흡수되어 버린 곳을 바라보았고, 그곳에는 양손의 손가락을 기이한 형태로 꺾고 있는 제갈극이 그녀를 노려보고 있었다.

미내로의 얼굴은 절망으로 물들었다.

어느새 그녀에게 가까이 다가온 피월려가 말했다.

"만약 나를 죽이려 하지 않았다면, 좋게 끝났을 수도 있었을 것이오. 그 외에 개인적은 원한은 없소."

"자, 잠시. 기다려라. 한 가지 제안… 커억."

그녀의 입속으로 한번 들어간 발은 이를 모조리 부쉈고, 턱까지도 아작 냈다. 용아지체의 강력한 근력은 노쇠한 피월려의 신체를 통해서도 잘 나타났다.

퍽.

퍽.

퍼억.

세 번쯤 주먹을 내려쳤을까, 미내로의 몸이 부르르 떨리며 결국 지팡이를 놓쳤다.

피월려는 자리에서 천천히 일어나, 뒤를 돌아보았다.

악누가 막 공중에서 떨어지는 진설린을 양손으로 받았다. 그녀는 황룡검과 태극지혈을 마치 한 몸인 것처럼 양손에 붙들고 있었다. 악누는 피월려를 보며 짧은 감상평을 내놓았다.

"감히 본좌에게 심계를 걸라 하여 마음이 언짢았지만, 썩 볼 만한 광경을 보여줬으니 마음을 푸마."

피월려는 조용히 포권을 취했다.

"감사드립니다. 진설린은 눕혀주십시오."

악누가 진설린을 내려놓는데, 나지오가 피월려에게 물었다.

"신호하면 원설을 공격하라는 전음을 들었지. 어떻게 된 일이야?"

피월려는 숨을 고르며 천천히 말했다.

"상생(相生)은 곧 목생화(木生火), 화생토(火生土), 토생금(土生金), 금생수(金生水), 수생목(水生木)을 말한다. 상극(相剋)은 곧 목극토(木剋土), 토극수(土剋水), 수극화(水剋火), 화극금(火剋金), 금극목(金剋木)을 말한다."

"갑자기 무슨 말이야? 오행?"

피월려는 형용할 수 없는 감정이 섞인 눈빛으로 진설린을 바라보며 중얼거렸다.

"스승님과 어머니는 모두 조씨로, 같은 성이오. 환골탈태를 할 당시 내 본래 몸이 주작의 양기를 제외한 모든 기를 거부한다는 점 때문에 처음 의심하게 되었소."

"……."

"어렸을 적, 백호의 심장을 먹기 전까지 무림에서 아주 활동하지 않은 것은 아니오. 대략 삼 년을 있었지. 어린 나이에도 천성적으로 힘이 좋아 검동 노릇만 했소. 그동안 다른 무인들에게 어깨너머로 내공을 배운 적이 있었소. 하지만 아무리 홀로 노력해도 도저히 내력이 쌓이지 않았소. 스스로 재능이 없다 여겨 내공 익히기를 게을리했고, 결국 내공을 멸시하기 이르렀소."

"……."

"이후 백호의 심장을 먹어 금극목(金剋木)으로 인해 용성(龍性)을 잃었소. 스승님은 내게 용안을 주어 용성의 일부를 되찾게 하였소. 하지만 역혈지체를 이루고 나니, 반수극목(反水剋木)으로 인해 그 역시도 억제되어 내력을 쌓을 수 있었소. 그렇기에 용안심공과 극양혈마공이 반목한 것이오. 극양혈마공이 극성을 부릴수록 용성이 억제되고 용안심공은 제대로 펼쳐지지 않았지. 이에 금강부동심법으로 둘을 갈라놓았던 것이오."

"……."

"입신에 이를 때, 용아지체로 주작의 양기를 쌓을 수 있었던 것은 목생화(木生火) 원리지. 이를 이용하여 극양혈마공으로 양기를 변질시켜, 역혈지체와 유사한 형태로 마선공을 이룩한 것이오. 그것을 완전히 잃었으니, 백호의 심장조차 없는 이 몸에서 용성이 완전히 되살아나는 것은 당연지사. 때문에 마법이

통하지 않은 것이오."

나지오는 피떡이 된 미내로를 흘겨보며 말했다.

"심계로 미내로를 상대한 이유가 있었군. 그래도 다 같이 협공하는 것도 나쁘진 않았을 거야."

피월려는 살짝 웃으며 말했다.

"누군가 내게 겸손에 대해 가르침을 주지 않았다면 그랬을 것이오. 하지만 미내로에게 방심을 이끌어내지 않았다면 누군가 한 사람은 죽었을지도 모르는 일이오. 그렇게 되었다면, 황룡을 다시 봉인하는 데 차질이 생길 가능성이 크오."

"봉인? 죽이는 것이 아니라?"

피월려는 혈적현과 솔진에게 다가가 그들을 깨웠다. 혈적현은 정신을 차린 뒤, 상황을 확인하곤 말했다.

"계획대로 된 것이냐?"

"그래."

혈적현은 미내로를 보더니 말했다.

"다행이군. 깔끔하게 보냈어."

"네 가르침이 없었다면 불가능했을 것이다. 고맙다."

"심검을 부순 건 나다. 내 책임이야."

"아니, 심검으로 황룡을 죽인다면 이계의 벽이 뚫린다. 어차피 황룡을 봉인하는 데 심검은 쓰지 않아."

"……."

피월려는 천천히 일어났다. 그러곤 배가 부풀어 오른 진설린을 들고 교주전 중앙에 놓인 상 위에 올려놓았다. 모두 모이자 그가 말했다.

"내가 잃어버린 선천지기와 극양혈마공의 기운은 린 매가 가지고 있소. 미내로는 그것을 통해 반수극반화(反水剋反火)의 묘리로 천음지체를 억제함과 동시에 그 성질만을 이용하여 양기를 모았지. 이는 천음지체가 가진 반화(反火)의 기운이 황룡의 부활에 필요한 토(土)를 상극하기 때문이오."

"……."

모두 침묵하는 사이 피월려가 설명을 이었다.

"그를 위해선 우선적으로 린 매가 가진 마공을 완전히 없애 천음지체를 일깨워야 하오. 그것은 신물전주께서 린 매에게 붙은 신물을 뽑아내어 내게 주는 것으로 해결할 수 있을 것이오. 애초에 내가 가진 신물이 린 매에게 옮겨지며 일어난 것이니, 그것으로 가능케 될 것이오."

솔진이 잠시 생각하더니 말했다.

"심검마선께서 폭주하던 당시에 뽑힌 것으로 아는데, 그 광포한 기운을 다시 되돌린다면 심검마선이 다시 폭주하지 않겠소?"

피월려가 담담하게 말했다.

"입신에 올라 기의 운용에 대해 깨닫는 것이 많았소. 그래도 만약 마기를 억제하는 데 실패한다면, 그땐, 나 선배에게 맡기겠소."

"……"

나지오는 말없이 피월려를 보았고, 피월려도 말없이 나지오를 보았다.

한참을 바라보기만 하던 나지오가 고개를 끄덕이자, 피월려는 악누를 돌아보았다.

"그 와중에 악누 어르신께선 신살로 금극목(金剋木)의 묘리를 이용하여 제 용성을 죽여주셔야 합니다. 그렇게 해야만 제가 극양혈마공으로 다시 역혈지체를 이룩하여 신물을 받을 수 있습니다."

악누는 팔짱을 끼며 말했다.

"해보마."

피월려는 제갈극에게 말했다.

"린 매에게 미내로가 걸어놓았을 혹시 모를 마법은 제갈극 어르신께 모두 맡기겠소. 진행 과정 도중 보이는 모든 마법을 상쇄시켜 주시오."

제갈극은 침을 한 번 꼴깍 삼키더니 고개를 끄덕였다.

"장담할 순 없지만, 나도 해보겠느니라."

그때 나지오가 나지막한 목소리로 말했다.

"피월려."

"……"

"그런 식으로라면 천음지체인 진설린의 몸으로 황룡을 봉인한다는 뜻이겠지. 그러면 그녀의 몸은 언제나 중원을 위협할 위험 요소가 된다."

피월려는 단호하게 말했다.

"지킬 것이오. 누구에게서도."

"……"

"그것이 내 협이오."

나지오가 말했다.

"네가 만약 폭주를 견디지 못한다면, 혹은 이후에도 네 길이 어긋난다면……"

피월려가 나지오의 말을 잘랐다.

"잘못된 나를 베어 넘기고, 천서휘의 시신을 매장하며 숨기신 용골검으로 린 매의 배를 갈라 황룡을 죽이시오. 목극토(木剋土)의 원리를 극대화하는 방법을 찾으신다면 가능할 수도 있소."

나지오는 피월려의 눈을 마주치지 못하고 시선을 돌렸다.

"알고 있었냐?"

"천마신교로 인해 중원이 어지럽게 되는 것이 염려스럽다면 밖에서 견제하지 마시고 천마신교에 부교주로 남아 내부를 살펴주시오. 그를 위해서, 최후의 수단인 용골검은 나 선배께서 계속 맡아주시고. 진정한 마목(魔目)은 나 선배께서 직접 해주셔야 하오."

"……"

"나 선배께서 내 협을 이해해 주었으니, 나 또한 나 선배의 협을 이해하겠소."

나지오는 착잡한 눈빛으로 피월려를 보다가 말했다.

"모든 것이 성공한다 할지라도, 너는 입신의 경지를 잃을 거야."

피월려는 힘없는 미소를 지었다.

"이루고자 하는 협이 없다면, 입신의 무위가 무엇에 소용 있겠소? 그저 지독히 허무할 뿐이오."

"……"

"……"

정적이 흘렀다.

나지오는 천천히 고개를 한 번 끄덕였다.

"좋다. 네가 날 믿은 것처럼 나도 널 믿으마."

피월려가 각오를 다지고 고개를 한 번 끄덕이자, 아무것도 할 것이 없던 혈적현이 뜬금없이 말했다.

"그런데 말이다. 시화마제가 가진 네 기운을 어찌 흡수할 생각이냐? 극양혈마공을 이용한다면, 혹시 우리들 앞에서 음양합일을 할 생각은 아니지?"

"……."

"……."

다들 입이 살포시 벌어지는데 피월려는 작게 미소 짓고는 진설린의 배에 손을 올렸다.

그러곤 말했다.

"아까도 말했지만 입신에 올라 기의 운용에 대해선 도가 텄다."

피월려는 눈을 감고 고개를 숙였다.

피월려의 입술과 진설린의 입술을 닿았다.

그러자 절대로 떨어질 것 같지 않았던 황룡검과 태극지혈이 진설린의 양손에서 스르르 미끄러지듯 땅에 떨어졌고, 그녀의 몸에서 묘한 기의 변화가 생기기 시작했다. 솔진, 악누, 나지오, 제갈극의 얼굴이 굳고 그들은 각자 맡은 역할에 집중하기 시작했다. 이를 천천히 지켜보던 혈적현은 서서히 고개를 들어 하늘 위에 떠 있던 주작을 올려다보았다.

주작은 혈적현이 자신을 볼 수 있다는 사실에 놀라 물었다.

[내가 보이는구나?]

혈적현은 피식 웃더니 말했다.

"신에게도 이 광경은 신기한가 보군. 위에서 구경하고 있는 걸 보니. 크하하."

그가 광소하는 도중, 문득 그의 눈에 금이 간 소소가 보였다.

혈적현은 웃음을 멈추고 그것에 다가가 집어 들고는 이리저리 살펴보다가 조용히 중얼거렸다.

"내 책임은 내가 지어야겠지."

그는 소소를 품속에 갈무리했다.

* * *

"그래서 어떻게 된 것이오, 피 장로?"

피월려는 말없이 웃으며 차를 한 모금 마셨다.

패천후는 답답하다는 듯 자기 가슴을 탕탕 내려치며 말을 이었다.

"아니, 내가 피 장로의 식구도 매달 챙겨주고 있는데, 정말 나한테 이러기요?"

피월려는 찻잔을 내려놓더니 말했다.

"전부 다 말해주면 재미없지 않소?"

"……."

"내가 알려준 정보와 여기저기서 알아보신 정보들을 조합하여 충분히 유추할 수 있다고 보오."

패천후는 기가 막힌다는 듯 고개를 흔들거리며 언짢음을 표현했다.

"참 나! 몇 년 못 본 사이에 젊어진 것이 외형뿐인 줄 알았다만, 이제 보니 정신까지도 젊어지신 듯하오. 아니, 어려졌소! 이계의 세력이고, 청룡궁이고, 혈교고, 그동안 전 중원을 통일하셨으면서 성숙해지기는커녕 장난기만 늘은 것이오?"

그와 동시에 그의 주변에서 세 미녀가 동시에 볼을 부풀리며 피월려를 노려보았다.

피월려가 물었다.

"정말 모르시겠소?"

패천후는 손날을 눈앞에서 휘적거리며 말했다.

"이곳에 온 지 칠 주야를 훌쩍 넘겨서 이제 곧 보름이 될 것이오. 내가 그동안 이 드넓은 낙양본부를 빨빨거리고 돌아다니면서, 몇 년 전 그 일에 대해 알 만한 사람한텐 모두 찾아갔소. 하지만 하나같이 그 자리에서 다 같이 함구하기로 모두 동의했다고 하지 않소? 피 장로는 그때 정신을 잃었다고 했으니, 그 약조에 참여하지 않았을 거 아니오? 내 말이 틀리오?"

"확실히 그 일에 대해서 정확히 아는 사람 중 그것을 말하지 않기로 약조하지 않은 사람은 나뿐이지."

패천후는 상을 작게 내려치며 앞으로 몸을 크게 기울였다.

"아 글쎄! 그러니까 말이오. 나한테 좀 이야기해 주면 안 되겠소? 정말 궁금해 미치겠단 말이오."

피월려는 다시 작은 미소를 짓더니 말했다.

"내가 몇 가지 실마리를 주겠소. 그건 어떻소?"

패천후와 세 미녀는 동시에 고개를 끄덕였다.

초롱초롱한 그들의 눈을 본 피월려는 다시 말을 이었다.

"그날, 황룡은 다시 봉인되었고, 귀목선자는 죽었고, 주작은 부활하였으며, 나는 마선공을 잃어 무한한 내력을 쓸 수 없게 되었소. 다시 극양혈마공을 익힌 역혈지체가 되었지."

패천후와 세 미녀는 눈을 빛내며 피월려를 보았는데, 피월려는 도통 더 말을 하지 않았다. 그러자 패천후의 눈빛이 점차 빛을 잃어가더니 곧 썩은 것처럼 변했다.

"그게 끝이오?"

"이거면 충분하지 않소?"

패천후는 어이없다는 표정을 지었고, 세 미녀는 사기라도 당했다는 듯 억울한 표정을 지었다.

패천후가 말했다.

"더! 더 알려주시오, 장로!"

"상단주의 지혜라면 이 정도로도 충분히 모든 것을 파악하실 수 있으리라 믿소."

"……."

"보름달이 떴으니, 나는 이만 내 마공을 다스리러 가야 하오. 아쉽지만 오늘 술자리는 여기까지 하지."

피월려가 자리에서 일어날 때까지 패천후는 자기 생각에 빠져 그가 나가려는 것을 느끼지 못했다. 그러다가 피월려가 문을 열자, 그 소리를 듣고 상념에서 깨어났다.

"오 일! 오 일 뒤까지 내가 알아내지 못하면 그땐 실마리를 더 주시오, 장로!"

다급하게 말하는 패천후를 보며 피월려는 포권을 취했다.

"꼭 그렇게 하겠소. 쉬시오, 상단주."

문이 닫히자, 패천후는 세 미녀와 즉시 논쟁을 벌이기 시작했다.

피월려는 그렇게 술자리를 떠나 천천히 낙양본부의 밤길을 걷기 시작했다.

그의 목적지는 보름달의 기운을 가장 잘 받을 수 있는 산 중턱 언덕. 피월려를 마주친 천마신교 교인(敎人)들은 감히 포권도 하지 못하고 서슴없이 오체투지를 했다. 공공연한 신물주로 지금까지 그에게 도전하는 모든 마인을 모두 제압하고 목숨을 살려준 그에게 교인들이 가진 경외심은 교주를 향한 것 이상이었다.

그때마다 피월려는 겸손하게 포권으로 인사를 대신했다.

그렇게 오랜 시간 동안 여유롭게 걸어 도착한 언덕. 보름달의 음기가 서서히 스며들자, 잠잠하던 극양혈마공은 연주를 시작하기도 전에 날뛰기 시작했다. 추억의 그 장소에서 피월려는 소소를 꺼내 들었다.

그는 보름달을 올려다보곤 망월가를 연주하기 시작했다. 역화검의 유산과 빙정으로 만들어진 보물, 소소(銷簫). 그것을 통로 삼아 보름달의 모든 기운이 음파를 통해, 또한 손을 통해 그에게로 빨려들어 가기 시작했다.

대자연 속에 존재하는 가장 거대한 음기를 느끼며 피월려는 살포시 눈을 감았다. 망월가의 구슬픈 곡조는 그의 마음을 다스렸고, 다른 어떠한 것으로도 식힐 수 없는 극양혈마공까지 식혔다.

얼마나 시간이 지났을까?

연주가 끝나자, 어느새 나타난 흑설이 간드러지는 목소리로 말했다.

"오고 있어요."

피월려는 눈을 떠 그녀를 보았다. 심히 아름다운 모습에 넋이 나갈 것 같다. 그러나 그는 무심하기 짝이 없는 눈빛으로 흑설을 바라보며 말했다.

"호법은 뒤로 물러나라."

흑설은 남성의 마음을 유혹하는 눈웃음을 치며 물러났다.

"존명."

그러자 그녀 뒤로 수염을 기른 주소군이 피월려에게 다가와 포권을 취했다.

"장로님을 뵈옵니다."

"원주께서 무슨 일이시오?"

"부교주님께서 보냈습니다."
"뭐라 하셨소?"
"전처럼 한잔하자고 하십니다."
"주하는?"
주소군은 난처했다.
"부교주께서 와서 직접 데리고 가라고 하십니다."
"하하하."
피월려는 속이 빈 듯 허무하게 웃었다.
주소군도 같은 미소를 지으며 말했다.
"주 대주께서도 부교주님의 명령을 거부할 수 없었습니다."
"부교주의 명령에 따르다니. 교주께서 좋아하지 않을 텐데?"
"교주께서 좋아하지 않는 분은 주 대주만은 아니지요."
그 말에는 자신감이 가득했다.
피월려는 소소를 손으로 잡았다.
"한 수 받겠소?"
눈에 차오르는 기대감.
"얼마든지."
피월려는 웃었다.
"내 취미를 받아줄 사람은 원주밖에 없소."
주소군도 웃었다.
"너무 강하게는 마십시오."

"왜? 두렵소?"

"진심으로 했다가는……."

"했다가는?"

"제가 장로가 되어버릴 수도 있지 않습니까?"

"……."

"그건 귀찮습니다."

피월려의 얼굴에는 미소가 그려졌지만, 흑설의 얼굴에 살소가 그려졌다.

주소군이 눈을 깜박하자, 그 순간 그들 사이에 나타난 흑설이 검지를 뻗어 주소군의 미간을 겨냥하고 있었다.

주소군은 흑설에게 눈길을 돌리며 싱긋했다.

흑설도 싱긋했다.

"선을 넘지 마세요. 죽기 싫으면."

"스승에게 너무하지 않니?"

"기억이 안 나요."

"거짓말."

"정말인걸요. 그런 시시콜콜한 기억은 머릿속에 없어요."

피월려는 소소를 거두었다.

"재미는 다음에. 흑설. 너는 남는 것이 좋겠다. 네가 가면 더 귀찮아질 것이니."

"명이에요? 명이시라면, 불복하고 죽을 거예요."

"……"

"장로께서 어디를 가든 저는 따라가요."

흑설의 단호한 말에 피월려는 하는 수 없다는 듯 고개를 끄덕였다.

"적어도 몸을 숨기기라도 해."

피월려의 허락에 흑설은 작게 고개를 끄덕인 뒤, 어둠 속으로 사라졌다.

피월려는 주소군의 안내를 따라 천천히 걷기 시작했다.

걷는 중에 피월려가 물었다.

"가주로는 아직이오?"

주소군은 따분하다는 듯 오른손으로 손바닥을 보였다.

"연구원(研究院)의 일로도 너무 바쁩니다. 가문을 책임질 시간은 없어요. 게다가 이젠 새로운 시대, 더 이상 천마오가에 집착해선 안 됩니다."

"……"

그 둘은 그렇게 소소한 대화를 이어나가면서 결국 부교주전에 도착했다.

횃불을 환히 켜놓은 부교주전의 큰 마당에는 나지오가 뒷짐을 지고 있었다.

나지오가 피월려를 발견하고 말했다.

"어? 왔어?"

피월려는 나지오에게 말했다.

"술 한잔하자고 하지 않으셨소? 술상이 없는 듯한데?"

나지오는 작은 미소를 지으며 말했다.

"그냥 놀래주려고 그런 구실로 부른 거뿐이야."

"그게 무슨……."

그때 부교주전의 문이 열리고 혈적현이 그곳에서 나타났다.

금빛 용이 수놓인 검은 무복을 입은 혈적현을 보자, 모두 고개를 숙이며 예를 표했다. 어둠 속에 숨었던 흑설도 즉시 모습을 드러내 예를 갖추었다.

혈적현은 천천히 피월려에게 걸어와서 그의 어깨에 손을 올리며 말했다.

"피월려. 축하한다."

"축하할 일이라 하면?"

혈적현은 옆으로 비켜서며 말했다.

"몇 년간의 연구가 드디어 성공했다. 진설린으로부터 황룡을 분리해 냈어."

"그런……."

피월려는 말을 끝까지 잇지 못했다.

그 순간 문밖으로 걸어 나온 한 여인, 진설린이 눈에 들어왔기 때문이다.

그녀는 보름달조차 눈이 부신지 손으로 가리며 아미를 찌푸렸는데, 곧 피월려의 모습을 보곤 손을 툭 하고 내렸다.

모두 숨을 죽인 가운데, 그들은 서로의 눈을 바라보았다.

그녀가 가까스로 입을 여더니 말했다.

"눈동자가 더욱 깊어지셨군요."

"……."

피월려가 말없이 미소 짓자 진설린이 말을 이었다.

"이리 와요, 월랑."

『천마신교 낙양지부』 완결

天魔神敎
洛陽支部

천마신교
낙양지부

작가 후기

안녕하세요, 천마신교 낙양지부 독자 여러분. 종이책으로도 이렇게 사랑해 주셔서 너무 감사드립니다.

참고로 뒤에는 인터넷상에서 악명 높은 옛 엔딩을 넣었으니 또 다른 재미로 봐주셨으면 합니다. 솔직히 부끄러워서 안 넣으려다가 그래도 종이책에 그 정도는 넣어야 하는 게 예의가 아닌가 해서 넣습니다. 후속작인 천마신교 낙양본부는 당연히 지금까지 읽으신 엔딩으로 따라가니, 심려 놓으시고 가볍게 읽으셔도 될 듯합니다.

댓글로 제게 과분한 칭찬을 해주셨던 오소리감투 님, 호박꼬

구마 님, 김지훈 님, Joju 님, hellyeah 님, longercharm 님, 서켠 님, 청월 님, 안녕 님, w 님 제게 너무나 큰 힘이 되었습니다. 힘들 때 여러분들 댓글을 몇 번이고 봤는지 모릅니다.

그리고 제게 날카로운 비평을 해주셨던 분들에게도 감사의 말씀을 전합니다. 덕분에 더욱 발전할 수 있는 기틀을 마련해 주셨고, 그로 인해 저도 많이 배웠습니다.

끝으로 전업작가의 꿈을 이뤄주신 하나님께 감사하면서, 후속작 천마신교 낙양본부에선 더욱 발전한 모습으로 찾아뵙겠습니다. 앞으로도 많은 성원 부탁드립니다.

정보석 배상

번외(番外)

금강부동신법을 펼치며 빠르게 움직이는 피월려는 그와 비슷한 속도로 움직이는 혈적현의 신형을 보곤 그의 발을 관찰했다. 흑철(黑鐵)로 만들어진 것 같은 긴 네 갈래의 기둥이 거꾸로 꽃이 핀 것처럼 양발을 감싸고 있었다. 대각선으로 내려가다 끝에서 안쪽으로 휘어진 모양이었는데, 혈적현이 한 번씩 땅을 찰 때마다 네 갈래의 흑철기둥이 더욱 큰 반동을 실어 그의 몸을 움직이는 원리인 것 같았다.

둘의 거리가 아주 가까워졌을 때, 피월려는 주먹을 휘둘렀다. 혈적현이 의수로 용골을 잡고 있는 한, 무형검리가 생성되지 않는다. 그러니 그것을 빼앗는 것이 급선무(急先務).

피월려의 빠른 주먹이 닿으려는데, 혈적현의 신형이 순간 붕 떠올랐다.

인간의 움직임으로는 도저히 불가능한 것으로, 그러한 움직임이 가능하다는 걸 전혀 예상하지 못한 피월려의 주먹은 허공을 갈랐다.

일 장 높이까지나 상승한 혈적현은 그대로 피월려를 지나 멀찌감치 안착했다.

혈적현은 의수를 하늘 높이 들고 있었는데, 다섯 손가락 사이사이가 살포시 열려, 그 위로 다섯 개의 반투명한 무영비(無影飛)가 혓바닥처럼 튀어나와 있었다.

그가 말했다.

"발에 장착한 것은 묘보(卯寶)라 한다. 보법으론 불가능한 움직임도 가능케 한다. 또한 내 손가락에 장착된 무영비는 인보(寅寶), 그리고 그것을 조종하는 무영사(無影絲)는 자보(子寶)라 칭하지."

"가문의 것도 마음대로 바꾸는가?"

피월려의 지적에 혈적현은 비릿한 미소를 지었다.

"비도혈문은 멸문했다, 피월려. 전 중원에 혈씨 성을 가진 사람은 나밖에 존재하지 않아. 그러니 내가 무영비와 무영사를 뭐라 칭하든 누가 뭐라 할 수 있겠느냐?"

"……."

혈적현은 왼손으로 든 용골을 앞으로 뻗으며 말을 이었다.

"이 진보(辰寶)까지 해서, 공방십이보 중 절반인 공방육보(工房六寶)로 널 상대해 주마. 다른 건 쓸 필요도 없이."

피월려는 진보를 바라보며 말했다.

"다시 말하지만 누가 누구더러 자만에 차 있다는 건지 모르겠다."

혈적현은 작은 미소를 머금었다.

"이기면 자신(自信)이오, 지면 자만(自慢)이지. 그런 것 아니겠느냐? 결국 승부의 결과에 달려 있는 것."

"……."

"누가 자만한 것인지는 두고 보면 알 일."

혈적현은 의수를 앞으로 뻗었다. 그러자 다섯 개의 무영비, 아니, 인보가 눈으로 쫓을 수 없는 속도로 피월려에게 날아들었다.

전에 혈적현이 무공으로 펼치던 무영비의 속도를 능가하는 것으로 금강부동신법으로도 완전히 피해낼 수 없는 수준이었다.

피월려는 품에서 소소를 꺼내 들어 그 속에 가공할 내력을 불어넣었다.

소소는 다른 재질이라면 이미 한계를 넘어 초진동으로 넘어갈 내력의 양을 머금고도 더욱 피월려의 내력을 탐했다. 때문에 쌓이고 또 쌓이는 내력으로 인해서 그 무게가 육십 배를 상회하게 되었다.

탕! 타앙!

튕겨 나가는 인보를 보며 혈적현의 미간이 좁아졌다. 쏘아진 속도보다 더욱 빠른 속도로 튕겨 나가는 것을 보니, 피월려가 들고 있는 소소에 담긴 내력이 심상치 않다는 걸 깨달은 것이다.

피월려는 그렇게 다섯 개의 인보를 모두 떨쳐내고 즉시 금강부동신법을 펼쳐 혈적현에게 다가갔다.

혈적현은 의수의 손가락을 오므리며 무영사, 아니, 자보를 끌어당겼고, 이에 연결된 다섯 인보가 공중에 우두커니 서더니 다시 엄청난 속도로 피월려에게 날아들기 시작했다.

다만 그보다 피월려의 소소가 먼저 혈적현의 머리 위로 떨어지고 있었다.

쿵!

아슬아슬하게 빗나간 피월려의 소소는 아래로 떨어졌고, 거미줄 같은 형상을 만들어내며 바닥을 터뜨렸다.

마치 하늘에서 거대한 바윗덩이를 떨어뜨린 것 같은 충격이었다.

쉬이익.

금세 날아온 진보는 피월려의 사지와 머리를 노렸다. 피월려가 금강부동신법을 펼쳐 달아나려는데, 순간 누군가 그의 몸을 붙잡은 것처럼 움직일 수 없었다.

그가 내려다보니, 혈적현이 던진 진보가 언제부턴가 그의 가슴팍에 닿아 있었다.

퍽!

하나의 소리로 네 인보가 피월려의 사지에 박혀 들었다. 다행히 머리를 가까스로 숙인 터라 머리로 노리고 날아든 인보 하나는 그를 지나가 땅에 박혔다.

혈적현은 손가락을 활짝 편 의수를 피월려의 얼굴에 가져가며 말했다.

"금강부동신법은 발로 펼치는 보법이 아니지. 진보는 주변 대자연의 기의 비이상적인 움직임을 멈춘다. 만약 진보에 몸이 닿아 있다면, 그 닿은 몸의 모든 기의 운용까지도 멈추지. 그러니 진보가 몸에 닿은 채로, 금강부동신법을 펼치는 건 불가능해."

"……."

"우선 오보를 받아라."

끼릭!

의수의 손바닥 안쪽이 열리더니 그곳에서 붉은색의 공이 반쯤 튀어나와 걸렸다. 그리고 그 뒤로 폭발이 일어나며 그것을 앞으로 밀어냈다.

쿠콰!

사방으로 뿜어진 화염 속에서 피월려가 뒤로 던져졌다. 포물선을 그리며 날아간 피월려의 신형은 그대로 한구석에 처박혔다.

하지만 그는 곧 천천히 일어났다. 금강불괴의 놀라운 신체는 그 엄청난 피해를 입고도 거의 즉시라 할 만큼 몸을 회복했기 때문이다.

피월려는 가슴팍에 박혀 들어간 오보에 손가락을 집어넣어 억지로 빼내었다. 그 빛이 바래 거무칙칙한 붉은빛을 내고 있었는데, 피월려는 그 기운이 몸속에서 돌아다니고 있음을 느꼈다.

피월려는 생각했다.

인보는 그 전신(前身)이라 할 수 있는 무영비와 다르게 그 속에 내력이 없다.

그렇다면 어찌 금강불괴의 신체를 뚫을 수 있었을까? 그것은 바로 진보가 몸에 닿았기 때문에 일시적으로 금강불괴의 효과가 사라진 탓이다. 즉 진보가 몸에 닿지 않는 한, 혈적현에겐 유효한 공격 수단이 전무하다.

피월려는 흙먼지가 가득한 몸을 털며 말했다.

"용골에 내 몸이 닿지 않은 한 내 몸을 뚫을 수 없다는 걸 알았으니, 이제 다음은 없을 거다."

혈적현은 폭발을 일으키며 이곳저곳이 튀어나와 버린 의수를 매만졌다. 그러곤 품속에서 푸른 빛깔의 공, 사보를 꺼내 안에 넣으며 말했다.

"하나만 물어보지. 물체에 내력을 주입할 수 있는 최대치는 무게의 증폭이 세네 배 정도에 이르렀을 때야. 하지만 네가 가진 옥소는 그걸 한참 넘는 것 같은데?"

피월려는 소소의 안을 불어 속의 먼지를 털어내곤 대답했다.

"이것은 주작의 알인 빙정으로 만든 것. 껍질밖에 없지만, 양기를 탐하는 본성은 어디 가지 않지. 내 내력은 순수한 양기이기에, 한계점 없이 받는 것이다."

혈적현은 고개를 두어 차례 끄덕였다.

그러더니 땅에 떨어진 진보를 왼손으로 집어 들곤, 흙먼지가 가득한 머리카락을 의수로 쓸어내며 말했다.

"오보부터 넣길 잘했군. 양화가 옥소에도 퍼졌을 테니… 사보를 발사할 필요도 없겠어."

피월려는 한쪽 손을 앞으로 뻗으며 말했다.

"그 진보가 내 몸에 닿는 것이 유일한 공격 수단임을 알았으니 승패는 이미 결정 난 것이나 다름없다. 그러니 불필요한 싸움은 그만하자."

혈적현은 의수의 손가락을 하나씩 움직여 보며 말했다.

"말했다시피, 네놈이 겸손을 배울 때 이 싸움은 끝날 거다."

"……"

혈적현은 하늘을 올려다보며 나지막하게 말했다.

"피월려."

"왜?"

"무공은 불완전한 것이다."

"……"

"불가와 도가의 사상을 기반으로 하는 무공은 그 끝에 다다랐을 때, 부처가 되든지 신선이 되든지 하지. 역으로 주화입마에 걸리면 마성에 젖게 된다. 하지만 무슨 경우든 간에, 인성(人性)을 잃어버리는 건 매한가지. 강해지면 강해질수록 강해지려고 하는 이유가 사라져 버리는 거야. 그러니 허무함을 느끼고 타락하는 것이지."

"올라보지도 못하고 아는 척하는 건가?"

"너를 보면 알아."

"……"

"그 누구도 이룩하지 못한 경지에 오르고도 그 허무함에 몸부림치는 너를 보면 안다, 피월려."

"……"

"무로써 협을 이룬다. 좋은 말이지. 허나 그것은 불가능한 것이다. 무를 갈고닦으면 닦을수록 인성에서 멀어져 결국 협에서 아무런 의미를 찾지 못한다. 입신에 들어 조화경의 고수가 된다 한들 마찬가지. 허무함에 시달리다 협을 쫓다 보면, 그것은 또 그것대로 타락의 기초가 되지."

혈적현은 하늘에서 피월려에게 시선을 옮겼다.

피월려는 나지막하게 물었다.

"내가 어떻게 하면 같이 가줄 거냐?"

혈적현은 대답했다.

"넌 이미 그 답을 알고 있어."

"……."

"모르는 척하지 마라."

피월려는 눈을 감아버리곤 말했다.

"죽어도 날 원망치 마라."

혈적현은 한쪽 입꼬리를 올렸다.

"해봐."

그 순간 피월려의 신형이 화살처럼 쏘아졌다.

혈적현은 움직이지 않았다. 대신 검지로 피월려를 가리켰다.

피융―!

발사된 인보는 소소에 의해 퉁겨졌다.

혈적현은 차례대로 손가락을 펼쳤다.

피융―!

피융―!

피융―!

피융—!

다섯 개의 인보가 모두 튕겨 나갔을 때 피월려는 혈적현의 코앞에 와 있었다.

그가 소소를 하늘 높이 꺼내 들었을 때, 그것을 본 혈적현은 양손으로 진보를 부러뜨렸다.

그 순간 진보의 효과는 사라져 버렸고, 대자연의 기가 움직이기 시작했다.

피월려의 소소에 무형검리가 덧씌워졌다.

그 순간 피월려의 몸이 굳어버렸다.

"쿨컥!"

피월려는 입으로 피를 토했다.

뿐만 아니라 눈과 코, 귀에서도 핏물이 흘러나왔다.

그는 소소를 휘두르기 위해서 안간힘을 썼지만 몸이 말이 듣지 않았다.

혈적현의 코앞에서 피월려는 몸을 부들부들 떨더니, 그대로 뒤로 꼬꾸라졌다.

쿵.

땅에 쓰러진 피월려는 이후에도 한참 몸을 떨며 몸에 난 모든 구멍으로 피를 쏟았다.

혈적현은 여유롭게 걸어와 피월려의 얼굴맡에 쭈그려 앉았다. 그는 피월려의 손에서 소소를 치워 버린 뒤에 말했다.

"네가 아무리 입신에 올랐다 하나, 이기(理氣)의 원리에 대해 선 날 따라올 수 없지."

"쿨컥."

"네가 가진 심검은 무단전과 외내공을 기반으로 하여 대자연의 기를 흡수함과 동시에 그대로 사용함으로써 네 심상이 현실에 나타나는 결과다. 그 통로 역할을 하는 것이 네 옥소이고."

"커억. 컥."

"그것에 내력을 집어넣는다? 그러면 그 통로를 막는 것과 진배없지. 마공이 방해하면 심검이 나타나지 못하는 이유를 역으로 이용한 것이다. 한계를 까마득하게 넘을 정도로 내력을 불어넣었으니, 그만큼 네 몸이 작살나는 건 당연지사."

"……."

"네게 이기(理氣)의 원리를 가르친 것이 나라는 걸 잊었느냐, 피월려?"

"그, 그랬… 쿨컥. 었지."

혈적현은 이마의 땀을 훔치며 피월려의 머리맡에 주저앉았다.

그러곤 한숨을 내쉬며 말했다.

"후우. 신이 된 듯 마냥 굴더니 참으로 꼴이 좋다. 사보와 오보로 인한 합마폭살보다 훨씬 더 꼴사납게 패배하셨군그래? 기분이 좋을 줄 알았는데, 사실 별로야. 아니, 더럽군."

"……"

혈적현은 슬쩍 피월려의 몸을 보곤 말했다.

"벌써 치유가 시작되었나? 괜히 환골탈태한 몸이 아니야. 하지만 한동안 기의 운용은 꿈도 못 꿀 거다."

피월려는 속에서 치미는 핏물을 다시 겨우 삼켰다. 그러곤 잔뜩 충혈된 눈에서 피눈물을 흘리며 나지막하게 말했다.

"이, 이제 한 다경도… 남지 않았을 거다."

"뭐가?"

"리, 린 매를 살릴 수 있는 방도가."

"……"

"부, 부탁한다. 어, 어떻게든……."

혈적현은 피월려에게서 시선을 돌리며 또다시 깊은 한숨을 쉬었다. 그의 눈에도 눈물이 글썽거려 차마 피월려에게 보이고 싶지 않았기 때문이다.

혈적현이 말했다.

"피월려."

"……"

"놔줘라, 이제."

"……"

"놔줘."

"……"

"더 붙잡아서 뭐 하게?"

"살릴 방도가 있……."

"그것도 귀목선자가 말한 거 아니냐? 그걸 곧이곧대로 믿냐?"

"……."

"아니, 그저 네가 믿고 싶은 거지."

"……."

"그렇지 않나?"

"……."

"보내줘라."

"……."

"진설린은 너를 살려줄 때 죽었다. 시화마제는 그녀가 남긴 흔적일 뿐이야."

"……."

"불쌍한 놈."

"……."

"그리 무를 좇아 완성하더니, 결국 다 잃어버렸구나."

"……."

"집착하지 마. 보내줘. 그래야만 내가 널 살려줄 수 있어."

"……."

"네가 가진 힘을 네 집착에 쓴다면, 나는 절대 너를 살려줄 수 없다."

피월려는 말없이 혈적현을 올려다보았다.

혈적현은 피월려의 시선을 도저히 마주 볼 수 없었다.

피월려는 천천히 눈물을 흘리며 눈을 감았다.

그가 물었다.

"그럼 어디다 써야 해?"

"……."

"이 힘을 어디다 써야 하는데?"

"……."

"전부 잃고 얻은 이 힘을 말이야."

"……."

"무엇이 협이냐?"

"……."

"알려줘, 적현."

허무하기 짝이 없는 그 목소리에 혈적현은 더 이상 참지 못했다.

그는 손을 들어 눈물을 훔쳤다. 그리고 치미는 울음기를 억지로 삼키며 나지막하게 말했다.

"그래, 알려주마."

"……."

"나는 무공이 없는 범인. 내가 가진 이 공방십이보가 없다면, 저 밖에서 농사를 짓고 살아가는 평범한 농부보다도 못한 인간이다. 그런 나이기에 누구보다도 진정한 협을 알 수 있다. 어떤 무림인보다 정확하게 판가름할 수 있다. 그러니 내게 협을 구해라. 내가 협을 알려주마."

"……."

"나의 힘이 되어라, 피월려."

피월려는 눈을 뜨며 혈적현을 보았다.

혈적현은 이를 악물고 겨우 눈물을 참고 있고 있었다.

피월려는 희미한 미소를 얼굴에 띠고는 포권을 취했다.

"교주가 된 것을 감축드리오, 십이보주(十二寶主)."

혈적현은 웃어버렸다.

그는 자리에서 일어나더니 몸을 털었다.

그 모습을 올려다보던 피월려가 다급하게 말했다.

"자, 잠깐. 이대로 황룡이 태어나면……."

혈적현은 피월려를 보지도 않고 그의 말을 끊어버렸다.

"명한다. 자라."

"……."

"이 세상을 구할 수 있는 게 너뿐이냐? 겸손을 배운 줄 알았더니, 여전히 거만하군."

"……."

"다들 알아서 잘할 거다. 그러니 다른 사람에게 맡겨. 넌 네가 할 일을 할 만큼 했다."

"……."

"자. 명령이야."

피월려는 웃어버렸다.

"하하. 하핫. 하하핫. 하하하!"

혈적현은 작은 미소를 남기곤 솔진이 있는 쪽으로 피월려의 시야에서 벗어났다.

피월려는 한참 그가 사라진 쪽을 바라보다가 이내 서서히 눈을 감았다.

자자.

편히 자자.

알아서들 하겠지.

그렇게 피월려는 몇 년 만인지 모를 깊은 잠을 잘 수 있었다.

어머니는 책자를 펴놓고 말했다.

"자, 이 범식(範式)을 보거라. 방정정부(方程正負)에서 말하는 음수(陰數)란… 후우, 왜 그러느냐?"

아이는 입술을 삐죽이며 말했다.

"솔직히 이해가 잘 안 가요."

"뭐가? 음수가?"

"네에."

어머니는 자리에서 일어나 다른 책자를 가져왔다.

"다시 한번 설명해 줄 테니, 이번에는 이해하는 척 말고 제대로 말해야 한다. 알겠느냐?"

아이는 수줍은 듯, 아니, 부끄러운 듯 고개를 푹 숙이며 대답했다.

"네에."

어머니는 다른 책자를 펼쳐놓고 설명하기 시작했다.

"먼저 양수(陽數)는 이해가 가느냐?"

"그건 알죠."

"감법(減法)은?"

"가법(加法)의 반대잖아요."

"좋다. 그러면 우선 영(零)을 이해해 보도록 하자. 영은 무엇이냐?"

"아무것도 없는 거 아닌가요?"

"아니다. 그렇게 이해하면 안 된다고 하지 않았느냐?"

"하지만……."

어머니는 책자의 한곳을 가리키며 말했다.

"영은 기본적으로 숫자다. 하지만 매우 특이한 숫자이지. 가법을 하면 숫자의 양이 늘어나지 않느냐? 하지만 이 영이란 숫자는 더한다고 해도 늘어나지 않는 숫자인 것이다."

"네?"

"네가 어떤 숫자에 다른 숫자를 더했다. 그런데 그 어떤 숫자의 값이 변하지 않는 거야. 그럴 경우 그 다른 숫자에 영이란 이름을 붙여주는 것이다."

"……."

"그런 숫자가 실존할지 안 할지는 상관이 없단다. 그저 그런 숫자가 있다고 상상하는 거야. 그리고 나중에 현실 속에서 그것을 적용할 만한 걸 찾으면 된다."

"흐음. 일단 그런 게 있다고 치자는 거네요."

"그렇지. 그런 게 없어도 있다고 치는 거란다."

아이는 잠시 골똘히 생각한 후 말했다.

"좋아요. 그러면 영이란 숫자가 있다고 칠게요. 그럼 그건 아무 데나 더해져도 아무런 일도 일어나지 않는 숫자인 거 맞죠?"

"그래 그런 특이한 숫자의 이름을 우리가 영이라고 칭하는 거란다."

"좋아요. 그래서요?"

"자, 그러면 여기서 한 번 더 나아가서 우리가 영이란 숫자를 얻고 싶다고 해보자꾸나."

"네?"

"그러니까 이(二)에 어떤 숫자를 더해야 영이 될까?"

"……."

"모르겠느냐?"

"네. 모르겠는걸요. 더했는데 어떻게 더 작아져요?"

"그럼 있다고 치자."

"네?"

"있다고 치면 되는 것 아니냐? 아까 영이 있다고 친 것처럼."

"……."

"이에다가 더했을 때 영이 되는 숫자. 그걸 우리는 이의 음수라 부르면 되겠구나."

"……."

"삼에다가 더했을 때 영이 되는 숫자는?"

아이는 재빨리 말을 가로챘다.

"삼의 음수요!"

"잘하는구나."

"……."

"왜?"

아이는 머리를 긁적였다.

"너무 쉬워서요."

어머니는 아이의 머리를 쓰다듬어 주었다.

"그래, 수란 원래 쉬운 것이다. 없는 것을 있다 치고 생각하는 것뿐이야."

"……."

"헌데 재미있는 것이 뭔 줄 아느냐?"

"뭔데요?"

"없을 것을 있다고 치고 이리저리 수식을 만들어놓으면 언젠가 현실 속에서 그것을 쓸 일이 반드시 생긴다는 점이다."

"……."

"이 세상은 사람이 상상할 수 있는 모든 것을 이미 담고 있단다. 우리가 아직 찾지 못했을 뿐이지. 따라서 상상으로 길을 개척해 놓으면 그 뒤에 현실 속에서 찾아 걸으면 되는 거야."

"그건 무슨 말인지 모르겠어요."

"호호호. 아니다."

그때 마침 마당에서부터 발소리가 들렸다.

아이는 그 자리에서 벌떡 일어나 신난 목소리로 외쳤다.

"아버지예요!"

그 아이는 단번에 달려 나갔고, 어머니는 그런 아이의 뒷모습을 보며 염려스럽다는 듯 외쳤다.

"조심하거라!"

마당으로 나온 아이는 단숨에 아버지에게 달려갔다. 아버지는 막 무거운 지게를 내려놓으려다가 달려오는 아이를 보곤 다시 등에 멨다.

덥석!

아이는 산중에 오래 있어 더럽기 그지없는 아버지의 옷에 얼굴을 마구잡이로 비볐다.

"얼마나 기다렸다고요, 엉엉."

아버지는 포근한 미소를 짓고는 아이의 머리를 쓰다듬었다.

"공부는 열심히 했느냐? 네 어머니는 잘 있고?"

아이는 울음을 참아가며 대답했다.

"네에, 네에. 엉엉. 별일 없었어요. 아직 쌀도 많이 남아 있고. 흑."

아버지는 동물들의 가죽이 가득 담긴 지게를 내려놓고 아이를 번쩍 들었다.

그러곤 울고 있는 아이를 손가락으로 놀리면서 집 안으로 들어갔다.

어머니는 없었다.

아버지는 아이를 내려놓고 말했다.

"어머니는 어디 있느냐?"

"그, 글쎄요. 아까까지만 해도."

아이와 아버지 둘 다 두리번거리는데, 한쪽에서 물소리가 들리기 시작했다.

아버지는 함박웃음을 짓고는 욕실로 가기 위해 움직였다.

"나도 목욕 같이해요!"

아이는 아버지를 따라 뛰었다.

너무나 오랜만에 상봉한 부자는 넓은 물통에 앉아 이런저런 이야기를 나누었다.

아버지는 자신을 이어서 사냥꾼이 될 아이에게 될 수 있으면 많은 것을 전해 주고 싶었고, 아이는 아버지의 어떤 이야기라도 듣고 싶었다. 때문에 둘의 이야기는 끊임없이 이어졌다.

아이가 말했다.

"수학 말고 다른 것도 배우고 싶어요."

"그래?"

"네에. 수학은 너무 질려요."

"흐음. 이제 보니 다른 걸 배우고 싶은 게 아니라 수학을 배우기 싫어하는구나."

아이는 손사래를 쳤다.

"아니에요. 그저 다른 것도 배우고 그러면 머릿속도 환기가 될 겸……."

"머릿속이 환기가 돼? 하하! 그새 말도 많이 늘었구나."

"……."

"그래? 뭘 배우고 싶으냐?"

"그… 산 아래 친우 중에 한 명이 오행(五行)에 대해서 배웠다고 자랑했어요. 수학 따위는 아무것도 아니라고……."

"오행?"

"네에. 그걸 배우면 세상의 모든 걸 다 이해할 수 있대요. 우주(宇宙) 간(間)에 쉬지 않고 운행(運行)하는 다섯 가지 원소(元素)라고 했어요."

"흐음. 재밌는 말이구나."

"아버지는 거기에 대해서 아는 거 있어요? 그놈 코를 납작하게 해주고 싶은데……."

아버지는 잠시 머리를 긁적이더니, 팔을 옆으로 내놓고는 마른 바닥 위에 손가락으로 물을 적셔 원과 별을 그렸다.

"나중에 만날 때 네가 상생상극(相生相剋)을 알려주면 분명 그놈 코가 납작해질 거다."

"응응!"

아이의 눈이 갑작스레 빛나기 시작했다.

"원, 녀석. 내가 사냥하는 이야기를 재밌게 듣고 있는 줄 알았다만, 여기에 더 신이 났구나."

아이는 당황했다.

"아, 아니에요. 그 이야기도 재밌었어요."

"하하. 그래. 뭐 어쨌든 설명해 주마. 그러니까 보자… 이게 위치가 어떻게 되더라?"

아버지는 몇 번이고 그림을 그렸다가 지우기를 반복했다. 아버지가 머리를 긁적일 때마다 젖은 바닥이 늘어났고, 급기야 마른 바닥보다 더 많아졌다.

마른 바닥이 점차 사라질 때마다, 아이의 마음은 조급해져 갔고 결국 아버지가 완전한 그림을 그렸을 땐 안도의 한숨을 쉴 수 있었다.

"아! 그래 이거야! 자 이걸 보고 설명을 하마."

하도 멀리까지 그린 터라, 아이는 자리에서 일어나야만 그 그림이 보였다. 아이는 차가운 공기에 몸이 아려오는 듯했지만, 상생상극에 대해서 배워 친구의 코를 납작하게 만들어주고 싶다는 생각이 추위를 잊게 만들었다.

아버지가 설명했다.

"상생(相生)은 곧 목생화(木生火), 화생토(火生土), 토생금(土生金), 금생수(金生水), 수생목(水生木)을 말한다. 상극(相剋)은 곧 목극토(木剋土), 토극수(土剋水), 수극화(水剋火), 화극금(火剋金), 금극목(金剋木)을 말하고."

"……."

"그런 식으로 보지 말거라. 친구에게 아는 척을 하고 싶다면야, 이 정도는 외워야 하는 거지."

아이는 오기가 생긴 듯 두 주먹을 꽉 쥐고는 말했다.

"다시 말해줘요."

그렇게 아버지는 한참을 아이에게 설명했다.

아이는 몇 번이고 그 말을 듣고는 입으로 읊으며 외우기 시작했다.

하지만 밤이 깊어 쏟아지는 졸음을 막을 순 없었다.

아이는 결국 말을 하는 것인지 그저 중얼거리는 것인지 알 수 없을 만큼 작은 목소리로 되새기며 반쯤 눈을 감았다.

아버지는 잠이 든 아이를 어깨에 메달곤 마른 천으로 몸의 물기를 닦았다.

그리고 어머니가 기다리는 방 안으로 들어섰다.

반쯤 뜬 아이의 두 눈은 어머니의 머리에 나 있는 작은 두 뿔을 본 것을 마지막으로 완전히 감겼다.

동시에 피월려는 눈을 떴다.

광활한 하늘에는 맑은 태양이 높게 떠 있었다.

그는 고개를 돌려 주변을 살폈는데, 혈적현과 싸웠던 공방전의 마당이 그대로 보였다.

옆에서 그를 내려다보던 서린지가 말했다.

"깨어나셨네요?"

"적현은 어디 있소?"

"솔진 전주와 사라지신 지 이틀이 되었어요. 걱정이 되는데 물어볼 사람이 없네요."

"……."

"몸은 어떠세요?"

"신체는 괜찮은 것 같고, 내상은 아직 좀 있소."

서린지가 맑게 웃으며 말했다.

"입신의 몸이라도 탕약의 효능이 그대로 적용되긴 하나 보군요."

"아, 나를 치료해 주셨군. 감사하오."

"몸을 옮기려 했지만, 혹시 몰라 탕약만 먹였어요. 그러니 침상에서 일어나지 않았다고 불평하지 마세요."

서린지는 그녀 식의 농을 잃지 않은 듯했다.

피월려도 작게 미소 지으며 대답했다.

"설마 내가 그러겠소."

서린지가 물었다.

"혹 적 랑이 어디 가셨는지 아세요?"

"아마 낙양에 갔을 거요. 이틀이 지났음에도 세상이 그대로라면, 일은 잘 해결되었겠군."

"그래요?"

"하지만 그의 신변은 잘 모르겠소."

"흐음, 그렇군요."

의외로 서린지는 전혀 걱정하지 않으며 자리에서 일어났다.

피월려도 상체를 일으키곤 한숨을 내쉬며 말했다.

"목이 마른데 물이라도 있소?"

서린지는 뒤돌아보지도 않고 말했다.

"따라오세요. 안에 마실 물이 있을 거예요."

피월려는 일어나 서린지를 따라서 공방전에 들어섰다.

서린지가 어디 구석으로 간 사이 피월려는 공방전 안을 찬찬히 구경했다.

전에는 혈적현에게 신경 쓰느라 제대로 구경하지 못했는데, 이제 보니 평생 보지도 듣지도 못한 물품들이 즐비하게 널려 있었다. 그중에는 상상을 초월하는 크기의 것도 있었고, 스스로 움직이는 것도 있었다.

"여기."

피월려는 서린지가 내민 물 잔을 바로 받지 못했다. 그 또한 보지 못한 형태였기 때문이다.

"무슨 잔이오?"

서린지는 바닥을 다른 손으로 받치고 손잡이 쪽을 피월려에게 내밀며 말했다.

"밖으로 튀어나온 부분이 손잡이예요."

"……."

"그곳을 잡고 마시면 뜨거운 차를 마실 때도 손이 뜨겁지 않죠."

"확실히 그렇겠군."

피월려는 물 잔에 든 물을 마셨다.

상쾌한 느낌이 목을 타고 넘어가자 새 생명이 돋아나는 듯했다.

그를 바라보던 서린지가 물었다.

"아까 누워 계실 때, 계속 중얼거리시던 말이 있는데 그게 무슨 뜻이죠?"

"내가 말이오?"

"네."

피월려는 빈 물 잔을 옆에 내려놓고는 물었다.

"내가 무슨 말을 했었소?"

서린지는 잠시 아미를 찌푸리며 말했다.

"금극목(金剋木)이라 하셨어요."

"금극목?"

"네. 금극목이란 말을 반복하셨는데……."

"……."

금극목이라.

순간, 피월려의 입이 살짝 벌어졌다.

그것을 본 서린지가 물었다.

"왜 그러시죠?"

피월려는 침을 삼킨 뒤 말했다.

"잠시 다녀와야 할 곳이 있소."

"예? 어, 어디를……."

서린지가 채 다 묻기도 전에, 피월려의 신형이 공방전에서 사라졌다.

그리고 잡초가 무성한 한 무덤 앞에서 나타났다.

"카학. 쿨럭."

피월려는 그대로 주저앉아 피를 토했다. 몸이 성하지 않는 채로 신족통을 펼쳐 무리한 탓이다.

태양이라도 삼킨 듯 속에서 들끓는 열기는 당장에라도 목구멍으로 치고 올라올 것 같았다.

피월려는 급히 소소를 꺼내서 입에 물곤 연주를 시작하여 극양혈마공을 다스렸다. 만약 그것을 참지 못하고 토해낸다면, 죽음이 기다리고 있을 것이 자명했기 때문이다.

그는 그렇게 한동안 운기하며 몸을 회복했다.

평범하기 그지없는 무덤.

돌보지 않은 지 꽤 오래되어 자세히 보지 않으면 무덤인지도 모를 정도였다.

몸을 회복한 피월려는 찬찬히 그 무덤을 둘러보더니, 이내 손에 내력을 불어넣어 파내려 가기 시작했다.

사람이 없는 산 중턱이라, 보는 사람은 없었다.

얼마나 파내려 갔을까?

궁장 차림의 옷 아래로 유골이 나왔다.

피월려는 그 유골을 하나 집어 들었다.

그러곤 그것에 내력을 불어넣었다.

내력이 전혀 들어가지 않았다.

오히려 피월려의 기혈을 잠잠하게 만들었다.

피월려의 손에서 뼈가 미끄러지듯 떨어졌다.

"어머니… 하하하. 이래선 스승님의 무덤엔 갈 필요도 없겠어."

그는 그 자리에 주저앉았다.

*　　　*　　　*

"그래서 어떻게 된 것이오, 심검마선?"

피월려는 말없이 웃으며 차를 한 모금 마셨다.

패천후는 답답하다는 듯 자기 가슴을 탕탕 내려치며 말을 이었다.

"아니, 내가 심검마선의 식구도 매달 챙겨주고 있는데, 정말 나한테 이러기요?"

피월려는 찻잔을 내려놓더니 말했다.

"전부 다 말해주면 재미없지 않소?"

"……."

"내가 알려준 정보와 여기저기서 알아보신 정보들을 조합하여 충분히 유추할 수 있다고 보오."

패천후는 기가 막힌다는 듯 고개를 흔들거리며 언짢음을 표현했다.

"참 나! 몇 년 못 본 사이에 젊어진 것이 외형뿐인 줄 알았다만, 이제 보니 정신까지도 젊어지신 듯하오. 아니, 어려졌소! 이계의 세력이고, 청룡궁이고, 혈교고, 그동안 전 중원을 통일하셨으면서 성숙해지기는커녕 장난기만 는 것이오?"

그와 동시에 그의 주변에서 세 미녀가 동시에 볼을 부풀리며 피월려를 노려보았다.

피월려가 물었다.

"정말 모르시겠소?"

패천후는 손날을 눈앞에서 휘적거리며 말했다.

"이곳에 온 지 칠 주야를 훌쩍 넘겨서 이제 곧 보름이 될 것이오. 내가 그동안 이 드넓은 낙양본부를 빨빨거리고 돌아다니면서, 몇 년 전 그 일에 대해 알 만한 사람한텐 모두 찾아갔소. 하지만 하나같이 그 자리에서 다 같이 함구하기로 모두 동의했다고 하지 않소? 피 장로는 그 자리에 없었으니, 그 약조에 참여하지 않았을 거 아니오? 내 말이 틀리오?"

"확실히 그 일에 대해서 정확히 아는 사람 중 그것을 말하지 않기로 약조하지 않은 사람은 나뿐이지."

패천후는 상을 작게 내려치며 앞으로 몸을 크게 기울였다.

"아 글쎄! 그러니까 말이오. 나한테 좀 이야기해 주면 안 되겠소? 정말 궁금해 미치겠단 말이오."

피월려는 다시 작은 미소를 짓더니 말했다.

"내가 몇 가지 실마리를 주겠소. 그건 어떻소?"

패천후와 세 미녀는 동시에 고개를 끄덕였다.

초롱초롱한 그들의 눈을 본 피월려는 다시 말을 이었다.

"그날, 황룡은 다시 봉인되었고 악누는 죽었소. 귀목선자는 몸을 바꿔 도주했고, 사방신은 모두 부활하여 스스로의 위치를 되찾아 전쟁의 신이 되었소. 따라서 세상의 균형은 다시 돌아가기 시작했소."

패천후와 세 미녀는 눈을 빛내며 피월려를 보았는데, 피월려는 도통 더 말을 하지 않았다. 그러자 패천후의 눈빛이 점차 빛을 잃어가더니 곧 썩은 것처럼 변했다.

"그게 끝이오?"

"이거면 충분하지 않소?"

패천후는 어이없다는 표정을 지었고, 세 미녀는 사기라도 당했다는 듯 억울한 표정을 지었다.

패천후가 말했다.

"더! 더 알려주시오, 장로!"

"상단주의 지혜라면 이 정도로도 충분히 모든 것을 파악하실 수 있으리라 믿소."

"……."

"보름달이 떴으니, 나는 이만 내 마공을 다스리러 가야 하오. 아쉽지만 오늘 술자리는 여기까지 하지."

피월려가 자리에서 일어날 때까지 패천후는 자기 생각에 빠져 그가 나가려는 것을 느끼지 못했다. 그러다가 피월려가 문을 열자, 그 소리를 듣고 상념에서 깨어났다.

"오 일! 오 일 뒤까지 내가 알아내지 못하면 그땐 실마리를 더 주시오, 장로!"

다급하게 말하는 패천후를 보며 피월려는 포권을 취했다.

"꼭 그렇게 하겠소. 쉬시오, 상단주."

문이 닫히자, 패천후는 세 미녀와 즉시 논쟁을 벌이기 시작했다.

피월려는 그렇게 술자리를 떠나 천천히 낙양본부의 밤길을 걷기 시작했다.

그의 목적지는 보름달의 기운을 가장 잘 받을 수 있는 산 중턱 언덕. 피월려를 마주친 천마신교 교인(敎人)들은 감히 포권도 하지 못하고 서슴없이 오체투지를 했다. 그때마다 그는 겸손하게 포권으로 인사를 대신했다.

그렇게 오랜 시간 동안 여유롭게 걸어 도착한 언덕. 보름달의 음기가 서서히 스며들자, 잠잠하던 극양혈마공은 연주를 시작하기도 전에 날뛰기 시작했다. 추억의 그 장소에서 피월려는 소소를 꺼내 들었다.

그는 보름달을 올려다보곤 망월가를 연주하기 시작했다. 역화검의 유산과 빙정으로 만들어진 보물, 소소(銷簫). 그것을 통로 삼아 보름달의 모든 기운이 음파를 통해, 또한 손을 통해 그에게로 빨려들어 가기 시작했다.

대자연의 가장 거대한 음기를 느끼며 피월려는 살포시 눈을 감았다.

망월가의 구슬픈 곡조는 그의 마음을 다스렸고, 다른 어떠한 것으로도 식힐 수 없는 극양혈마공까지 식혔다.

얼마나 시간이 지났을까?

연주가 끝나자, 어느새 나타난 흑설이 간드러지는 목소리로 말했다.

"오고 있어요."

피월려는 눈을 떠 그녀를 보았다. 심히 아름다운 모습에 넋이 나갈 것 같다. 그러나 그는 무심하기 짝이 없는 눈빛으로 흑설을 바라보며 말했다.

"호법은 뒤로 물러나라."

흑설은 남성의 마음을 유혹하는 눈웃음을 치며 물러났다.

"존명."

그러자 그녀 뒤로 수염을 기른 주소군이 피월려에게 다가와 포권을 취했다.

"장로님을 뵈옵니다."

"원주께서 무슨 일이시오?"

"부교주님께서 보냈습니다."

"뭐라 하셨소?"

"전처럼 한잔하자고 하십니다."

"주하는?"

주소군은 난처했다.

"부교주께서 와서 직접 데리고 가라고 하십니다."

"하하하."

피월려는 속이 빈 듯 허무하게 웃었다.
주소군도 같은 미소를 지으며 말했다.
“주 대주께서도 부교주님의 명령을 거부할 수 없었습니다.”
“부교주의 명령에 따르다니. 교주께서 좋아하지 않을 텐데?”
“교주께서 좋아하지 않는 분은 주 대주만은 아니지요.”
그 말에는 자신감이 가득했다.
피월려는 소소를 손으로 잡았다.
“한 수 받겠소?”
눈에 차오르는 기대감.
“얼마든지.”
피월려는 웃었다.
“내 취미를 받아줄 사람은 원주밖에 없소.”
주소군도 웃었다.
“너무 강하게는 마십시오.”
“왜 두렵소?”
“진심으로 했다가는…….”
“했다가는?”
“제가 장로가 되어버릴 수도 있지 않습니까?”
“…….”
“그건 귀찮습니다.”
피월려의 얼굴에는 미소가 그려졌지만, 흑설의 얼굴에 살소가 그려졌다.

주소군이 눈을 깜박하자, 그 순간 그들 사이에 나타난 흑설이 검지를 뻗어 주소군의 미간을 겨냥하고 있었다.

주소군은 흑설에게 눈길을 돌리며 싱긋했다.

흑설도 싱긋했다.

"선을 넘지 마세요. 죽기 싫으면."

"스승에게 너무하지 않니?"

"기억이 안 나요."

"거짓말."

"정말인걸요. 그런 시시콜콜한 기억은 머릿속에 없어요."

피월려는 소소를 거두었다.

"재미는 다음에. 흑설. 너는 남는 것이 좋겠다. 네가 가면 더 귀찮아질 것이니."

"명이에요? 명이시라면, 불복하고 죽을 거예요."

"……."

"장로께서 어디를 가든 저는 따라가요."

흑설의 단호한 말에 피월려는 하는 수 없다는 듯 고개를 끄덕였다.

"적어도 몸을 숨기기라도 해."

피월려의 허락에 흑설은 작게 고개를 끄덕인 뒤, 어둠 속으로 사라졌다.

피월려는 주소군의 안내를 따라 천천히 걷기 시작했다.

걷는 중에 피월려가 물었다.

"가주로는 아직이오?"

주소군은 따분하다는 듯 오른손으로 손바닥을 보였다.

"연구원(硏究院)의 일로도 너무 바쁩니다. 가문을 책임질 시간은 없어요. 게다가 이젠 새로운 시대. 더 이상 천마오가에 집착해선 안 됩니다."

"……."

"장로는 어떠십니까? 몸은 다 회복하셨습니까?"

피월려는 나지막하게 대답했다.

"이건 회복할 수 없는 종류의 것이오. 순수한 양기로 내 몸을 유지할 경우, 나는 다시 인성을 잃어버리고 허무함의 노예가 될 것이니 말이오."

"입신에 올라도 문제군요."

"새로운 시대이지 않소?"

"그렇죠."

그 둘은 그렇게 소소한 대화를 이어나가면서 결국 부교주전에 도착했다.

횃불을 환히 켜놓은 부교주전의 큰 마당에는 나지오가 뒷짐을 지고 있었고, 주하는 땀을 뻘뻘 흘리며 수련을 하고 있었다.

그녀의 앞에는 용골로 만든 검이 붕붕 떠다녔다.

나지오가 피월려를 발견하고 말했다.

"어? 왔어?"

그 순간 용골로 만든 검이 땅에 툭 하고 떨어졌고, 주하도 숨을 헐떡이며 몸을 숙였다.

이를 본 주소군이 주하에게 핀잔을 주었다.

"겨우 이 정도의 돌발 상황에 집중을 잃으면 안 되지, 주 대주."

주하는 주소군을 쳐다보지 않고 말했다.

"주 원주나 잘하세요. 혼인이나 자꾸 미루지 말고."

의외의 공격에 주소군은 아무런 말도 하지 못했다.

피월려는 나지오에게 말했다.

"술 한잔하자고 하지 않으셨소? 술상이 없는 듯한데?"

나지오는 작은 미소를 지으며 말했다.

"그냥 놀래어 주려고 그런 구실로 부른 거뿐이야."

"그게 무슨……."

그때 부교주전의 문이 열리고 혈적현이 그곳에서 나타났다.

금빛용이 수놓인 검은 무복을 입은 혈적현을 보자, 모두 고개를 숙이며 예를 표했다. 어둠 속에 숨었던 흑설도 즉시 모습을 드러내 예를 갖추었다.

혈적현은 천천히 피월려에게 걸어와서 그의 어깨에 손을 올리며 말했다.

"피월려. 축하할 일이 생겼다."

"축하할 일이라 하시면?"

"신물전주와 제갈 가주가 막 차원의 문을 여는 데 성공했다. 방어하기만 급급하던 우리에게 드디어 공격할 수 있는 수단이 생겼어."

"……."

"주하가 용골검(龍骨劍)을 목어검으로 제대로 다룰 수만 있다면, 그땐 네 소원대로 이계에 보내주마. 용골검이 있다면 저쪽의 술법도 두려워할 필요는 없으니. 그건 친우로서 네가 염려되어 하는 부탁이니까, 꼭 함께 가라."

"……."

"가서 우리의 입장을 전해. 그곳 정세도 살펴보고, 상황도 지켜보고. 중원의 대표로 널 보내는 거니까, 너무 풀어지진 말고. 그쪽에서 우리에게 관심 있는 쪽과 화친을 한번 청해봐. 거기도 단일세력이 장악하는 구조는 아닐 테니. 이건 내 명이기도 해."

"……."

"알았지?"

피월려는 잠시 말이 없었다.

그는 나지오를 돌아보았다.

그리고 주소군을 보았다.

마지막으론 주하와 흑설을 보았다.

그들은 모두 같은 표정으로 피월려를 보고 있었다.

피월려는 양손을 들고 포권을 취했다.

"존명(尊命)."

『천마신교 낙양지부』 번외 끝